grafit

Chemnitzer Str. 31, D-44139 Dortmund
E-Mail: info@grafit.de
Internet: http://www.grafit.de

Umschlagzeichnung: Peter Bucker
Druck und Bindearbeiten: Fuldaer Verlagsanstalt
ISBN 3-89425-050-X
5. 6. 7. / 2004 2003 2002 2001

Gabriella Wollenhaupt

Grappa fängt Feuer

Kriminalroman

grafit

Die Autorin:

Gabriella Wollenhaupt, Jahrgang 1952, arbeitet als Fernsehredakteurin in Dortmund.

Als Kriminalschriftstellerin debutierte sie im Frühjahr 1993.

Es folgten *Grappas Treibjagd, Grappa macht Theater* und *Grappa dreht durch.* Mit *Grappa fängt Feuer* liegt nun der fünfte Krimi von Gabriella Wollenhaupt vor, der bestimmt nicht der letzte ist ...

Die Personen

(in alphabetischer Reihenfolge):

Pater Benedikt hat kleine Geheimnisse.

Costas Christopoulos sieht aus wie Apollon.

Maria Grappa sucht nicht und findet trotzdem.

Dr. Jason Kondis kennt und macht Geschichte(n).

Daphne Laurenz leidet und schweigt.

Martha Maus himmelt die Götter an.

Alfred Traunich landet ganz unten.

Almuth Traunich rappelt sich auf.

Ajax Unbill hat eine Aufgabe.

Dr. Waldemar Agamemnon Unbill trägt seinen Namen zu Recht.

Gerlinde von Vischering begegnet einem Gott.

Ene, mene, muh
und raus bist du!

Letzter überlieferter Spruch des griechischen Helden Achilleus, gefallen vor Troja, etwa 1200 v. Chr.

Fünfhundert Meter können sehr tief sein

Es gibt viele Gründe, seine gewohnte Umgebung zu verlassen. Christoph Kolumbus segelte los, um die Indianer zu beglücken, Alexander von Humboldt bestieg den Chimborazo, um sein Herbarium zu vervollständigen, und Almuth Traunich verließ Bierstadt, weil sie ein Leben lang von einer Bildungsreise geträumt hatte. An dem Tag, an dem sie ihren Gatten Alfred mit einer graziösen Handbewegung ins Jenseits beförderte, wehte ein kühler Wind durch die Schlucht. Das war in der Nähe des nordgriechischen Dorfes Monodendrion. Alfred Traunich wollte sich gerade eine Zigarre anzünden. Er hatte sie noch zwischen den Lippen, als er in die Wacholdersträucher fiel, die fünfhundert Meter unter ihm das Flußbett säumten. Zu einem Waldbrand kam es zum Glück nicht, da eine Windböe das Streichholz ausgeblasen hatte, bevor der Brennstab glimmte.

Alfred Traunichs Tod paßte nicht zu meinem Auftrag, obwohl ich Stories mit dramaturgisch exakt gesetzten Höhepunkten mag. Wie aber sollte ich Traunichs Abgang in ein 45minütiges Hörfunk-Feature packen, das den griffigen Titel »Die Bildungsreise als intellektuelle Form des Massentourismus« trug?

Ich suchte die Kassette mit dem Interview heraus, das Traunich mir zum Beginn der Reise gegeben hatte.

Kassette 1. Bildungsreise. Interviews. So, jetzt geht's los. Sie heißen?

Alfred Traunich, 50 Jahre, Architekt.

Was bauen Sie?

Baumärkte, Hallen für Großveranstaltungen.

Und? Kann man davon leben?

Darauf können Sie Gift nehmen!

Haben Sie schon mal eine Bildungsreise gemacht?

Seh ich so aus? Ich bin nur hier, weil meine Frau sich die Reise zur Silberhochzeit gewünscht hat.

Sie interessieren sich also nicht für die griechische Antike?

Nicht die Bohne. Schon in der Schule haßte ich diesen Heldenkram.

Wo wären Sie denn lieber hingefahren?

Nach Österreich. Da haben wir ein Haus am See. Und ein Boot. Genau richtig zum Ausspannen. Aber die gnädige Frau hat ja so ihre Ambitionen. Hat sich kiloweise mit Büchern eingedeckt.

Meinen Sie Ihre Frau?

Sicher. Machen Sie das Interview mit der. Die kann die griechischen Götter inzwischen auswendig runterleiern. Ich wünschte, ich hätte die Reise schon hinter mir!

Der Wellenchef hat eine Idee

Nach dem plötzlichen Tod von Alfred Traunich saß unsere Reisegruppe ein paar Tage in den Bergen fest. Gelegenheit für mich, mein Material zu sichten und ein Konzept für das Feature zu entwerfen. Dabei kramte ich in meinen Erinnerungen.

Begonnen hatte alles mit einer Einladung zu einer Einweihungsfeier. Der Sender, für den ich hin und wieder arbeitete, hatte mal wieder seine Programmstruktur geändert, »optimiert«, wie es so schön heißt. So war das neue Reisemagazin geboren worden. Schlaue Planer hatten nämlich festgestellt, daß die Menschen in unserem von Arbeitslosigkeit gebeutelten Land immer mehr Geld für die Gestaltung ihrer Ferien ausgeben. Zwei Klassen von Pauschaltouristen hatten sich dabei gebildet. Die einen flogen nach Mallorca oder Lloret de Mar, um ihren Lieblingshobbies – Fressen, Vögeln, Saufen – nachzugehen, die anderen strebten danach, sich im Urlaub geistig zu erhöhen. Kurz gesagt: die Bildungsreisen boomten.

»Und Sie, Frau Grappa«, meinte der just gekürte »Wellenchef« gönnerhaft zu mir, »können das Nützliche mit dem Angenehmen verbinden.«

Er war der Gastgeber an dem Abend, denn pünktlich zur Beförderung war seine Villa im Süden der Stadt fertig geworden. Die Bosse des Senders pflegten ihr gutes Verhältnis zu den von ihnen Abhängigen ab und zu mit einer privaten Einladung zu demonstrieren. Überall in dem neureichen Haus war Menschengebrumm zu hören. Frauen und Männer mit Gläsern und voll beladenen Tellern in der Hand rannten an mir vorbei, nicht ohne dem Gastgeber einen freundlichen Blick zuzuwerfen.

»Erzählen Sie mehr!« bat ich.

Es folgte ein fünfminütiger Vortrag, in dessen Mittelpunkt die eigenen Erlebnisse auf Reisen an irgendwelche Orte standen.

»Also soll ich eine Bildungsreise antreten?« interpretierte ich.

»Genau. Ich habe alles schon organisiert. In einer Woche fahren Sie.«

»Und wohin?«

»Ach, sagte ich das nicht? Natürlich nach Griechenland. Ein Bekannter von mir wird diese Reise leiten. Er hat vor kurzem ein Reisebüro aufgemacht, das sich auf Bildungsfahrten spezialisiert hat.«

»Griechenland?« maulte ich. »Ich will aber lieber nach Italien.«

»Das Land der klassischen Bildungsreise ist Griechenland«, beharrte er. »Mein Bekannter ist heute abend auch hier. Ich werde ihn herholen. Dann können Sie die Einzelheiten mit ihm absprechen.«

Er ließ mich stehen und verschwand im Gewühl. Griechenland, dachte ich, warum nicht? Sonne und Landschaft, vielleicht baden. Es war Ende Mai. Die richtige Zeit also. Die Berge würden noch grün sein, die Oliven blühen, und die Aprikosen hätten bereits Früchte angesetzt.

Ich schlenderte gedankenverloren durch das Menschengewühl. Eigentlich haßte ich solche Feste. Zu viele Menschen, zuviel Lärm und kaum Gelegenheit, sich wirklich gut zu unterhalten. Doch der Wein war gut, und das Kalte Büfett konnte sich auch sehen lassen. Ich goß mir ein und hoffte auf die kommunikative Wirkung des Alkohols.

»Das ist Herr Kondis!« Es war der Wellenchef. Ich löste meinen Blick von den Lachsschnittchen und schaute auf.

»Guten Abend!« meinte ich lahm. Der Mann, der Kondis hieß, guckte mürrisch und musterte mich bei der Gelegenheit. Er ließ offen, ob ihn mein Anblick schreckte.

»Ich lasse Sie beide jetzt allein«, drohte der Wellenchef, »Herr Kondis weiß, daß Sie die Gruppe begleiten werden. Also, viel Spaß noch!«

»Sollen wir uns irgendwo hinsetzen?« versuchte ich den Dialog anzuheizen.

Er nickte nur kurz mit dem Kopf und hielt nach einer Lücke Ausschau. Dann stiefelte er auf eine Bank neben dem Gartenteich zu. Ich trottete hinterher. Das kann ja heiter werden, fluchte ich, der Mann ist ein geborener Entertainer.

Ich setzte mich neben ihn auf die feuchte Bank. »Wie war Ihr Name doch gleich?« Es war mein dritter Versuch. Einen vierten würde es nicht geben.

»Jason Kondis.« Seine Stimme war tief und samtig. Überrascht schaute ich hoch. Die Jalousie vor seinem

Gesicht war noch immer herabgelassen. Er fing an, mich zu nerven.

»Plappern Sie immer so fröhlich drauflos?« wollte ich wissen. »Sie lassen mich ja kaum zu Wort kommen.«

»Was wissen Sie über Griechenland?« Der Oberlehrer ließ grüßen.

»Sonne, Meer und Schafskäse und Retsina. Reicht das?«

Er zuckte verächtlich mit den Mundwinkeln und vertiefte sich in seine Lieblingsbeschäftigung, das Schweigen.

Ich erhob mich. Er war sichtlich erleichtert, mich loszuwerden, denn seine Gesichtszüge entspannten sich.

»Ich finde Sie genauso, wie Sie mich finden«, knurrte ich, »das hält mich aber nicht davon ab, Sie und Ihre Reisegruppe zu begleiten. Unser Gastgeber hat schließlich alles organisiert, und ich möchte meine Arbeit tun. Wann können wir also miteinander reden?«

Jason Kondis erhob sich von der Gartenbank. Er war nicht viel größer als ich, hatte dunkles Haar, das sich zu lichten begann, schwarze Augenbrauen und eine scharf geschnittene Nase, die mich an die marmornen Gesichter antiker Skulpturen erinnerte. Verachtung spielte um seinen Mund, als er eine knappe Verbeugung andeutete. Dann ließ mich der Kerl einfach im Grünen stehen und verschwand.

Ich kämpfte mich durch eine Gruppe von Gästen, die sich um einen Gartengrill versammelt hatten, auf dem das sogenannte Grillgut seiner Vollendung entgegenschmorte. Der Wellenchef hatte sich brav in die Reihe der Wartenden eingereiht.

»Dieser Kondis ist der unfreundlichste Mensch, der mir in den letzten Monaten begegnet ist«, erzählte ich ihm. »Ich glaube, wir können das Feature vergessen. Ich würde sowieso viel lieber nach Italien fahren. Florenz, Siena, Lucca und die etruskischen Gräber in der Toskana. Oder Rom. Der klassische Ort für sowas. Bildungsreisen gibt's überall hin. Warum soll ich mit diesem Kondis fahren? Er hat absolut keine Lust, mit mir zusammenzuarbeiten.«

»Lassen Sie mich nur machen!« lächelte der Wellenchef. Sein quadratisches Sauriergesicht war neuerdings auf den Werbeplakaten des Senders abgebildet. Eine Idee der PR-Abteilung, die so neue Hörer gewinnen wollte.

»Dieser Kondis ist arrogant bis zum Abwinken«, fuhr ich fort, »wie will der bodenständigen Bierstädtern die griechische Kultur so erklären, daß sie ihm folgen können?«

»Die Gruppe, mit der Sie reisen werden, ist exklusiver als Sie denken«, lächelte mein Auftraggeber verschmitzt, »außerdem kann er es sich nicht aussuchen.«

»Wie meinen Sie das?«

»Jason Kondis hat seine Reiseagentur erst vor kurzem gegründet«, erzählte er, »Kondis ist promovierter Archäologe und genießt international den besten Ruf. Oder – sagen wir – er genoß den besten Ruf.«

»Und warum tingelt er dann mit Touristen durch die Gegend?«

Der Wellenchef hatte eine fast verkohlte Bratwurst ergattert und löste sich aus der Schlange vor dem Grill. Ich folgte ihm, denn er hatte mich neugierig gemacht. Dieser Kondis mußte irgendwo einen dunklen Fleck auf seinem weißen Seidenhemd haben. Dunkle Flecken haben mich schon immer interessiert.

Beim Kartoffelsalat angekommen, wiederholte ich meine Frage. Mein Gastgeber biß mit Schmackes in die Wurst, so daß das Fett herausspritzte und meine Leinenjacke traf. Zweimal setzte er mit seinen Zähnen noch nach, dann war das Nitratprodukt verschlungen. Er erinnerte mich an einen Tyrannosaurus rex bei einer Häppchenorgie.

»Karriereknick!« war die Antwort. Jetzt hatte er den Mund voll mit Kartoffelsalat. Ich rückte etwas ab, denn ich hatte keine Lust auf Mayonnaise an der Jacke.

»Dr. Kondis war Leiter des archäologischen Privatmuseums in der Landeshauptstadt, das eine der wichtigsten Antikensammlungen in Europa besitzt. Unter seiner Leitung kam es zu – na ja – Unregelmäßigkeiten.«

Ich war ganz Ohr und hakte nach.

»Nach und nach sind aus dem Museum wertvolle Fundstücke verschwunden. Einige von ihnen sind auf internationalen Auktionen wieder aufgetaucht. Lange Zeit hat niemand etwas bemerkt, bis das Kuratorium plötzlich eine Inventur angeordnet hat. Dann ist die Sache aufgeflogen«, kaute er.

»Kondis hat die alten Sachen geklaut und verscherbelt?« Ich war begeistert.

»Er hat es natürlich geleugnet. Das Kuratorium, das das Museum kontrollieren soll, wollte keine Schlagzeilen. Die Staatsanwaltschaft hat zwar ermittelt, doch es kam nichts dabei heraus. Kondis mußte gehen. Damit er leben kann, hat er dieses Reisebüro aufgemacht.«

»Und warum unterstützen Sie einen Dieb?« wollte ich wissen.

»Ich kenne ihn noch von der Universität. Außerdem halte ich ihn für unschuldig.«

Sehr überzeugend klingt das nicht, dachte ich.

»Das Startkapital für das Reisebüro hat er von mir. Ich konnte ihn doch nicht hängen lassen. Hoffentlich setzt er das Geld nicht in den Sand.«

»Deshalb soll es ausgerechnet diese Reise sein«, begriff ich, »wegen des Werbeeffektes nach meinem Bericht!«

»Nein«, widersprach der Wellenchef und versenkte eine Gewürzgurke in seinem Mund, »es könnte ja auch sein, daß Ihr Bericht negativ ausfällt. Ich will da gar nicht eingreifen. Kondis soll nur das Gefühl haben, daß ich weiter zu ihm stehe. Wir haben früher oft gemeinsam Urlaub in Griechenland gemacht, und ich war mit seiner Schwester befreundet. Sie verstehen?«

»Klar«, lächelte ich, »Männerfreundschaft.«

»Sie werden ihn mögen!« weissagte er. »Er ist ein verdammt charmanter Bursche. Gebildet, witzig, stolz.«

»Ach tatsächlich? Ich halte ihn für arrogant und rüpelhaft. Außerdem ist er sehr einsilbig. Den meisten Männern steht es zwar gut, wenn sie den Mund halten, doch er übertreibt es.«

»Ich werde mit ihm reden«, versprach er. »Er fühlt sich überrumpelt. Er ist außerdem mitten drin in einer dicken Krise. Aber behalten Sie die Geschichte, die ich Ihnen erzählt habe, bitte für sich!«

Ich behauptete, schweigen zu können wie ein Grab. Nachdenklich schlenderte ich durch den Garten in Richtung Ausgang. Das konnte ja heiter werden. Die Vorstellung, zwei Wochen mit einem angeschossenen Macho, der mit der Welt hadert, durch die Gegend zu reisen, brachte meine Laune auf Tiefkühltemperatur. Ich hatte mehr als genug von der Party.

Bevor ich das Gartentor öffnete, fiel mein Blick auf Jason Kondis. Er stand wie verloren neben einer Kiefer und starrte die Nadeln an, so, als wolle er sich ihren Anblick genau einprägen. Er hatte mich nicht kommen sehen.

»Auf Wiedersehen, Herr Dr. Kondis!« rief ich. »Schlimme Sache, in die Sie da geraten sind. Es bleibt übrigens dabei, daß wir in einer Woche zusammen verreisen!«

Er schreckte aus seinen Gedanken hoch. Sein Blick war eine Mischung aus Wut und verletztem Stolz.

Mein Lächeln war so süß, daß einen Diabetiker nur der Griff zur Insulinspritze gerettet hätte.

Ein umfassender Begleiter und ein fassungsloser Leiter

Langsam bekam ich Geschmack an der Sache. Zwei Wochen Urlaub, nur ab und zu unterbrochen durch ein paar Interviews, die mir die Reiseteilnehmer sicher nicht verweigern würden. Ins Radio zu kommen ist nämlich fast so schön wie den eigenen Kopf im Fernsehen zu betrachten. Ich kaufte mir einen Griechenlandreiseführer, der behauptete, ein »umfassender Begleiter zu den antiken Kultzentren der Griechen« zu sein, und eine Straßenkarte. Nichts beeindruckt die Hörer mehr als eine genaue Kenntnis der Umgebung, über die man berichtet.

Natürlich mußten neue Kleider her. Ich brachte die wenigen noch tragbaren Teile meiner Klamotten auf Vordermann, was stundenlanges Waschen und Bügeln bedeutete. Mitten in eine solche Glättarie schellte das Telefon. Es war Dr. Jason Kondis.

»Ich würde mich gern mit Ihnen treffen, um mit Ihnen über Ihre Arbeit zu reden«, sagte er kühl.

»Prima«, säuselte ich. »Ich freue mich, daß Sie Ihre Auffassung geändert haben. Und Ihr Benehmen. Ich hoffe, Sie quatschen mich nicht wieder tot. Wann und wo?«

»Können wir zusammen essen gehen?«

»Nein. Das kostet mich zuviel Zeit. Ich komme in Ihr Reisebüro. Welche Straße?«

Er zögerte. »Ich habe noch keine Firmenadresse«, kam es dann.

»Verstehe. Sie sind ein Heimarbeiter. Machen Sie einen Vorschlag!«

»Im Café bei Ihnen um die Ecke.«

»Dort? Woher kennen Sie meine Adresse?«

»Zufall. Sind Sie einverstanden?«

»Okay. In zwei Stunden. Noch etwas, Herr Kondis. Sie haben mich doch nicht freiwillig angerufen, oder?«

Er druckste herum. »Sie haben recht. Ich bin nach wie vor gegen eine journalistische Begleitung der Reise. Aber ich will meinem Freund einen Gefallen tun.«

»Er hat Ihnen doch auch geholfen, der Gute«, murmelte ich. »Enttäuschen Sie ihn also nicht. Es wäre doch schade, wenn er das viele Geld, das er in Ihr Unternehmen gesteckt hat, verlieren würde, oder?«

»Sie haben recht, Frau Grappa. Ich weiß, daß Sie meine Geschichte kennen. Vermutlich verachten Sie mich deshalb.« Der letzte Satz war keine Frage, sondern eine Feststellung.

»Verachten? Quatsch!«

»Hat es Sinn, Ihnen zu sagen, daß ich unschuldig bin?«

Ich lachte auf. »Was kümmert Sie meine Meinung? Selbst wenn Sie ein Dieb wären, würden Sie es mir sagen?«

»Nein. Sie sind eine harte Person. Sagen Sie eigentlich immer das, was Sie denken? Ohne Rücksicht auf die Gefühle Ihrer Mitmenschen?«

In seinem Ton flackerte aggressives Feuer. Noch ein bißchen Pusten, und ein Großbrand wäre angesagt.

»Lassen wir das doch«, versuchte ich die Situation zu entschärfen, »ich habe kein persönliches Interesse an Ihnen. Es ist mir egal, ob Sie ein Dieb sind. Jeder lebt sein eigenes Leben und ist selbst dafür verantwortlich. Bis gleich also! Ich werde pünktlich da sein.«

Baumnymphe und Lorbeerbaum

»Sind Sie Frau Grappa?« sprach mich die junge Frau an. Ich wartete bereits zehn Minuten auf Kondis. Als ich auf die Frage mit einem Nicken antwortete, setzte sie sich zu mir an den Tisch.

»Herr Kondis ist leider verhindert«, entschuldigte sie ihn, »er mußte zum Flughafen fahren. Ich soll alles mit Ihnen bereden.«

»Und wer sind Sie?«

»Entschuldigen Sie. Ich bin Daphne Laurenz. Ich bin die Mitarbeiterin von Herrn Dr. Kondis.«

»Was? Kein Büro und eine Mitarbeiterin?« Sie war Ende Zwanzig, attraktiv und hatte für eine echte Blondine entschieden zu dunkle Augen. Ihr olivgrünes Kostüm saß knapp, eine schwere goldene Kette zierte ihr Dekolleté. Die langen Haare reichten über die Schultern. Mehr konnte ich bei der ersten Überprüfung nicht erkennen.

»Ich studiere noch. Archäologie. Ich kenne Herrn Kondis von der Uni, er hielt dort Gastvorlesungen über griechische Mythologie. Er hat mich als zweite Reiseleiterin engagiert.«

»Daphne ist ein schöner Name«, stellte ich fest. »Er klingt so griechisch.«

»Daphne war die Tochter eines thessalischen Flußgottes. Apollon liebte und verfolgte sie, doch sie hatte Jungfräulichkeit geschworen. Als er sie vergewaltigen wollte, verwandelte sie sich in einen Lorbeerbaum.«

»Eine hübsche Geschichte«, stellte ich fest. »Zeugt von viel Phantasie und einem Gefühl für Dramatik. Kennen Sie Herrn Kondis schon länger? Was wissen Sie über ihn?«

Sie zögerte mit der Antwort, hatte vermutlich Angst, einer Journalistin Auskunft zu geben. Ihre dunklen Augen prüften mich. Es schien so, als vergliche sie das Bild, das ihr Kondis von mir gegeben hatte, mit der Wirklichkeit.

»Ich fresse nur kleine Kinder zum Frühstück«, witzelte ich, »keine ausgewachsenen Männer. Schon gar nicht welche mit Doktortitel. Also, warum ist er so schroff?«

»Sie fragen ziemlich direkt.«

»Ja. Berufskrankheit. Wollen Sie nicht antworten oder können Sie nicht?«

»Ich will nicht. Fragen Sie ihn selbst.« Die Abfuhr war nicht zu überhören.

»Wie Sie meinen. Dann lassen Sie uns zur Sache kommen.«

Ich erklärte ihr mein Projekt ausführlich und versprach, die Reisegäste beim Geschäft ihrer geistigen Erhöhung nicht allzu sehr zu belästigen. Im Gegenzug reichte sie mir eine Liste mit Namen und den Flugschein.

»Was sind das für Leute, mit denen wir es zu tun haben?«

»Irgendwelche Kunden. Kondis hat die Reise inseriert und auf Anmeldungen gewartet. Die da sind übrig geblieben.«

»Nur sieben Leute außer Kondis, Ihnen und mir?«

»Ja. Kondis bietet exklusive Bildungsreisen in Kleinstgruppen an. Nie über zehn. Dafür sind die zwei Wochen auch ziemlich teuer. Bei anderen Anbietern kostet eine ähnliche Reise etwa die Hälfte.«

»Ganz schön extravagant. Wie kam er auf die Idee mit dem Reisebüro?«

Sie zupfte ihre Bluse zurecht. Ihre Fingernägel waren mit rosa Nagellack bestrichen. Ich schaute auf meine Hände. Die Nägel kurz, die Finger verfärbt durch Filzstift, der Handrücken von Katzenkrallen verunziert. Daphne Laurenz, die Baumnymphe, winkte der Kellnerin und bestellte ein Mineralwasser. Was sonst, dachte ich, solche Mädchen trinken immer Mineralwasser, weil es keine Kalorien hat. Ich nutzte die Pause, um das Sahnehäubchen auf meiner heißen Schokolade mit dem Löffel wegzuschippen und zum Mund zu befördern.

»Als er die Leitung des Museums abgeben mußte, verlor er auch seinen Lehrauftrag an der Universität. Er hat zwar einige Bücher geschrieben, die in der Fachwelt Aufsehen erregt haben, doch es reichte natürlich nicht, um zu leben. Ihr Chef brachte ihn auf die Idee, es mit gehobenen Bildungsreisen zu versuchen.«

»Sie mögen ihn, nicht wahr?«

Sie wurde rot. »Natürlich mag ich ihn. Er ist ein sensibler, verständnisvoller Mensch und ein guter Lehrer. Außerdem ist er mit meiner Mutter weitläufig verwandt.«

»Ihre Mutter ist Griechin?«

»Ja. Jason ist der Cousin der Schwägerin meiner Mutter.«

Ich sah mir die Liste der Reiseteilnehmer genauer an. Auf den ersten Blick nichts Auffallendes. Ein Ehepaar, Vater und Sohn, eine Rentnerin, eine Sekretärin und ein katholischer Pater.

»Alle ziemlich erwachsen«, stellte ich fest. »Nur der Sohn ist unter 40.«

»Das ist bei Bildungsreisen so«, erklärte Daphne Laurenz, »im Alter steigt das Interesse an diesen Exkursionen und ... ein bißchen Geld ist ja auch nötig.«

»Muß ich sonst noch etwas wissen?«

»Eigentlich nicht. Die Anreise zum Flughafen organisiert jeder Reiseteilnehmer selbst. Die Route mit dem Reiseverlauf liegt bei Ihren Unterlagen.«

»Danke. Ich glaube, wir werden uns gut verstehen. Schließlich sind wir die beiden Nesthäkchen in der Gruppe.«

Sie lachte. Der Klang war sympathisch. »Außer dem Sohn des Vaters natürlich.«

Keine Lust auf tägliches Blutbad

Nicht alle Männer sind ein Sammelsurium schlechter Angewohnheiten, aufgereihter Karriereknicke und endloser Krankheitsgeschichten. Da gibt es die Jäger und Sammler, die verzärtelten Muttersöhnchen, die bewußt praktizierenden Softies und die fundamentalen Machos. Den letzteren habe ich einen Teil meines nunmehr rund 40jährigen Lebens gewidmet. Dabei habe ich Fertigkeiten entwickelt, die denen einer Kombizange nicht unähnlich sind. Einen Macho-Panzer zu knacken macht halt Spaß, und ich liebe Aufgaben, die mich mit Leib und Seele fordern. Apropos Leib: Reibung erzeugt Hitze; gegen die Brandblasen, die dabei entstehen, gibt es heutzutage gute Salben.

Für den Alltag sind diese Männer allerdings weniger zu gebrauchen. Ich mag keine täglichen Blutbäder in meinem Privatleben, keine Guerillakämpfe am Frühstückstisch oder einen Angriff aus dem Hinterhalt beim Abwasch. Eigentlich liebe ich die Harmonie und die Ruhe. Deshalb lebe ich allein.

Doch ab und zu überkommt mich die Sehnsucht nach menschlicher Nähe. Deshalb habe ich diesen Beruf gewählt. Als Journalistin bin ich immer unter Menschen, seien es nun Kollegen oder Klienten. Manchmal auch Kunden. Ich schreibe Artikel für Zeitungen oder produziere Beiträge fürs Radio und bekomme Geld dafür. Manchmal auch nur eine blutige Nase und eine neue Lebenserfahrung.

In den Tagen vor der Reise nach Griechenland vertiefte ich mich in einige Bücher, holte meine Kreditkarte aus dem Versteck und deckte mich mit Bargeld ein. Der Biofriseur bearbeitete meinen Kopf zwei Stunden mit Henna-Paste. Als das Zeug runter war, sah ich aus wie ein Feuermelder. In der Apotheke erstand ich ein starkes Sonnenschutzmittel. Leider werde ich nie so richtig braun; meine Haut produziert stattdessen Tausende von Sommersprossen an allen möglichen Stellen, um danach wieder vollends zu erblassen.

Jason Kondis sah ich erst am Flughafen wieder. Er stand mit Daphne Laurenz vor dem Counter, der vorher als Treffpunkt ausgemacht worden war. Neben den beiden erspähte ich eine ältere Frau, die schreiend bunt gekleidet war. Auf dem Kopf thronte ein breitkrempiger Strohhut, die Füße steckten in groben Wanderschuhen mit Profilsohle. Die weißen Söckchen schienen selbstgehäkelt.

»Hallo!« sagte ich schlicht. Daphne Laurenz hielt mir freundlich ihre Hand hin, während Kondis schnell beide Hände in die Taschen seiner hellen Leinenhose steckte. Er trug eine Sonnenbrille, so daß ich seine Augen nicht erkennen konnte. Um seine Lippen lag ein mürrischer Zug.

»Lieber Herr Dr. Kondis«, flötete ich, »die Freude über mein Erscheinen steht Ihnen ins Gesicht geschrieben. Ich habe mir vorgenommen, Sie zu mögen. Es hat also keinen Sinn, sich zu sträuben. Wollen Sie mir die Dame nicht vorstellen?«

Er öffnete tatsächlich den Mund und sprach: »Das ist Frau Maus.«

Ich sagte: »Das war präzise. Klasse, wie Sie mit vier Worten ein Problem umfassend lösen können.«

Dann wandte ich mich der alten Dame zu, die dem Dialog gelauscht hatte. »Gute Tag, Frau Maus. Mein Name ist Maria Grappa. Ich werde diese Reise beobachten, denn ich bin Journalistin. Was ich genau vorhabe, werde ich erklären, wenn alle gekommen sind. Waren Sie schon mal in Griechenland?«

War sie nicht. Sie bot mir an, sie beim Vornamen zu nennen: Martha. Ich mochte sie.

»Ich habe für diesen Urlaub lange gespart«, erzählte sie, »schon als Kind habe ich die Heldensagen gerne gelesen, mit diesen vielen Göttern, die auch nicht anders sind als die Menschen. Hier – ich habe das Buch dabei!«

In ihrer Reisetasche lag ein abgegriffenes Büchlein griffbereit. Ich las: *Sagen des griechischen Altertums.*

»Schön, daß Sie sich so gut vorbereitet haben«, meinte ich.

Mein Blick fiel auf Kondis. Er hatte uns zugehört.

»Kennen Sie dieses Buch?« fragte Martha Maus, die sein Lauschen für Interesse hielt. Sie ging auf Kondis zu und präsentierte stolz das Werk. »Hier steht alles drin, was Sie wissen müssen. Wenn Sie wollen, dann leihe ich es Ihnen, denn ich kann es fast auswendig. Es gibt auch Bilder von den Göttern und Helden. Schauen Sie!«

Sie hatte das Buch aufgeschlagen. »Das ist Odysseus auf seinen Irrfahrten nach dem Kampf um Troja.«

Sie meinte es lieb. Seine Lippen zuckten. Welche Gemeinheit würde er sich rausschrauben?

Er nahm die Sonnenbrille ab und sah die alte Frau an, die ihm noch immer das geöffnete Buch entgegenhielt. »Ein schönes Buch! Ich würde mich freuen, wenn Sie es mir leihen würden«, sagte er sanft und lächelte sie an. Es klang fast zärtlich. »Können Sie es wirklich entbehren?« Er legte seine Hand auf ihren Oberarm. Eine Geste der Freundschaft.

Sie strahlte und reichte ihm das Buch, als sei es eine Morgengabe. Er griff danach und verstaute es in seiner Aktentasche. Er bemerkte, daß ich zugehört hatte, nahm die Brille von der Stirn und tauchte seinen Blick wieder ins Dunkel.

»Sie können ja richtig nett sein«, zischte ich ihm wenig später zu. Martha Maus hatte sich fröhlich plappernd Daphne Laurenz zugewandt.

»Jeder bekommt das, was er verdient!« gab er zurück.

»Und womit habe ich Ihren Unwillen erregt?«

»Sie sind Reporterin und wollen herumspionieren. Persönlich habe ich überhaupt nichts gegen Sie.«

»Danke!« sagte ich ironisch und deutete eine devote Verbeugung an. »Haben Eure Gnaden noch ein paar Tips auf Lager, um die Reise nicht zum Duell zwischen uns werden zu lassen?«

Er sah mir ins Gesicht und nahm wieder die Sonnenbrille ab. Es war das erste Mal, daß er mir in die Augen schaute. Seine waren dunkelbraun, und das Weiß des Augapfels schien wie frisch getüncht. Er hatte lange dunkle Wimpern, die bei Männern manchmal weibisch wirken. Zu ihm paßten sie.

»Halten Sie sich zurück. Stören Sie den Verlauf der Reise nicht durch Ihre Recherchen und Interviews. Menschen sind nicht dazu da, gegen ein Honorar verwertet zu werden. Niemand soll Opfer einer Berichterstattung werden, die er nicht kontrollieren kann. Haben Sie verstanden, was ich meine?«

Er hatte meinen Unterarm gepackt und drückte ihn. Ich wollte ihn wegreißen, doch er spielte Schraubstock.

»Verdammt noch mal! Lassen Sie mich los! Ich mache nur meinen Job. Gerade Sie müßten doch wissen, wie schwer es sein sein kann, Geld zu verdienen. Befinden Sie sich nicht gerade selbst in dieser Lage?«

Er wurde bleich und ließ meinen Arm plötzlich los. Dann verbarg er den Blick wieder hinter der Brille. Nicht schnell genug, denn ich entdeckte Angst in seinen Augen.

»Es wäre vielleicht angebrachter, mich etwas netter zu behandeln«, schlug ich vor.

»Warum sollte ich das tun? Wollen Sie etwa irgend jemandem erzählen, daß ich ...« Die Scham ließ ihn verstummen.

»Keine Angst«, beruhigte ich ihn, »das habe ich nicht nötig. Typen wie Sie habe ich noch immer aus der Hose gekippt. Ohne Netz und doppelten Boden.«

Ich bedachte ihn mit einem meiner diabolischen Grinser, die ich für Situationen wie diese immer parat habe, und ging zu Daphne Laurenz. Die Reisegruppe schien inzwischen fast komplett zu sein. Daphne sammelte die Flugscheine ein, um sie der Frau hinter dem Counter zu bringen. Ich gab ihr mein Ticket.

»Warum kann er mich nicht leiden?« fragte ich sie und deutete mit meinem Kinn in Richtung Kondis.

»Nehmen Sie's nicht so tragisch. Er ist in einer schweren Krise«, erklärte sie, »er ist stolz und kann nicht begreifen, was mit ihm geschehen ist. Er glaubt, daß ihm jeder den Makel ansieht. Mit 46 Jahren steht er vor dem Nichts, muß sich eine neue Existenz aufbauen.«

»Na und? Was hat das mit mir zu tun?«

»Sie kennen seine Geschichte; er hat Angst, daß Sie darüber berichten. Außerdem reagiert er auf Frauen wie Sie ... na ja, er ist halt Grieche und hat ein entsprechendes Frauenbild.«

»Das ist ganz allein sein Problem!« rief ich aus. »Ich lasse mir die Reise nicht von ihm verderben. Hat er es eigentlich getan?«

»Was?« fragte sie irritiert.

»Geklaut. Ist er ein Dieb?«

»Natürlich nicht!«

»Aber bewiesen ist das nicht, oder?«

Sie konnte nicht mehr antworten, denn die Frau hinter dem Schalter griff nach den Tickets.

»Für mich auf jeden Fall einen Nichtraucherplatz!« bat ich.

Ein Gottesmann und ein Furientanz

Im Flugzeug zu essen ist fast so schlimm wie im Flugzeug zu schlafen. Die Sitze sind so eng gestellt, daß es unmöglich ist, Messer und Gabel in der für sie vorgesehenen Weise zu benutzen. Die Ellenbogen eng an den Körper gepreßt, versuchte ich nur mit den Unterarmen und Händen ein angebliches Cordon bleu im Miniformat zu erlegen. Die Plastikgabel überstand meinen Wutanfall nicht, und ich stülpte den Aludeckel zurück auf die heiße Folie. – Dann schon lieber altersgerechtes »Essen auf Rädern«, das sieht nicht nur aus wie vorgekaut, sondern ist es vermutlich auch. – Die Stewardeß räumte die Reste zum Glück schnell weg.

Während ich die Schlacht schon verloren gegeben hatte, kämpfte mein Nachbar tapfer weiter mit den Tücken moderner Verpackung. Zunächst verbrannte er sich die Hand beim Hochheben des Aludeckels, unter dem das Cordonbleu-Plagiat schlummerte. Ein Teil der Soße hing noch am Deckel und kleckerte über die Hand. Als er nach der Papierserviette greifen wollte, stieß er sein Mineralwasser um, das sich über das Besteck und die Tüten mit Pfeffer und Salz ergoß. Er ignorierte den Schaden und versuchte vorsichtig, die Erbsen und Möhrchen auf seine Gabel zu schaufeln.

Auf dem Weg zum Mund passierte das nächste Unglück. Die schwachgrünen Erbsen waren noch nicht genug zerkocht, um nicht von der Gabel zu kullern. Fasziniert sah ich ihnen nach, wie sie sich zwischen seinen Beinen ein warmes Plätzchen suchten.

Dann kam die Stewardeß mit der Kaffeekanne. Er reichte ihr sein Plastiktäßchen und griff wieder danach, als es gefüllt war. Vorsichtig balancierte er den Kaffee an meinem Gesicht vorbei. Ich schloß vor Schreck die

Augen und rechnete mit einer braunen Dusche. Doch nichts geschah. Langsam entspannte ich mich wieder.

Ich dachte über meine Arbeit nach. Jason Kondis' Abneigung gegen mich und meinen Job würde die Sache nicht gerade erleichtern. Aber es war zu früh, darüber nachzudenken. Ich nahm meinen Recorder aus dem Handgepäck, stöpselte die Kopfhörer ein und schmiß eine Musikkassette rein. Entspannung war angesagt, und das gelingt mir am besten mit Klassik. Um mich auf die griechische Mythologie einzustimmen, entschied ich mich für Glucks Oper »Orpheus und Euridike« mit der legendären *Primadonna assoluta* Maria Callas in der Partie des Orpheus. Gerade als meine Lieblingsarie begann – *J'ai perdu mon Eurydice* – zupfte mich jemand am Ärmel. Ich tat so, als würde ich nichts bemerken.

Doch der Zupfer ließ nicht locker. Unwillig öffnete ich die Augen. Es war der Mann, der neben mir saß. Er wollte aufs Klo.

Ich brauchte eine Weile, bis ich die Sachen beiseite gepackt hatte. Er quälte sich vom Fensterplatz auf den Gang. Als er sich mit den Händen an den Vordersitzen entlang hangelte, blieb er mit einem Finger im kunstvollen Lockendutt der Frau hängen, die vor ihm saß. Die fing sofort an zu trompeten. Er entschuldigte sich hastig. Dann versuchte der Unglücksrabe, die Locken wieder herzurichten. Die erboste Tussi kreischte und haute ihm auf die Finger.

Es war total komisch. Ich konnte mir ein Grinsen nicht verkneifen. »Kommen Sie, ich helfe Ihnen«, bot ich an und reichte ihm meinen Arm. Endlich stand er schwer atmend neben mir auf dem engen Gang. Die Frau zeterte noch immer und sagte etwas wie »Tolpatsch«.

»Ist ja gut!« zischte ich sie genervt an. »Er hat's doch nicht absichtlich getan. Ohne Dutt sehen Sie außerdem viel besser aus!«

Der Mann warf mir einen dankbaren Blick zu. Ich bemerkte erst jetzt, daß er um den Hals ein Holzkreuz an einem Lederriemen trug. Messerscharf schloß ich, daß er der Pater sein könnte, der sich für die Bildungsreise angemeldet hatte.

»Danke«, stammelte er. Seine Brillengläser hatten die Stärke von Glasbausteinen und waren durch die Dutt-Affäre beschlagen.

»Wollten Sie nicht aufs Klo?« fragte ich. Er nickte und schlich davon.

Ich blieb auf dem Gang stehen. Meine Armbanduhr erzählte mir, daß wir Athen in zwei Stunden erreichen würden.

»Sie können ja richtig nett sein«, sagte eine Stimme in meiner Nähe. Es war Kondis, der die Aktion beobachtet hatte. Er saß in der Mitte des Fliegers in einer Viererreihe. Jetzt schaute er zwischen zwei Sitzen hindurch und lächelte. Die Sonnenbrille zierte noch immer sein klassisches Profil. Ich fühlte mich provoziert.

»Nehmen Sie endlich diese blöde Brille ab«, schnarrte ich ihn an, »haben Sie den bösen Blick, oder fürchten Sie meine weibliche Ausstrahlung?«

Sein Grinsen vertiefte sich.

Der Pater kam verrichteter Dinge zurück und verstellte die Sicht auf Kondis. Mutig trat er an die Sitzreihe heran. Er zögerte und guckte mich hilfesuchend an.

»Bringen Sie Ihre Frisur in Sicherheit«, bat ich die Frau, »sonst verpaßt er Ihnen wieder ein neues Modell.« Sie gehorchte und ging auf Tauchstation.

Als er ohne nennenswerte Pannen auf seinem Po saß, fragte ich: »Sie sind der Pater, nehme ich an?«

»Ja«, fühlte er sich verstanden, »gehören Sie auch zu unserer Reisegruppe 'Klassisches Griechenland'?«

Ich stellte mich vor und erklärte ihm meine Arbeit. Flugs vereinbarte ich einen Interviewtermin mit ihm für den Abend, wenn wir in unserem Hotel in Delphi eintreffen würden. Dann setzte ich mir die Kopfhörer aufs Haupt und lauschte Maria Callas.

Irgendwann zupfte wieder wer. Es war erneut der Gottesmann. »Tut mir leid, wenn ich Sie nochmal störe«, entschuldigte er sich, »aber Sie singen die Arien mit. Die Leute gucken schon komisch!«

»Pardon! Immer wenn mir Musik gefällt, muß ich mitsingen. Leider trifft mein Stil nicht jedermanns Geschmack. Die Seite ist aber gleich zu Ende.«

Es kam nur noch der »Tanz der Furien«, und da sang ohnehin niemand. Hätte ich versucht, die Blechbläser und die Becken nachzumachen, wäre die Maschine vermutlich abgestürzt.

Apollon, Knabenliebe, Retsina und Fleischbällchen

Der Bus kam pünktlich zum Flughafen, um uns abzuholen. Der Busfahrer war Grieche und hieß Aris Christopoulos. Seine Zähne hatten Lücken, die Haut war sonnengegerbt wie die einer Echse. Er bat uns, ihn Aris zu nennen. Das Schönste an ihm war sein Sohn Costas. Ich schätzte ihn auf 25 Jahre. Er hatte dunkle Augen, eine makellose leicht gebräunte Haut, eine knackige Jungenfigur, dunkle, gelockte Haare und war schön wie Apollon in seinen allerbesten Jahren.

Seine Augen überprüften in Windeseile die weiblichen Gäste, blieben eine kurze Weile an Daphne Laurenz hängen und stellten dann fest, daß außer ihr nichts Passendes dabei war, um Urlaubserinnerungen zu sammeln. Ich überlegte, in welchen Körperteil sich der Bengel die Kerben einritzte, um mit dem Zählen seiner Eroberungen nachzukommen.

Das kann ja heiter werden, dachte ich, wenn alle Männer hierzulande so gut aussehen, dann ...

»Gefällt er Ihnen?« fragte Kondis, der im Bus hinter mir saß.

»Und ob!« gestand ich mit Enthusiasmus. »So müssen früher die griechischen Götter ausgesehen haben. Er hat bestimmt jenen hübschen strammen Po, dem antike Bildhauer ein ewiges Denkmal gesetzt haben.«

Costas blätterte derweil in dem Herrenmagazin, das er seinem Vater entrissen hatte.

»Wenigstens ist er nicht schwul«, sagte ich. »Das wäre schade für meine Geschlechtsgenossinnen.«

»Haben Sie etwas gegen homosexuelle Männer?« wollte er wissen.

»Im Gegenteil. Sie behandeln Frauen zuvorkommend und höflich. Jeder, so wie er kann oder will oder muß.«

»Die Liebe zwischen Männern und Knaben hat in unserem Land eine alte Tradition«, dozierte er, »erst das monotheistische Christentum hat unserem Volk die Prüderie eingeimpft. In der Antike galt die Liebe zwischen Männern als heilig, die Liebe zur Frau war notwendiges Übel, um sich fortzupflanzen. Der Knabe, der von einem berühmten oder reichen Mann zur Liebe angeleitet wurde, hatte beste Karriereaussichten.«

»Dann ist dem armen Costas vermutlich etwas entgangen«, meinte ich, »aber er sieht nicht unglücklich dabei aus.«

Kondis schwieg. Es schien ihm leid zu tun, so viele Worte an mich verschwendet zu haben, denn er stand plötzlich auf und verschwand im hinteren Teil des Busses.

Der hübsche Costas fummelte in einer Zigarettenschachtel herum. Ein kurzer Satz des Vaters, und der Brennstab verschwand wieder in der Packung. Zuvor hatte Kondis die Reiseteilnehmer am Flughafen gebeten, aufs Qualmen während der Busfahrt zu verzichten.

Doch dann erreichte mich eine Wolke aus Zigarrenrauch aus dem hinteren Teil des Busses. Irritiert drehte ich mich um. Ein dicker halsloser Mann mit einem Strohhut pustete das Gift unbekümmert in die Gegend. Neben ihm duckte sich eine dünne, verhärmte Frau mit dunkler Dauerwellenfrisur. Später erfuhr ich, daß dieser Mann Alfred Traunich hieß.

Wir befuhren die Straße nach Korinth. Es war Sonntag, die Lastwagen fehlten, und wir kamen schnell voran. Hinter dem Hafen in Piräus nahmen wir die Abfahrt nach Mandra. Das Hafengelände war weitläufig und schmutzig. Riesige Tanker lagen vor Anker. Keine Spur von Hafenromantik, von Fernweh, schmachtenden Seemannsbräuten und ferngereisten Matrosen.

Schnell erreichten wir Natur pur. Die schmale Straße nach Mandra stieg rasch an und führte durch Kiefernwälder. Es war Anfang Juni und die Welt noch grün. Die Asphodelen waren schon verblüht, dafür strahlte der Ginster eidottergelb mit den pinkfarbenen Oleanderbüschen um die Wette.

Die Sonne knallte durch das Busfenster und wärmte. Urlaubsgefühle ergriffen mich. Warum hatte ich mir am Flughafen kein Auto gemietet und mich allein auf den Weg gemacht? Den Auftrag einfach sausen lassen? Weg von einer mittelalterlichen Reisegesellschaft und einem mißgelaunten Reiseleiter, der an einem Karriereknick zu knuspern hatte?

Der Bus bog von der Straße ab und legte an einem Straßenrestaurant an. Es war eine einfache Holzbude, vor der ein riesiger Holzkohlengrill rauchte. Wir stiegen aus. Der Wirt hatte auf einer Wiese unter großen schattigen Kiefern Holztische und Plastikstühle angeordnet, an denen viele Leute saßen und aßen. Griechische Volksmusik wurde über zwei Boxen nach draußen geleitet.

»Wir werden hier etwas essen«, stellte Kondis fest. »Warten Sie bitte einen Moment, ich werde mit dem Besitzer reden!«

Wie eine brave Schafsherde blieben alle vor dem Bus stehen. Nach einer Weile durften wir uns an einen großen Tisch setzen. Drei Kellner brachten Brot, Bestecke und Wasser.

Ich hatte mich zwischen Pater Benedikt und Frau Maus niedergelassen. Kondis saß neben Daphne, an deren anderer Seite sich der hübsche Costas postiert hatte. Das Ehepaar saß in trauter Einheit beisammen, neben den beiden eine Frau, die ohne Begleitung unterwegs war. Das mußte die Sekretärin sein. Als letzte in der Gruppe hockten Vater und Sohn am hinteren Ende des Tisches.

»Kommen wir zur Vorstellungsrunde«, sagte die warme Stimme von Kondis. »Mein Name ist Jason Kondis, ich bin Ihr Reiseleiter. Neben mir meine Mitarbeiterin Daphne Laurenz. Unseren Busfahrer und seinen Sohn kennen Sie ja ebenfalls schon. Die Dame mit dem roten Haar ist Frau Grappa, eine Journalistin, die einen Bericht über diese Reise machen will. Für einen Radiosender. Seien Sie ihr bitte behilflich bei ihrer Arbeit, Frau Grappa ihrerseits wird Sie so wenig wie möglich belästigen.«

Er machte eine Pause, als warte er auf eine Reaktion von mir. Ich übte ein hinreißendes Lächeln.

»Ich möchte hoffen«, erzählte Kondis weiter, »daß diese Reise, die ja einen gewissen intellektuellen Anspruch hat, für jeden von Ihnen ein Erfolg wird. Dazu gehört natürlich, daß wir uns alle ein bißchen näher kennenlernen. Deshalb bitte ich Sie, sich vorzustellen. Fangen wir an. Frau Grappa, sagen Sie am besten etwas zu Ihrer Arbeit.«

»Aber gern«, flötete ich. »Mich interessiert das Phänomen des Massentourismus, in diesem Falle die intellektuelle Spielart dieses Phänomens, die Bildungsreise nämlich. Was treibt alljährlich Hunderttausende von Menschen aus ihrer gewohnten Umgebung in eine fremde Welt? Was sind das für Menschen, die ihr schwer verdientes Geld dafür opfern, Einblick in fremde Kulturen zu bekommen? Die körperliche Anstrengungen und ungewohnte Belastungen auf sich nehmen, um Relikte einer längst vergangenen Welt zu betrachten, mit der sie eigentlich überhaupt nichts zu tun haben können? Tun sie es aus Bildungsbeflissenheit? Einige von ihnen sind vielleicht sogar auf der Suche nach sich selbst, wollen die Wurzeln ihrer Existenz entdecken. Es kann ja auch durchaus reizvoll sein, das Ich vor einer klassischen Kulisse in Bezug zur heutigen Welt zu setzen. Auf der anderen Seite könnten die erhofften Motivationsziele auch viel zu illusionistisch sein und vielleicht in einer individualistischen Wohlstandskritik eine angemessene Antwort finden. Diese schwierigen Fragen möchte ich beantwortet haben! Und ich hoffe, Sie werden mir dabei helfen!«

Ergriffenes Schweigen herrschte. Nur um Kondis' Mund flatterte ein maliziöses Lächeln. Er war auf meine Sülzerei nicht hereingefallen.

Manchmal ist die Wahrheit halt nicht angesagt, dachte ich. Diese Reise war ein Job wie jeder andere. Ob ich nun mit der Bierstädter Fußballmannschaft zu einem Auswärtsspiel fuhr, um eine Reportage über die rabiaten Hooligans zu machen, oder mich als Pflegerin in ein Altenheim einschlich, um eine diebische Heimleiterin zur Strecke zu bringen ... die Aufgabe blieb gleich: Informationen sammeln, sie einordnen und verwerten und dem Leser, Hörer oder Zuschauer in möglichst mundgerechten Stücken servieren. Wenn ich dabei persönlich noch auf meine Kosten kam, um so besser.

Der Pater ergriff das Wort. Er hieß Benedikt, war 60 Jahre alt und befaßte sich mit vergleichenden Religionswissenschaften. Er gehörte dem Benediktinerorden an, der ihm nach einer Herzoperation diese Reise spendiert hatte. Diese wolle er genießen, Kraft schöpfen, um dem Herrn weiterhin in Freude und Demut zu dienen. Die Glasbausteine vor seinen Augen blitzten in der Sonne, als er sagte: »Im Gegensatz zu Frau Grappa stelle ich nicht diesen abgehobenen intellektuellen Anspruch in den Mittelpunkt. Ich möchte mich mit schlichter Freude an Gottes Schöpfung erbauen.«

Eins zu null für den Gottesmann, dachte ich. Er war mir auch nicht auf den Leim gegangen.

Aris, der Busfahrer, und sein Sohn stellten sich nicht vor, sie gehörten zum Personal, genauso wie Daphne.

Die alleinreisende Dame hieß Gerlinde von Vischering. Ihren schwarzen Haaren hatte ein Friseur einen zu kurzen Schnitt verpaßt, die strenge dunkle Hornbrille ließ sie finster dreinblicken. Ihr Mund war schmal und grell geschminkt. Das Leben mußte sie irgendwann gebeutelt haben, denn die Falten über der Nasenwurzel und neben den Mundwinkeln glichen den Rissen in einem indischen Flußbett nach monatelanger Trockenheit. Sie war schlank und trug ein dunkelblaues Kostüm, so, als wollte sie mit dem Block in der Hand zu einer Aufsichtsratssitzung.

Die Strenge ihrer Ausstrahlung stand im Gegensatz zu ihrer blumigen Sprache. Sie schwärmte vom blauen griechischen Meer, vom weißen griechischen Marmor und von der warmen griechischen Sonne. Sie liebte den griechischen Menschen ob seiner Unbekümmertheit, das griechische Essen wegen seiner Ursprünglichkeit und die griechische Musik wegen ihres archaischen Klangs.

Ein bißchen viel Liebe auf einmal, dachte ich. Es klang so unecht wie die Texte aus dem Prospekt eines Billigreisenanbieters, der nicht zugeben will, daß die Strände schmutzig sind und das Klo an chronischer Verstopfung leidet.

Alfred Traunich hustete einmal kräftig durch und bollerte los. Seine Gattin hätte ihn hierher geschleppt, sie habe sich die Reise zur Silberhochzeit gewünscht. Als Architekt moderner Zweckbauten könne er die haltbare Bautechnik der Griechen nicht verstehen. »Das muß ja eine Menge Geld gekostet haben.« Anschließend erläuterte er uns seine Philosophie des Bauens: möglichst schnell, möglichst praktisch und möglichst billig.

Nach dem Verbaltornado ihres Gatten blieb Frau Traunich nur noch die Nennung ihres Vornamens. Sie hieß Almuth.

Mein Blick fiel auf den nächsten in der Runde. Der ältere Mann hatte einen Charakterkopf mit silbernem Haar, das an den Stellen, an denen es noch sproß, schlohweiß und lockig war. Die Stirn lag hoch und war von waagerechten Linien durchfurcht. Die Augenbrauen waren schwarz und buschig nach oben gekämmt. Klar und deutlich stellte er sich vor: »Dr. Waldemar A. Unbill. Das 'A' steht für Agamemnon. Ich bin pensionierter Oberstudiendirektor, Lehrer für Geschichte und Deutsch.«

Nach dem Kurztelegramm folgte eine Aufzählung von Büchern, an denen er mitgearbeitet hatte. Bleierne Müdigkeit wollte sich am Tisch breit machen, als er sagte: »Übrigens bin ich Mitglied des Kuratoriums, das für das archäologische Privatmuseum in der Landeshauptstadt zuständig ist.«

Drei Menschen am Tisch waren plötzlich ganz Ohr: Daphne, ich und Kondis, der bleich wurde. Seine Hand verkrampfte sich um den rot-weiß-karierten Tischtuchzipfel. Es schien mir, als wolle er etwas sagen, doch seine Stimme versagte. Nach einigen Sekunden hatte er sich wieder in der Gewalt.

Ich überlegte, was diese Konstellation für die Reise bedeuten könnte, kam aber zu keinem Ergebnis. Unbill hatte also mit dafür gesorgt, daß Kondis mit Schimpf und Schande seine Museumsleitung abgeben mußte. Warum nahm Unbill an der Reise teil?

»Das ist mein Sohn«, redete Unbill weiter, »er heißt Ajax, ist 35 Jahre alt und studiert. So etwa im 30. Semester, nicht wahr, mein Lieber?«

Ajax Unbill wurde rot und blieb schweigsam. Alle starrten ihn an. Er hatte dünnes Haar, die hohe Stirn seines Vaters und einen kleinen Schnurrbart, der sich im Gesicht zu behaupten versuchte.

»Waren Sie schon mal in Griechenland?« fragte ich.

»D... d... doch!« stotterte er.

»Ajax hat die klassische Bildung sozusagen mit der Muttermilch aufgesogen«, meinte sein Vater, »sein Urgroßvater hat mit Heinrich Schliemann Mykene und Troja ausgegraben. Ajax hat als kleiner Junge mit antiken Terrakotten statt mit Plastikförmchen gespielt.«

Deshalb stottert er wohl, der arme Hund, dachte ich. Die beiden waren ein typischer Fall von Vater-Sohn-Konflikt.

»Können Sie verstehen, warum jemand seinen Sohn nach einem Scheuermittel benennt?« flüsterte mir Martha Maus ins Ohr.

»Vielleicht hat ihm Ata nicht so gut gefallen«, lachte ich.

»Und nun als letzte unsere Frau Maus!« Kondis' Stimme war wieder ruhig und heiter. Die alte Dame war 66 Jahre alt und hatte zu Jugendzeiten in einer Kleiderfabrik gearbeitet. Nach der Geburt der Kinder, es waren ihrer zwei, hatte sie als Putzfrau gejobbt. Ihr Mann war längst gestorben, die Kinder aus dem Haus. Und jetzt diese wunderbare Reise, auf der sie die Heldengeschichten nachzuerleben hoffte, die sie schon als kleines Mädchen atemlos gemacht hatten.

Martha Maus war auch jetzt atemlos und nahm einen Schluck Wasser. Die Vorstellungsrunde war vorüber.

Ein Kellner schleppte ein Riesentablett mit gegrillten Fleischbrocken heran. Kondis erklärte die Gerichte. Lammnieren, gefüllte Därme, marinierte Leber, Fleischbällchen und Gyros.

Teller mit Oliven wurden auf den Tisch gestellt, daneben Schafskäse und Salat. Die Pommes frites waren von grober Hand geschnitzt, und aus dem Tzaiziki strömten Knoblauchwolken.

»Wer möchte Retsina?« fragte Daphne Laurenz. Niemand sagte nein. Die Kellner schleppten die Weinkrüge heran.

Ich hatte diesen Wein noch nie getrunken, sondern nur über ihn gelesen. Er wird mit Harz versetzt, um ihn haltbarer zu machen. Angeblich haben die alten Griechen diese Unart kreiert. Der Tropfen schmeckte, als habe jemand eine Pulle Nagellackentferner hineingekippt. Ich stieg wieder auf Wasser um und schnappte mir einige Fleischbällchen.

Die Sonne brach durch die Kiefer über mir und brannte mir eins auf die Nase. Morgen würde ich den ersten Sommersprossen »Hallo« sagen können.

Sehnsucht und ein Nichtangriffspakt

»Um ein tadelloses Mitglied einer Schafherde zu sein, muß man vor allem ein Schaf sein.« Dies ist ein Ausspruch von Albert Einstein. Als unsere Reisegruppe im Hotel in Delphi angekommen war, verstand ich den tieferen Sinn dieses Satzes. Wie brave Schafe standen wir alle vor der Rezeption und warteten, bis sich Jason Kondis mit dem Hotelbesitzer über die Zimmerbelegung geeinigt hatte. Meine Entwicklung zum Schaf machte mir Sorge. In Gruppen fühlte ich mich nicht wohl, bisher hatte ich mein Leben selbst organisiert und war dabei gut gefahren.

Die Verhandlungen zwischen Kondis und dem Hotelmanager gingen ihrem Ende zu. Ich verstand kein Wort, doch der Dialog gestaltete sich temperamentvoll.

»Gibt es Probleme?« wollte ich wissen.

»Überhaupt nicht«, meinte er, »ich habe für Sie, Frau Vischering, Daphne und den Pater Einzelzimmer organisiert. Stellen Sie sich vor, er wollte mich und den Pater zusammen in einem Doppelzimmer einquartieren.«

»Vielleicht dachte er, daß Sie geistlichen Beistand gebrauchen können.«

»Die Zimmer sind bereit«, rief Kondis der Schafherde zu. »Ihr Gepäck wird sofort in die Räume gebracht.«

Ich griff selbst zu meinen Koffern und schleppte sie fort, nachdem ich mir den Zimmerschlüssel hatte geben lassen.

Das Hotel war sauber und hell. Auf dem Weg zu meinem Raum fiel mir die Dachterrasse auf. Sie war groß und bot eine atemberaubende Sicht in das Tal des Flusses Pleistos, über dem sich die kargen Wände des Parnassos-Gebirges erhoben. Ich ließ meinen Koffer auf dem Flur stehen und trat nach draußen.

Ein kühlender Wind kam vom Berg. Die Luft war straff. Weit unten im Tal Millionen von Olivenbäumen. Sie reichten mit ihrem silbrigen Grau bis hin zum Meer, das in leichtem Dunst einen blauen Zipfel von sich sehen ließ.

Ich schloß die Augen. Der Wind wurde stärker, der Lärm der Touristenbusse von der Straße in meinem Rücken verstummte. Jemand begann, eine sehnsuchtsvolle Melodie auf einer Flöte zu spielen. Die Töne klangen unwirklich und zeitlos. In welchem Jahrtausend befand ich mich? Oder war ich auf einen Touristengag hereingefallen?

»Eine Hirtenflöte!« sagte Kondis neben mir. Ich hatte ihn nicht bemerkt. Dann hörten wir beide dem unbekannten Flötenspieler zu. Die Zeit vergaß uns.

»Kennen Sie den englischen Dichter Lord Byron?« wollte er wissen.

»Nicht persönlich«, witzelte ich.

»Er starb für uns Griechen im Freiheitskampf gegen die Türken. Das war 1824. Als er nach Delphi kam, war der Parnaß schneebedeckt und die Ausgrabungsstätte verlassen. Byron schuf folgendes Gedicht:

O du Parnassos, den ich heut' darf schauen,
und nicht etwa in holdem Traumgesicht,
nicht in des Liedes fabelhaften Auen,
nein, schneebedeckt in Griechenhimmels Licht,
in jener Hoheit, die aus Firnen spricht,
was Wunder, wenn ich's wage, so zu singen!
Dein treuster Pilger, der dich hat in Sicht,
möcht' deinem Echo seine Lieder bringen,
hebt auch auf dir die Muse nicht mehr ihre Schwingen.«

»Das gefällt mir«, sagte ich. »In einer Luft, die fest und dünn wie Seide ist, bekommen Worte mystische Bedeutung.«

»Lassen Sie uns das Kriegsbeil begraben«, bat er leise.

Ich schaute ihn überrascht an. »Einverstanden. Ich kann Ihre Abneigung gegen meinen Auftrag ja verstehen. Aber ich werde Sie alle so wenig wie möglich belästigen. Tun Sie so, als sei ich überhaupt nicht da.«

»Das habe ich nicht sagen wollen.« Er war verunsichert.

»Wie auch immer. Ich will die Reise ein bißchen genießen. Hier ist alles anders als auf meinen bisherigen Urlaubsreisen. Es ist wahrscheinlich sentimental, aber eben hatte ich einen Augenblick das Gefühl, nicht in dieser Zeit zu leben. Verstehen Sie, was ich sagen will?«

Er lächelte traurig. »Sicher weiß ich das. Sie schauen auf Berge, auf denen die Menschen vor 3000 Jahren ihr Vieh gehütet haben. Sie berühren Steine, die vor langer Zeit von anderen berührt worden sind. Sie hören von Göttern, die das Schicksal Europas mitbestimmt haben. Und Sie hören ein Flötenspiel, das sich seit den antiken Zeiten nicht viel verändert hat. Jeder Mensch mit Phantasie und Einfühlungsvermögen spürt den Hauch einer jahrtausendalten Geschichte.«

»Und woher kommt die Melancholie, die ich empfinde? Diese dubiose Sehnsucht?«

»Weil Sie ahnen, daß von Ihnen in 3000 Jahren keine Spur mehr da sein wird. Es sei denn, Ihre Reportage wird so sensationell, daß man sie in einen Fels meißelt.«

»Ich werde mir große Mühe geben!« versprach ich.

Schweigend standen wir noch eine Weile und sahen ins Tal. Glockengeläut drang zu uns.

»Das sind die Hirten mit ihren Ziegenherden«, erklärte Kondis. »Mit diesem Läuten bin ich aufgewachsen. Immer wenn ich die Glocken der Herden höre, fühle ich mich geborgen.«

Ich betrachtete ihn. Seine Augen waren geschlossen, den Kopf hatte er nach hinten gebogen wie ein Blinder, der neuen Tönen lauscht.

»Warum ist dieser Waldemar Unbill hier?« wechselte ich das Thema.

»Ich habe keine Ahnung.«

»Haben Sie bei der Anmeldung nicht gewußt, daß er Mitglied des Kuratoriums Ihres Museums ist?«

»Nein, leider nicht. Das Kuratorium besteht aus 30 Leuten. Wenn ich ihn erkannt hätte, wäre er nicht hier, das können Sie mir glauben!«

»Was will er von Ihnen? Was hat er vor?«

»Detektiv spielen? Psychoterror ausüben gegen einen Mann, der angeblich jahrelang Kunstschätze gestohlen hat? Seinem stotternden Sohn eine Freude machen? Was weiß ich!«

Kondis' Stimme hatte einen scharfen Klang, in den ein paar Prisen Verzweiflung gemischt waren. Er hatte Angst vor dem, was vielleicht kommen würde.

»Ich werde ein Interview mit ihm machen und versuchen, etwas herauszukriegen. Mal schauen, was dero Gnaden, Herr Oberstudiendirektor Dr. Waldemar Agamemnon Unbill, auf Lager haben.«

»Heißt das, daß Sie auf meiner Seite sind?« Es klang hoffend.

»Wir haben doch gerade erst Waffenstillstand geschlossen! Jetzt kommt erst mal ein Nichtangriffspakt. Wenn wir den durchhalten, sehen wir weiter. Für einen Freundschaftsvertrag ist es noch entschieden zu früh. Außerdem spiele ich lieber mein eigenes Spiel.«

Er lachte auf. Es klang überrascht und gekränkt. »Sie handeln sehr pragmatisch«, bescheinigte er mir. *»Donec eris felix, multos numerabis amicos. Tempora si fuerint nubila, solus eris.«*

»Und was heißt das nun wieder?«

»Ovid. Es heißt sinngemäß: Wenn du glücklich bist, hast du viele Freunde. Wenn sich der Himmel bewölkt, bist du allein.«

»Schöner Spruch. Paßt aber nicht, denn ich habe Sie noch nicht gekannt, als Sie glücklich waren. Haben Sie Angst vor diesem Unbill?«

»Keine Angst. Aber ich fühle mich unwohl.«

»Warum haben Sie nicht darauf bestanden, daß die Diebstähle restlos aufgeklärt werden?«

»Sie haben recht. Das war ein Fehler. Aber ich wollte damals nicht von den Medien zerstückelt werden. Jetzt haftet der Makel, ein Dieb zu sein, ein Leben lang an mir. Aber ich hätte auf jeden Fall die Verantwortung für die Sache tragen müssen – immerhin war ich der Direktor des Museums.«

Kondis trat zum Geländer, das die Dachterrasse säumte. Ich nutzte die Gelegenheit, ihn zu mustern. Er war gut gebaut mit kräftigen Schultern und Oberarmen, die Beine waren lang und steckten in flachen, weichen Schuhen aus Wildleder. Er schien eine Vorliebe für legere Kleidung zu haben, denn die Hose war aus Leinen und das Hemd aus stahlblauer Rohseide. Wenn ich die Männer der Reisegruppe an meinem geistigen Auge vorüberziehen ließ, war er mit Abstand der attraktivste. Abgesehen von Costas. Aber der mußte noch für ein paar Jährchen auf die Weide.

Ich spürte ein merkwürdiges Kribbeln in meinem Blut, während ich Kondis so ungeniert betrachtete. Er war ein Macho, aber einer von der ganz raffinierten Sorte. Intelligent, gebildet, anpassungsfähig. Die Rolle eines Mannes, der von geheimnisvollen Mächten verfolgt und unschuldig einer Straftat bezichtigt wird, spielte er brillant. Der einsame Wolf, der melancholische Einzelgänger auf der Suche nach einer starken Frauenschulter, nach dem Mädel zum Pferdestehlen.

Die Nummer war nicht neu für mich, doch zur Zeit hatte ich keine Lust darauf. Ich drehte mich um und ging auf den Flur zurück. Fast wäre ich über meinen Koffer gefallen.

In meinem Zimmer packte ich nachdenklich den Koffer aus. In Delphi waren drei Übernachtungen vorgesehen. Heute abend hatten wir Auslauf ohne Programm – so sah es der Reiseplan vor. Ich würde eine Flasche Wein bestellen und auf dem Balkon in meinen Büchern schmökern.

Da fiel mir ein, daß ich mit Pater Benedikt zum Interview verabredet war. Ich trat auf den Flur zurück. Die Zimmertür neben meiner war geöffnet. Durch den Spalt sah ich Daphne Laurenz. Ich klopfte und trat ein.

»Wissen Sie, in welchem Zimmer der Pater untergebracht ist?« erkundigte ich mich.

»Ganz am Ende des Ganges, hinten links«, antwortete sie. »Sind Sie mit Ihrem Zimmer zufrieden?«

»Eine tolle Aussicht«, schwärmte ich. »Die Parnassos-Berge und das Tal des Pleistos. Es ist wunderbar! Was machen Sie heute abend?«

»Wenn nichts anliegt, ruhe ich mich aus. Morgen haben wir einen anstrengenden Tag. Wir besuchen das Apollon-Heiligtum und am Tag darauf das Museum. Ich muß meine Texte noch einmal durchlesen, ich mache diese Reise schließlich auch zum ersten Mal.«

»Wenn Sie wollen, kommen Sie rüber zu mir auf ein Gläschen Wein. Ich wohne nebenan.«

Sie lächelte abwesend und legte ein fast durchsichtiges Nachthemd aufs Bett. Es sah andächtig aus. So, als bereite sie eine rituelle Handlung vor. Sie erwartet jemanden heute nacht, dachte ich und tippte auf Kondis. Ich verscheuchte den Gedanken wieder, denn es ging mich schließlich nichts an.

Pater Benedikt sah ich an dem Abend nicht mehr. Er hatte das Hotel zusammen mit Martha Maus und dem Ehepaar Traunich verlassen. Alfred Traunich hatte etwas von einem »Zug durch die Gemeinde« gefaselt. Hoffentlich füllte der Architekt den Gottesmann nicht ab bis zum Umfallen.

Der Geruch der Pfefferminze

An diesem ersten Abend begriff ich, daß das Delphische Orakel einmal Mittelpunkt der abendländischen Welt gewesen war. Hier wurden Kriege ausgelöst, Schicksale besiegelt, Absolution für Kapitalverbrechen erteilt. Beherrscht wurde das Machtinstrument von einer Priesterkaste, die sich ihrerseits einer Frau bediente: Der Pythia.

Die Griechen glaubten, daß Delphi der Mittelpunkt der Welt war, der Nabel, der *omphalos*. Gottvater Zeus ließ in Urzeiten zwei Adler von beiden Enden des Kosmos ausfliegen, damit sie den Mittelpunkt der Welt herausfänden. Die Vögel starteten und trafen sich in Delphi: Der Beweis, daß der Nabel der Welt gefunden war.

Ich hatte eine Flasche Weißwein aus Limnos getrunken und fiel entsprechend müde ins Bett. Mein letzter Gedanke vor dem Einschlafen galt der Pythia, die jahrhundertelang im Apollontempel das Schicksal der Welt bestimmte. Meist hatte sie – benommen von schwefligen Dämpfen, die aus einer Erdspalte drangen – sinnloses Zeug gemurmelt, das von den Priestern interpretiert worden war.

Ich schlief tief, fest und traumlos. Plötzlich wachte ich auf. Es war Nacht. Die Uhr zeigte halb zwei. Aus dem Zimmer nebenan drang ein wimmerndes Geräusch. Nicht laut, sondern verhalten. Dann hörte ich die tiefe Stimme eines Mannes, dann wieder dieses gotterbärmliche Wimmern.

Ich rappelte mich aus dem Bett hoch. Was geschah da? Bevor ich meine Gedanken einigermaßen beisammen hatte, hörte ich eine Tür zufallen. Ganz in meiner Nähe. Nebenan.

Ich zögerte noch. Sollte ich mich in Dinge einmischen, die mich nichts angingen? Daphne Laurenz wird Streit mit ihrem Liebhaber gehabt haben, dachte ich. Ich löschte das Licht und wollte mich wieder in die Waagerechte begeben. Ein hektisches Klopfen an meiner Tür hielt mich davon ab.

Ich öffnete. Vor mir stand Daphne Laurenz. Sie war nackt. Wunde Augen starrten mich an.

»Mein Gott!« stieß ich hervor. »Kommen Sie rein! Was ist mit Ihnen?«

Sie ließ sich auf mein Bett fallen, riß das Laken von der Matratze und hüllte sich damit ein. Sie legte den Kopf auf die hochgezogenen Beine und weinte leise.

»Sagen Sie, was passiert ist!« Ich hatte mich neben sie gesetzt und ihr Gesicht zu mir hin gebogen. Ein merkwürdiger Geruch zog in meine Nase. Ich schnupperte. Es roch nach Pfefferminze.

»Ich bin vergewaltigt worden!«

Es fiel mir schwer, die Worte zu begreifen. Ich dachte an Kondis und seine unausgelebte Melancholie.

»Wer?«

Sie schluchzte. »Ich habe keine Ahnung.«

»Wie ist es passiert?«

»Es klopfte. Ich dachte, es sei ein Gast, und öffnete die Tür. Vor mir stand ein Mann mit einer Maske. Er drückte mich ins Zimmer zurück und hielt mir ein Messer vor den Bauch. Dann mußte ich mich ausziehen und nackt aufs Bett legen.«

Sie konnte nicht weiterreden. Ich wartete.

»Ich muß mich waschen!« schrie sie plötzlich und sprang auf.

»Warten Sie!« rief ich. »Es ist besser, wenn die Polizei die Spuren sieht. Und der Arzt!«

»Polizei? Arzt?« Sie lachte auf wie eine Irre. »Hier in Griechenland? Soll ich mich zum Gespött machen? Wer wird mir glauben? Ich habe die Tür schließlich geöffnet und den Kerl reingelassen!«

»Na und?« widersprach ich. »Griechenland ist ein zivilisierter Staat. Warum sollte die Polizei Ihnen nicht glauben?«

Sie antwortete nicht, sondern starrte nur vor sich hin.

»Wie ging es weiter?« wollte ich wissen.

»Er sagte, er wolle mir nicht weh tun. Also sollte ich weder schreien noch mich wehren.«

»Und was taten Sie?«

»Ich lag auf dem Bett, und er riß mir das Nachthemd herunter. Dann tat er es.«

»Hat er noch mehr gesagt?«

»Du bist Daphne. Ich bin Apollon.«

»Was?«

»Genau das waren seine Worte.«

Ich dachte an die Geschichte aus der Mythologie: Apollon verliebt sich in Daphne, die jungfräuliche Jägerin im Gefolge seiner Schwester Artemis. Sie entzieht sich ihm, er verfolgt sie. Sie verwandelt sich in einen Lorbeerbaum, bevor er sie vergewaltigen kann. Als Gott der Musik und des Bogens trägt er seitdem einen Lorbeerkranz an seiner Leier und seinem Köcher. Außerdem bestimmt er, daß ein Lorbeerkranz das Haupt erfolgreicher Sänger zieren solle.

»Glauben Sie, daß es jemand aus der Reisegruppe war?«

»Natürlich! Er sprach deutsch.«

»Woher kommt dieser Pfefferminzgeruch?«

Sie rang nach Worten. »Er hat mich vorher eingerieben mit einem Öl.«

»Was heißt das?«

»Er ließ das Öl auf meinen Körper fließen und salbte ihn.« Sie lachte hysterisch auf. Eine Gänsehaut kroch meinen Rücken hoch. Ein Verrückter, dachte ich.

»Er sagte: Ich salbe deinen Leib. Ich war starr vor Angst und wagte nicht, mich zu rühren. Es war schrecklich. Das Messer hatte er neben meinen Kopf gelegt.«

»Und weiter?«

»Er schraubte die Flasche zu und vergewaltigte mich.«

»Hat er die Maske abgenommen?«

»Nein. Das Licht des Mondes fiel zwar ins Zimmer, aber ich konnte dennoch nichts erkennen. Als er fertig war, sagte er, daß er vielleicht noch einmal wiederkommen würde.«

Mir verschlug es die Sprache. Nach einer Weile sagte ich: »Wir sollten die Polizei informieren!«

»Nein«, schrie sie. »Ich werde die Sache vergessen. Ich hatte Angst, mich zu wehren. Und was bedeutet es, wenn eine Frau sich nicht wehrt? Daß sie einverstanden ist. Ich will mit der griechischen Polizei nichts zu tun haben. Alle werden mich für verrückt halten.«

Ich überlegte. Ihre Bedenken waren nicht von der Hand zu weisen. Aber Vergewaltigung ist ein schweres Verbrechen. Plötzlich hatte ich das Bild vor mir, wie sie andächtig ihr Nachthemd auf dem Bett drapiert hatte, als erwarte sie jemanden.

»Waren Sie mit jemandem verabredet heute nacht?« fragte ich.

»Aber nein. Wie kommen Sie darauf?«

»Nur ein Gefühl. Die Art, wie Sie Ihr Nachthemd auf dem Bett zurechtlegten. Ich dachte ...«

»Was dachten Sie?«

»Ich dachte, daß Sie und Kondis ...«

Sie schaute mich überrascht an. »Ich und Jason? Auf keinen Fall!«

»Könnte er es trotzdem gewesen sein?« beharrte ich. »Er ist in einer Krise, seine Zukunftsaussichten sind nicht gerade rosig ...«

»Um Himmels willen. Doch nicht Jason! Er hat es nicht nötig, Frauen zu vergewaltigen! Sie liegen ihm ohnehin zu Füßen. Außerdem würde er mir so etwas nie antun!«

Ich atmete unwillkürlich auf, verstand nicht mehr, wie ich auf diesen Gedanken kommen konnte. Kondis war zwar ein hochmütiger Mensch, doch wie ein Frauenschänder wirkte er nicht. Doch wem sah man seine Untaten schon am Gesicht an?

»Was sollen wir tun?« fragte ich. »Sie können die Sache doch nicht auf sich beruhen lassen! Einer in der Gruppe ist ein Verbrecher. Wir müssen ihn finden und vor Gericht stellen.«

Daphne hatte mit dem Weinen aufgehört. »Ich muß mich reinigen«, sagte sie. Es klang panisch. Sie sprang aus dem Bett und schlang das Laken um ihren Körper. Dann fing sie an, wie wild mit dem Tuch ihre Haut abzureiben.

»Ich muß alles abwaschen. Duschen. Morgen ist alles vergessen.«

»Stellen Sie sich das nicht so einfach vor«, warnte ich. »Sollen wir nicht wenigstens Kondis informieren? Er ist schließlich der Chef dieser Veranstaltung hier.«

»Auf keinen Fall. Ich will diese Reise und meinen Job zu Ende machen. Ich möchte nicht, daß irgendjemand davon erfährt. Versprechen Sie mir das?«

Was blieb mir anderes übrig? Ich schlief schlecht in dieser Nacht. Nebenan in Daphnes Zimmer hörte ich noch lange Wasser rauschen. Das Gefühl, daß Daphne und Kondis mehr verband als nur gemeinsame Geschäftsinteressen, wurde ich nicht los.

Ein antikes Disneyland mit religiösem Ambiente

Die Zeit war gekommen, mich ernsthaft um meinen Auftrag zu kümmern. Nach dem Frühstück karrte uns Aris zur Ausgrabungsstätte. Wir reihten uns auf der schmalen Straße hinter andere Touristenbusse ein. Ich hatte mich ganz nach hinten verzogen und betrachtete die Schafherde, deren Mitglied ich war.

Der nächtliche Vorfall beschäftigte mich. In diesem Bus sitzt ein Frauenschänder, dachte ich.

Alfred Traunich saß gelangweilt neben seiner Gattin, die ihn für die Landschaft zu begeistern suchte. Zwischen seinen Zähnen qualmte ein Lungentorpedo. Er trug derbe Bergschuhe und einen Safarianzug.

Vater und Sohn Unbill schwiegen sich an. Ich bemerkte, daß Waldemar Unbill die Entzückensschreie von Almuth Traunich mit überlegenem Lächeln quittierte und hier und da korrigierend eingriff.

Pater Benedikt spielte versonnen mit dem Kreuz am Bande und schien nicht zu bemerken, was um ihn herum vorging. Weiß der Himmel, an was er dachte.

Jason Kondis saß hinter dem Busfahrer, Costas nickte heftig zu den Tönen, die ein Walkman von sich gab, und ruinierte seine schönen weißen Zähne mit einem Kaugummi.

Nein, dachte ich, niemand von denen schleicht nachts mit Maske und Minzeöl über den Flur und mißbraucht eine Frau.

Der Bus parkte ein und spuckte uns aus. Daphne Laurenz bemühte sich um eine neutrale Miene. Ich sah jedoch, wie ihr Blick die Männer der Reisegruppe musterte. Ihr Gesicht war aufgedunsen, die Augen gerötet.

Kondis schien bester Laune zu sein. Er henkelte sich bei Martha Maus und Gerlinde von Vischering ein und stiefelte in Richtung Ticketschalter. Ich sah den dreien nach. Die alte Martha plapperte fröhlich drauflos und bemühte sich, sein Schrittempo zu halten, Gerlinde von Vischering hing an seinem Arm, als seien beide jahrzehntelang verheiratet.

»Tut mir leid wegen gestern abend«, sagte Pater Benedikt zu mir, »ich habe das vereinbarte Interview völlig vergessen. Und als ich aus der Stadt zurückkam, war es zu spät.«

»Das macht nichts. Wir holen es nach. Wann sind Sie denn gestern ins Bett gekommen?«

»Leider erst sehr spät. So gegen ein Uhr«, berichtete er.

»Ist Ihnen jemand auf dem Flur begegnet?«

»Nein. Alles war ruhig. Warum wollen Sie das wissen?« fragte er überrascht.

»Ich habe nachts so komische Geräusche gehört. Ein Wimmern. Aber vielleicht habe ich nur schlecht geträumt.«

Pater Benedikt überlegte. »Jetzt, wo Sie es sagen! Ich war kaum in meinem Zimmer, als ich eine Tür schlagen und ein Klopfen hörte. Und eine Männerstimme. Danach war wieder Ruhe, ich habe gebetet und bin ins Bett gegangen.«

»Das Türenschlagen und das Klopfen – wieviel Zeit lag dazwischen?«

»Ein oder zwei Augenblicke. Warum wollen Sie das wissen?«

Ich antwortete nicht. Seine Aussage bewies, daß der Vergewaltiger in unmittelbarer Nähe von Daphnes Zimmer wohnte. Vielleicht sogar nebenan. Auf jeden Fall mußte er nicht den Flur entlanglaufen, um in Daphnes Zimmer einzudringen und sein Verbrechen zu verüben.

»Sie haben, ohne es zu wissen, etwas Wichtiges mitbekommen«, erklärte ich dem Gottesmann. »Würden Sie mir dasselbe gleich noch mal erzählen? Auf Audiokassette?«

»Wenn Sie wollen. Aber – was bedeutet dies alles? Ist vergangene Nacht etwas passiert?«

Ich war kurz davor, ihm die Wahrheit zu sagen. Doch es war noch zu früh. »Bitte, Pater! Haben Sie Vertrauen zu mir. Irgendwann werde ich Ihnen sagen, um was es geht. Und erzählen Sie niemandem, was Sie gehört haben.«

Gedankenfetzen schwirrten in meinem Kopf wie ein Schwarm aufgeschreckter Bienen. Wer wohnte auf der anderen Seite von Daphnes Zimmer? Ich konnte mir diese Frage schnell beantworten, denn ich wußte es. Rechts neben Daphne wohnte Kondis, links daneben hatte ich mein Zimmer.

Ich bemerkte gar nicht, daß wir das Ausgrabungsgelände schon betreten hatten. An der Spitze der Gruppe lief Daphne und erklärte die einzelnen Ruinen. Ich setzte mich auf eine umgestürzte Säule und machte meinen Kassettenrecorder arbeitsfähig.

Im Gras nebenan hatte sich eine Gruppe junger Mädchen niedergelassen. Nach ihren T-Shirts zu urteilen, kamen sie aus den USA. In ihrer Mitte stand ein Grieche, der sich bemühte, den Mädels etwas über die Bedeutung von Delphi einzubleuen.

Ich startete den Recorder und hielt das Richtmikrophon in seine Richtung. Über Kopfhörer steuerte ich die Aufnahme.

»*What was Delphi?*« fragte er in die Runde. Dann gab er sich selbst die Antwort: »*Delphi was a great political und religious center, the famoust oracle of the world like the United Nations today.*«

Die Mädchen kicherten und ließen einige Limonadendosen kreisen. Einige von ihnen blätterten in einem Reiseführer.

»*A fanatic christian emperor destroyed Delphi and forbid the Olympic Games*«, erklärte der Mann weiter. Dann zeigte er auf die umliegenden Berge. »*This is Parnassos – the god of wine was born here. The ancient Greeks like music and to drink wine.*«

Ich spulte die Kassette zurück und hörte mir das Ergebnis durch die Kopfhörer an. Ich war zufrieden.

An mir zogen inzwischen Legionen von Touristen vorbei. Ich legte das Mikrophon neben mich, um die Geräuschkulisse aufzunehmen.

Die Engländer und Nordeuropäer waren an ihrer rötlichen Haut zu erkennen, auf der die griechische Sonne bereits ihre Brandspuren hinterlassen hatte. Das hielt sie allerdings nicht davon ab, in kurzen Bermuda-Shorts und ärmellosen Blusen zum Apollon-Tempel hinaufzusteigen. Die Engländerinnen hatten einen Hang zu riesigen, billigen Strohhüten, die mit künstlichen Blumen oder grellfarbenen Flatterbändern verschönt wurden.

Die Französinnen liebten die allerknappeste Version von Shorts. Auch die Mesdames über 50. Dazu Stöckelschuhe, die besonders für das Wandern auf den steinigen Wegen geeignet waren.

Die Deutschen konnten als Praktiker identifiziert werden. Die Stoffhüte weiß, Hemden und Blusen aus fester Baumwolle. Um den Hals der Männer baumelte die Fotokamera oder der Camcorder, während die Damen mit geöffnetem Reiseführer überprüften, ob man sich auch wirklich in Delphi befände. Bei den Deutschen gab's noch weitere Varianten. Die Touristen aus Sachsen waren an ihren Anzügen aus Ballonseide zu erkennen, die ökologisch orientierten Wessis an den Rucksäcken, den Jogging-Schuhen und den Feldflaschen.

Ich überlegte, zu welcher Kategorie ich gehörte. Meine Hose war aus Baumwolle, die Schuhe flach und praktisch, die Leinenbluse lang und weit. Auf dem Kopf trug ich einen Panamahut und vor den Augen eine Sonnenbrille mit verspiegelten Gläsern und buntem Gestell. Ich lag also irgendwo zwischen Öko-Freaks und Bildungs-Spießern.

Meine Herde war im Gewühl der Menschen verschwunden. Ich nahm den Weg nach oben und hatte Mühe, zwischen den Reisegruppen hindurch zu kommen.

Vor 3000 Jahren gab's hier auch schon jede Menge Trubel, dachte ich. Es wimmelte von Andenkenläden, Getränkeständen, Prostituierten, Wahrsagern, die ihr

Geld machen wollten, einfachen und wohlhabenden Besuchern. Die Reichen stifteten Bauten und Geschenke, die Armen ein Huhn oder einen Scheffel Korn. Alles drehte sich um die Pythia. Diese saß auf ihrem Dreifuß im Erdgeschoß des Apollon-Tempels und orakelte. Die Priester stellten die Fragen, interpretierten die Antworten und hielten danach die Hand auf. Delphi war ein religiös geprägtes, antikes Disneyland gewesen.

Ich stand vor dem Schatzhaus der Athener. Es war als einziges der vielen Schatzhäuser wieder errichtet worden. Spatzen flogen ein und aus und zeterten. Ihr Nachwuchs war bereits flügge geworden.

Die Wände des Schatzhauses waren über und über mit griechischen Buchstaben bedeckt. Ich bemühte den Reiseführer, der mir erzählte, daß es sich um zwei Hymnen an Apollon aus dem 2. Jahrhundert vor Christus handelte.

Ich hatte die Spatzen verscheucht. Schimpfend saßen sie auf den Zweigen eines Baumes. Es war ein Lorbeerbaum, der heilige Baum des Apollon. Ich knipste ein Blatt ab, zerrieb es zwischen den Fingern und roch daran. Ein würziger Duft füllte meine Nasenlöcher.

Apollon verfolgt Daphne, sie verwandelt sich in einen Lorbeer und wird so zur Baumnymphe. Der Vergewaltiger von Daphne Laurenz muß sich in der Mythologie auskennen, dachte ich. Damit würde Alfred Traunich aus dem Kreis der Verdächtigen ausscheiden.

Sinnend ging ich weiter und erreichte einen großen Felsblock. Es war der Felsen der Sibylle. Hier hatte die Vorgängerin der späteren Pythien gesessen, zu einer Zeit, als das Orakel noch nicht Apollon, sondern der Erdmutter Gaia geweiht war.

»Warum bleiben Sie nicht bei der Gruppe?« fragte eine ungehaltene Stimme neben mir. Es war Kondis. Sein Atem ging schnell.

»Ich mag keinen Herdenauftrieb«, entgegnete ich, »ich habe einen guten Reiseführer in Buchform, der mir alles erzählt, was ich wissen will. Außerdem habe ich Tonaufnahmen gemacht. Wo also liegt Ihr Problem?«

Ich wollte an ihm vorbei, doch er hielt mich am Arm fest. »Frau Grappa, solche Extratouren erschweren meine Arbeit. Können Sie das nicht verstehen?«

Es gelang ihm nur mühsam, seinen Zorn zu unterdrücken. Der Lauf durch die Sonne hatte ihn nicht nur atemlos, sondern auch noch schweißnaß gemacht. Soviel Aufwand!

»Wo sind die anderen?« lenkte ich ab.

»Während Sie hier herumgebummelt sind, sind wir bereits im Stadion gewesen. Ganz oben am Berg. Pater Benedikt hat gemerkt, daß Sie nicht mehr da sind. Ich dachte, Ihnen sei etwas passiert.«

»Niemand braucht sich um mich zu sorgen. Ich kann auf mich allein aufpassen«, gab ich bekannt und ging weiter.

»Wie Sie meinen!« sagte er verschnupft. Schweigend trotteten wir nebeneinander den Weg. Am Apollon-Tempel hörte ich einen Steinschmätzer. Er saß auf einer der sechs wieder errichteten Säulen und schmetterte sein »püt-ü, püt-ü« durch die klare Luft.

»Leider ist das Innere des Tempels gesperrt«, sagte Kondis. »Sonst könnte ich Ihnen die drei Berühmtheiten dieses Tempels zeigen. In der Vorhalle sind zwei Sprüche eingemeißelt: 'Erkenne dich selbst' und 'Nichts im Übermaß'. Und das geheimnisvolle große 'E', dessen Bedeutung noch heute ungeklärt ist.«

»Erkenne dich selbst!« wiederholte ich. »Genau das ist es! Wer sich selbst erkannt hat, ist frei!«

»Vermutlich stammen diese Sätze von Pindar, dem großen griechischen Dichter, der lange Zeit Oberpriester in Delphi war. Er ist Verfasser der Oden. 'Liebe Seele, trachte nicht nach dem ewigen Leben, sondern schöpfe das Mögliche aus.' Das war ein Auszug aus der Dritten Pythischen Ode. Klingt doch sehr aktuell, oder?«

»Erstaunlich. Er will sagen, daß man aus seinem Leben auf Erden das Beste machen soll«, interpretierte ich.

Der Weg stieg an. Ich setzte meinen Hut ab und wedelte mir etwas Luft zu. Die Sonne brannte. Es war bald Mittag.

»Sie wissen sehr viel über die griechische Antike«, bescheinigte ich ihm. »Ich liebe diese alten Geschichten, die zeigen, daß sich der Mensch seit Tausenden von Jahren nicht verändert hat. Die Sätze in der Vorhalle des Tempels sind der beste Beweis dafür. Was gäbe ich dafür, durch die Jahrtausende springen zu können und zu sehen, wie es wirklich war!«

»Lassen Sie uns heute nachmittag einen Ausflug in das Tal des Pleistos machen«, bat er. »Nur wir beide.«

»Und warum?«

»Wir sollten uns einmal gründlich unterhalten.«

Der Gedanke gefiel mir. »Und die anderen?« fragte ich dennoch.

»Die wollen die Andenkenläden stürmen. Und sich entspannen. Die Sonne hat die alten Herrschaften ganz schön geschafft. Daphne wird sie beim Einkaufen begleiten. Ich leihe mir ein Auto, und wir fahren los. Sie werden diesen Ausflug nie vergessen, denn die Landschaft, durch die wir fahren werden, ist wunderbar. Also – sagen Sie ja?«

»Warum nicht?« entgegnete ich. »Dann kann ich in Ruhe ein Interview mit Ihnen machen.«

Kondis lächelte. »Da oben kommen die anderen«, sagte er. »Ich denke, daß Sie genug gesehen haben. Oder sollen wir noch das Stadion besichtigen?«

Ich winkte ab. Die Sonne stand weit oben am Himmel und würde dort eine Weile weiterglühen. Die Hitze nervte mich, meine Nase glänzte, und der Lidschatten dürfte sich verflüssigt haben. Auf dem Programm standen Restaurierungsarbeiten.

Fröhlich schwatzend kam die Schafherde angetrabt. Almuth Traunich schwärmte vom Apollon-Tempel und dem Theater. Ihr Mann Alfred begutachtete derweil eine leicht bekleidete italienische Touristin, die sich malerisch vor dem Felsen der Sibylle in Pose setzte. Ihre schwarzen Shorts bedeckten nur das Nötigste. Der Gewerbehallen-Architekt unterbrach den Redefluß seiner Angetrauten mit einem herzhaften »Schnauze!« und glotzte weiter.

Almuth Traunich erkannte die Lage und wandte sich resigniert von ihm ab. In ihren Augen wohnte ein Vierteljahrhundert Erniedrigung. Sie hatte das Weinen vor langer Zeit aufgegeben. Alfred Traunich hob die Fotokamera und feuerte die Italienerin an, die sich an den Stein schmiegte, als wolle sie ihn vergewaltigen.

»Ekelhaft!« kam es aus Dr. Waldemar Unbills Mund. Seine buschigen Augenbrauen zitterten vor Empörung. Sohnemann nickte eifrig, riskierte aber später ein paar Blicke, als sein Vater Pater Benedikt die polygonale Stützmauer der ionischen Halle aus der Entfernung zeigte.

»Leider geht das Wissen unserer Reiseleitung nicht über ein volkstümliches Niveau hinaus«, nörgelte Unbill so laut, daß es jeder hören konnte, »sonst hätte man uns die Inschrift erklärt, die diese berühmte Halle ziert. 'Die Athener haben die Halle geweiht, samt den Waffen und Schiffsschnäbeln, die sie von den Feinden erbeuteten.' Dieser Satz bezieht sich auf einen Sieg der Athener gegen den Perserkönig Darius.«

»Xerxes!« rief Jason Kondis. »Der Perser hieß Xerxes! Verschonen Sie uns künftig mit Ihrem Halbwissen!«

Waldemar Unbill schnappte nach Luft. Sohn Ajax sah es mit klammheimlicher Freude. Sein Schnurrbärtchen vibrierte erwartungsvoll.

»Es war Darius!« schrie Unbill mit sich überschlagender Stimme.

»Herr Kondis hat recht!« trompetete Almuth Traunich. »Hier steht's in meinem Kulturreiseführer. Der Perser war Xerxes, und den Sieg haben die Griechen in einer Seeschlacht errungen.«

»Nicht die Griechen, die Athener!« widersprach Unbill.

»Lassen Sie uns endlich gehen«, mischte sich Martha Maus ein.

Sie hatte sich übernommen. Schwer prustend hing sie an Daphnes Arm. »Mein Asthma«, keuchte sie. Kondis hakte sie an der anderen Seite unter.

Gerlinde von Vischering hatte dem munteren Dialog stumm gelauscht. Ihr Blick schweifte über die Berge. Sie sah einer Schwalbe nach, die blitzschnell Insekten aus der Luft griff.

Jetzt kam wieder Bewegung in die Gruppe. Alfred Traunich schäkerte noch immer mit der Italienerin.

»Alfred!« brüllte seine Frau. Ich sah, wie er einen Zettel einsteckte und sich von der Italienerin verabschiedete. Bei uns angekommen, betitelte er seine Gattin als »Dämliche Kuh!« und blies ihr den Rauch seiner Zigarre ins Gesicht. Gerlinde von Vischering war sein nächstes Opfer. Er verwickelte sie geschickt in ein Gespräch über die Architektur von Baumärkten und Großmarkthallen. Die arme Frau ließ es über sich ergehen.

»Den hätte ich längst abgemurkst«, murmelte ich in Richtung Almuth.

»Er war nicht immer so«, meinte sie entschuldigend. In ihrem Blick war jedoch Haß. Mich fröstelte. In dieser Gruppe lief vieles nicht so, wie es sollte. Ich mußte Stein für Stein umdrehen, um die Kröte darunter zu finden. Dabei wollte ich doch nur eine nette Radioreportage machen!

Der Abstieg war rasch bewältigt. Noch immer kamen die Besucher in Scharen, das Brummen der Busse erfüllte die Luft. »Die lassen die Motoren laufen, damit die Klimaanlagen in Betrieb bleiben«, bemerkte Unbill senior. Auch in elektronischen Fragen kannte er sich bestens aus.

Aris öffnete uns die Türen des Busses. Kühle Luft schlug uns entgegen. Ich stieg zuerst ein und ließ mich in den Sitz fallen. Meine Haut klebte an den Plastikteilen des Sitzes fest. Eine Niedergeschlagenheit ergriff mich. Ich spürte förmlich, wie das Unheil heraufzog. Da gab es Gefühlsregungen von Abneigung bis zum tödlichen Haß. Opfer und Täter nahmen langsam die ihnen zugedachten Rollen an.

Daphne, Almuth Traunich, Ajax Unbill waren die Opfer. Waldemar Unbill und Alfred Traunich entwickelten dagegen Täterprofile. Jason Kondis war vermutlich beides. Martha Maus, Pater Benedikt und Gerlinde von Vischering hatten sich noch nicht entschieden.

Kondis' Stimme holte mich in die Gegenwart zurück: »Wir fahren jetzt ins Hotel, machen uns frisch und gehen zum Mittagessen in eine kleine Taverne. Seien Sie bitte pünktlich um halb zwei im Foyer des Hotels.«

Ein Mittagsmahl mit Giftbeimischung

Die griechische Küche ist vielseitig und gesund. Es gibt viel Gemüse und Obst, die Milchprodukte sind überaus köstlich. Griechischer Schafsmilchjoghurt, Yaourti probeio, ist das Allergrößte. Er wird in Tonschalen verkauft, hat eine dicke gelbliche Haut und läßt sich schneiden. Sein Aroma ist leicht säuerlich, der Geschmack nach fetter, sahniger Schafsmilch kümmert sich weder um rechts- oder linksdrehende Milchsäuren noch um Gelatinebeimischungen oder Fruchtaromen.

Als beim Mittagessen meine Zunge darin lustwandelte, hatte ich noch nicht einmal Gewissensbisse ob meiner hemmungslosen Genußsucht. Ich frönte ihr mit halbgeschlossenen Augen.

Die Sonne stand schon hoch über dem Pleistostal. Die Terrasse der Taverne war kühn über den Abgrund gebaut und zum Glück mit einer Sonnenmarkise versehen. Die Haut auf meinen Schultern kündigte mir den ersten Sonnenbrand dieser Reise an.

An der gemauerten Seite des Freiluftrestaurants hing ein Vogelkäfig, in dem ein Distelfinkmännchen seine traurigen Bewegungsübungen machte. Von der rechten Stange auf die linke, umdrehen, von der linken auf die rechte, immer und immer wieder.

Almuth Traunich stand vor dem kleinen Gefängnis und sah dem Vogel zu. Ich stand auf und ging zu ihr.

»Sehen Sie«, meinte sie leise, und Mitleid war in ihrer Stimme, »die Füße des Vogels sind ganz wund vom Herumspringen im Käfig.«

Jetzt sah ich es auch. Die Beinchen des zarten Distelfinks waren gerade mal zwei Millimeter stark, die dünne Haut der vier Zehen war gerötet und an einigen Stellen eingerissen. Die schwarzen Schwanzfedern waren angestoßen. Ich redete leise auf den Vogel ein. Seine Brust war hell, die Maske rot mit dunklen Augenringen. Das kleine Tier stoppte die närrischen Sprünge und klammerte sich am Käfiggitter fest. Der dreieckige Finkenschnabel öffnete sich, die schwarzen Augen waren blank. Er schaute nicht auf uns, sondern sein Blick schien sich in der Weite der Parnassos-Berge zu verlieren.

»*Carduelis carduelis*!« es war die Stimme von Pater Benedikt. »Stieglitz oder Distelfink.«

»Der arme Vogel. Warum läßt man ihn hier langsam sterben?« Almuth Traunich schaute den Gottesmann an, als erwarte sie von ihm eine endgültige Antwort.

»Nun komm endlich zurück, du alte Heulsuse!« bölkte Alfred Traunich über die Terrasse. »Dein Essen wird kalt!«

Sie warf noch einen Blick auf den Vogel und gehorchte.

»Eine zerstörte Ehe«, murmelte Pater Benedikt.

»Sie sollte ihn in die Wüste schicken. 25 Jahre sind die beiden verheiratet. Ein Beweis dafür, daß Haß Menschen fester aneinander bindet als Liebe«, behauptete ich.

»Haß hat seinen Ursprung in der Liebe. Doch diese Frau ist nicht dumm. Irgendwann wird sie sich befreien.«

»Ihr Wort in Gottes Ohr, Pater«, wünschte ich.

»Er hat mir schon oft sein Ohr geliehen, meine Liebe!«

In diesem Augenblick sprang Daphne Laurenz vom Tisch auf und stürzte in Richtung Toilette. Irgend etwas war geschehen. Ich folgte ihr.

Ich fand sie über das Waschbecken gebeugt. Sie würgte.

»Daphne! Was ist mit Ihnen?« Ich umfaßte ihre zuckenden Schultern und hielt sie fest.

»Der Geruch!« brach es aus ihr heraus.

»Welcher Geruch?«

»Die Minze. Über dem Lammragout. Ich kann diesen Geruch nicht mehr ertragen.« Sie begann zu schluchzen.

»Sie sollten die Reise abbrechen und endlich zur Polizei gehen!«

Sie schüttelte wild den Kopf. Ihre blonden Haare waren verschwitzt, ihre Hände zitterten, und sie war weiß wie ein Bettuch.

»Daphne«, redete ich auf sie ein, »Sie sind krank! Wollen Sie noch zwei Wochen in diesem Zustand die fröhliche Reiseleiterin spielen?«

Es hatte keinen Sinn. Ich wartete, bis sie sich das Gesicht gewaschen und sich gekämmt hatte.

Als wir auf die Terrasse zurückkamen, spürte ich den prüfenden Blick von Kondis. Ich schaute schnell in eine andere Richtung.

Ich kehrte zu meinem Platz zurück. Meine Nerven flatterten.

Das Unheil schien aus dieser Reise nicht mehr verschwinden zu wollen. Lustlos stocherte ich in meiner Moussaka herum.

Neben mir versuchte Ajax Unbill, mit der Gabel eine Olive zu erlegen. Immer wieder rutschte sie ihm unter den Zinken weg.

Auch so ein Fall, dachte ich. Die penetrante Allmacht und Besserwisserei seines Vaters machten ihm zu schaffen. Sein Vater, der mal wieder neben ihm saß, stand auf in Richtung Toilette. Ich nutzte die Gelegenheit, Ajax Unbill zu einem Gespräch zu nötigen.

»Was studieren Sie?« fragte ich.

Er schreckte auf. »Na... na...türlich Ar... Ar...chäologie«, kam es dann. Sein Kopf war in rote Farbe getaucht. Hastig trank er einen Schluck, so als hoffe er, sein Stottern ersäufen zu können.

»Mich stört Ihr Sprachfehler nicht«, beruhigte ich ihn, »niemand ist perfekt. Je peinlicher es Ihnen ist, um so schlimmer wird es. Also ganz locker bleiben! Wohnen Sie noch zu Hause?«

Er nickte, um nicht reden zu müssen.

»Warum ist Ihre Mutter nicht mitgefahren?«

»Mu... Mu... Mutter ist t... tot.«

»Das tut mir leid.« Ich meinte es wirklich so. Meist werden Kinder mit kleinen Defiziten von ihren Müttern besonders geliebt, dachte ich. Meine burschikose Ansprache kam bei ihm an, denn er entspannte sich.

»Haben Sie eine Freundin?« wollte ich wissen.

»Warum fragen Sie meinen Sohn aus?« fragte eine scharfe Stimme hinter mir. Er gab sich noch nicht einmal Mühe, seinen Unwillen zu verbergen.

»Ich frage niemanden aus. Wir führen nur ein kleines Gespräch zwischen Leuten, die das Schicksal zusammenschmiedet«, entgegnete ich.

»Schicksal? Welches meinen Sie?« wollte er wissen.

Unbill zog den Stuhl zurück und setzte sich. Er griff zum Bier und trank. Schaum klebte an seinem Mund.

»Das traurige Schicksal, eine Bildungsreise gebucht zu haben!« erklärte ich.

Unbill lachte. Jeder Lacher war wie ein Einschlag in eine Betonmauer. Mir lief ein Schauer den Rücken hinunter.

»Warum sind Sie eigentlich hier?« fragte ich. »Sie kennen die griechische Antike doch wie Ihre Westentasche. Warum haben Sie ausgerechnet diese Anfängerreise gebucht? Für Ihren Sohn ja wohl kaum, denn er erzählte mir gerade, daß er Archäologie studiert.«

»Ich habe meine Gründe, und die sind den Ihren nicht unähnlich.«

Er war eitel und wollte hofiert werden. So konnte ich ihn kriegen.

»Das hört sich ja nach einem Geheimnis an«, flüsterte ich verstohlen. »Vielleicht können wir zusammenarbeiten. Ein Mann wie Sie, mit seinem umfassenden Wissen und seiner humanistischen Bildung, verdient in meiner Reportage ganz besonders herausgestellt zu werden. Und nun erzählen Sie!«

»Sie, verehrte Frau Grappa, sind hier, um etwas herauszufinden. Ich habe genau dasselbe vor.«

»Ach ja?«

»Es geht um den Reiseleiter Dr. Jason Kondis!« Er sprach Kondis' Namen langsam und genüßlich aus, zerhackte die vier Silben, als hätte er ein Beil auf der Zunge.

»Kondis? Was ist mit ihm?«

Er senkte den Ton seiner Stimme in den Flüsterbereich. »Dr. Jason Kondis hat mehrere Jahre lang den internationalen Antikenmarkt mit gestohlenen Kunstgegenständen beliefert. Der Schaden, der dabei entstanden ist, geht in die Millionen. Der Mann ist ein Dieb!«

»Kondis? Das glaube ich nicht. Er macht doch einen seriösen Eindruck!« Ich spielte die Naive, die überzeugt werden will.

»Das täuscht. Der Mann ist skrupellos und kriminell.«

»Wenn das stimmt, warum hat ihn die Polizei nicht festgenommen?«

»Der Besitzer der Kunstgegenstände wollte kein Aufsehen. Ich aber habe es mir zur Aufgabe gemacht, diesen Mann zur Strecke zu bringen!« Es klang entschlossen.

»Und wie wollen Sie das machen?«

»Das werden Sie noch früh genug merken«, meinte Unbill geheimnisvoll. Er war durch die eigene Wichtigkeit anderthalb Zentimeter größer geworden. »Und wenn es soweit ist, dann werde ich Sie wieder ansprechen. Dann bekommen Sie von mir eine tolle Geschichte für Ihre Zeitung.«

»Und wenn Kondis die Sachen nicht geklaut hat?« wagte ich einzuwenden.

»Ich weiß, daß er es getan hat. Schauen Sie ihn nur an!«

Ich tat es und sah einen attraktiven Mann, der sich gerade mit Gerlinde von Vischering unterhielt. Er lachte sie dabei an, und sein Lachen gefiel mir. Sein schwarzes Haar glänzte, er hatte Hemd und Hose gewechselt. Im

Gegensatz zu Unbill, der nach altem Schweiß duftete und dessen Hemdkragen angeschmutzt war.

»Er sieht gut aus und scheint besonders bei Frauen beliebt zu sein«, konstatierte ich, um Unbill zu ärgern. »Ich käme nie auf die Idee, daß er ein Dieb sein könnte!«

»Dann haben Sie kein Auge für Verbrecher! Ich erkenne Diebe auf den ersten Blick!« Seine Stimme war schrill und laut geworden. Kondis zuckte zusammen. Er hatte bemerkt, daß wir über ihn sprachen. Das Unterhaltungsbrummen am Tisch erstarb.

Ich lächelte Kondis an und versuchte meinem Gesicht einen beschwichtigenden Eindruck zu geben. Doch ich strengte mich vergebens an. Der Dummkopf würde in das Messer laufen, das Unbill für ihn aufgeklappt hatte.

»Darf ich für einen Moment um Ruhe bitten!« Kondis gehörte zu den Männern, die für einen Augenblick aufflackernden Stolzes mit Lust in Abgründe springen. Er hatte die Aufmerksamkeit aller am Tisch.

Ich schaute ihn an und schüttelte langsam den Kopf. Er stutzte und schien zu verstehen. Kondis, noch eben wild entschlossen, sein Innerstes nach außen zu kehren, verwandelte sich wieder in einen aufmerksamen Reiseleiter.

Er wünschte den Gruppenmitgliedern einen schönen Nachmittag beim Shopping. Warnte vor überhöhten Preisen beim Kauf von Silberschmuck und Goldimitaten. Ich atmete durch.

»Ihre Provokation ist ins Leere gegangen«, raunte ich Unbill zu.

»Es werden weitere Gelegenheiten kommen!« sagte er fast heiter. Das Spiel machte ihm Spaß. Er war ein Kater, der die Maus bereits gefangen hat, sie aber immer wieder laufen ließ, um sie am Ende doch zu töten.

»Übertreiben Sie Ihre Aktivitäten nicht«, warnte ich Unbill mit leiser Stimme, »wenn ein Tier in die Enge getrieben wird, beißt es zu. Bisse können manchmal tödlich sein. Und dann sind Sie der Dumme.«

»Das klingt ja so, als würden Sie sich um mich Sorgen machen!« Jetzt reaktivierte er sogar die mageren Reste seines Altherren-Charmes. Die hochgebürsteten Augenbrauen hoben sich, der Blick darunter war eisblau.

»Überinterpretieren Sie meine Äußerung nicht«, widersprach ich. »Kondis ist intelligent und wird nicht so einfach zu überführen sein.«

»Das weiß ich. Deshalb gebe ich mir ja so viel Mühe und mache sogar diese alberne Reise mit.«

»Weiß Ihr Sohn, was Sie vorhaben?«

»Ajax ist ein Schaf.«

»Sie halten nicht viel von der Würde Ihres Sohnes, nicht wahr?«

»Ich verstehe nicht, was Sie andeuten wollen. Ich will Ajax nicht mit Dingen belasten, die er ohnehin nicht überschauen kann.«

Der Kellner räumte den Tisch ab. Eine andere Bedienung schleppte Kaffee an. Die Täßchen waren klein, der Kaffee stark, heiß und sandig. Seine Bitternis legte sich wie ein Schleier über meinen Gaumen.

Als wir die Taverne verließen, sah ich Jason Kondis in ein Gespräch mit dem Wirt vertieft. Almuth Traunich stand daneben. Kondis redete in griechischer Sprache auf sein Gegenüber ein und deutete auf Frau Traunich. Doch der Wirt zeigte sich nicht beeindruckt.

Kondis legte an Lautstärke und Schärfe zu. Almuth Traunich verfolgte den Dialog mit sichtbarer Spannung.

Ich sah mich um. Wo war ihr Mann? Er stand noch auf der Terrasse und versuchte, zwei Touristinnen in ein Gespräch zu verwickeln. Englische Wortfetzen drangen zu mir.

Die drei anderen waren inzwischen handelseinig. Der Wirt ging an Alfred Traunich vorbei und hängte den

Vogelkäfig ab. Almuth ging ihm ein Stück entgegen und streckte die Hände aus.

Alfred Traunich war bei den beiden Mädchen auf der Terrasse abgeblitzt und stand plötzlich im Raum. Sein Blick fiel auf seine Angetraute, die den kleinen Vogel mit weichem Blick betrachtete.

Mit dickem Hals steuerte der Architekt auf seine Frau zu. »Hast du etwa diesen Piepmatz ...?« Seine Stimme war nur noch ein wütendes Kreischen.

Almuth Traunich wurde kreidebleich und zuckte zusammen, als rechne sie mit Fausthieben. Ihre Hände krallten sich an dem Käfig fest.

»Hören Sie auf zu brüllen!« hörte ich mich schreien. Die Wut kroch unaufhaltsam meinen Rücken hoch. »Ich habe den Vogel gekauft, um ihn freizulassen. Ihre Frau hält den Käfig nur so lange, bis ich die Scheine zusammengekramt habe.«

»Ich habe das schon erledigt«, sagte Kondis. »Sie können es mir später zurückgeben, Frau Grappa!«

»Dann können wir ja gehen!« stellte ich fest und warf Alfred Traunich einen finsteren Blick zu. »Sie sind nicht nur eine Strafe für Ihre nette Frau, sondern für die ganze Gruppe!« schleuderte ich ihm entgegen. Diesen Ton kannte er nicht. Er zog an seiner kalten Zigarre und starrte mich an.

Almuth Traunich stellte im Bus den Vogelkäfig neben sich auf den Sitz. Ihr Gatte verzog sich schmollend in den hinteren Teil des Fahrzeugs und setzte sich neben Martha Maus, die sofort anfing, in ihrem Reiseführer zu lesen. Eine Geste der Solidarität, ging es mir durch den Kopf.

Ich setzte mich hinter Frau Traunich. Der kleine Vogel klammerte sich an das Käfiggitter. Die ungewohnte Umgebung machte ihn noch ängstlicher.

»Bald hat er es hinter sich«, sagte ich.

»Danke!« Ihr Blick war feucht.

»Ich machte heute nachmittag einen Ausflug ins Pleistostal. Wenn Sie wollen, lasse ich das Vögelchen dort fliegen.«

»Das ist eine gute Idee«, strahlte sie. »Aber Sie müssen mir erzählen, wie es gewesen ist. Ob er gleich weggeflogen ist und wohin.«

Ich versprach es. Die Fahrt zum Hotel war kurz. In meinem Zimmer angekommen, öffnete ich die Balkontür und stellte den Käfig in ein schattiges Plätzchen.

Ich duschte, zog mich um und wartete auf Kondis.

Oregano, Thymian und eine unwirkliche Begegnung

Er hatte sich vom Besitzer des Hotels einen Jeep mit offenem Verdeck geliehen. Niemand bemerkte, daß wir einen Ausflug zu zweit machten. Die anderen hatten fröhlich schwatzend das Hotel bereits verlassen, um die Souvenirläden zu plündern.

Ich setzte mich neben Kondis und hielt den Vogelkäfig auf meinem Schoß und den Panamahut fest auf den Kopf gedrückt, damit der Wind ihn nicht wegpusten konnte.

Kondis spielte mal wieder den Wortkargen. Hinter Delphi, einen halben Kilometer nach der Abfahrt zum Heiligtum der Athena Pronaia, bog ein enger Weg plötzlich von der Hauptstraße ab. Er führte steil nach unten. Kondis schwieg noch immer. Ich kam mir vor wie auf einer Party, zu der ich nicht eingeladen war.

Sollte ich ein Gespräch beginnen? Nein, dachte ich, du hast es satt, den Alleinunterhalter zu spielen. Der Ausflug ins Pleistostal war schließlich seine Idee gewesen, also mußte er mich bei Laune halten und nicht umgekehrt.

Der kleine Distelfink saß auf dem Boden des Käfigs und drückte sich in eine Ecke. Sein kleines Herzchen pochte.

»Hoffentlich hat er das Fliegen nicht verlernt«, sagte ich.

Kondis blieb stumm. Er konzentrierte sich auf den Weg, der nur aus Schlaglöchern zu bestehen schien.

Ich betrachtete die Landschaft. »In Frankreich wird die wilde Sträucherlandschaft 'Garrigue' genannt, in Italien 'Macchia' und in Griechenland ...?« Vielleicht konnte ihn eine Frage nach der Flora in Schwung bringen.

»Sie heißt 'Longos'«, erklärte er. »Longos – wie der antike Dichter, der die Liebesgeschichte von Daphnis und Chloe geschrieben hat. Kennen Sie das Werk?«

»Nie davon gehört. Ist das eine Bildungslücke?«

»Nicht unbedingt. Daphnis war ein hübscher Hirte und Chloe eine Schäferin. Zu großen Ehren kamen die beiden aber erst im 17. und 18. Jahrhundert, als auf fast jeder Bühne die sogenannten 'Schäferspiele' stattfanden. Eine Mischung aus neckischem Herumtollen und süßlicher Naturliebe.«

Er deutete auf die Berghänge. »Im Longos finden Sie Myrte, Lorbeer, wilden Thymian, Oregano, Zistrosen und Lavendel. Riechen Sie die Mischung? Sie liegt wie ein Hauch über dem Tal.«

Kondis stoppte den Wagen. »Lassen Sie uns ein wenig spazierengehen«, schlug er vor. »Dann erkläre ich Ihnen die einzelnen Pflanzen.«

»Wir müssen den Vogel fliegen lassen!« gab ich zu bedenken.

»Weiter unten. Da ist der Wald dichter.«

Ich achtete darauf, daß der Distelfink nicht in der prallen Sonne sitzen mußte und stieg aus. Leichtfüßig sprang Kondis zum Fuß eines leicht ansteigenden Hanges.

»Das hier ist Thymian«, erklärte er. »Zerreiben Sie einen Zweig zwischen Ihren Fingern!«

Der Busch war rundköpfig und blühte lila auf magerem Boden. Ich zupfte einen Zweig und roch daran. Ein urwüchsiger Duft zog in meine Nase.

»Und das hier ist Oregano!«

Er hielt mir einen Zweig wilden Majorans entgegen.

»Ich werde etwas davon pflücken. Ich liebe Oregano, doch ich habe ihn noch nie in Freiheit wachsen sehen.«

Ich setzte mich auf den Boden und zupfte ein paar Zweige aus. Zwischendurch steckte ich meine Nase hinein. Wunderbar!

Kondis plazierte sich neben mich und schaute mir beim Rupfen zu. »Gefällt es Ihnen hier?«

»Es ist umwerfend«, lächelte ich, »alles ist perfekt. Ein schöner Tag, eine urwüchsige Landschaft, die warme Sonne, die zirpenden Grillen, der Geruch nach Wildheit. Sehen Sie nur, wie sich die Gräser bewegen!«

Lustvoll betrachtete ich, wie der Wind die Halme an ihren Spitzen packte und sie in einen gleichmäßigen Rhythmus zwang. Die Sonne tauchte das Bild in pures Gold.

»Ich habe noch nie eine Frau wie Sie getroffen«, teilte er mir mit.

»Schade für Sie.« Mehr fiel mir nicht ein. Ich wollte aus der emotionalen Gefahrenzone raus und rappelte mich hoch, um den nächsten Oreganobusch zu plündern. Dabei preßte ich die bereits gepflückten Zweige eng an meinen Körper, als hoffte ich, Kondis so auf Distanz halten zu können.

Je älter ich werde, um so schrulliger bin ich drauf, dachte ich wütend. Ein erotischer Neustart rückte in die Ferne. Du bist verklemmt, Grappa, schalt ich mich weiter, andere Frauen würden jetzt schon an anderen Dingen zupfen als an Oreganozweigen.

Zum Glück folgte er mir. Halbherzig unterstützte er meine Bemühungen, Oregano für die nächsten 20 Jahre zu sammeln.

»Sie sind kein bißchen kokett«, stellte er fest und reichte mir brav ein Zweiglein.

»Warum sollte ich?«

»Es macht die Sache einfacher.«

»Welche Sache?«

Er seufzte. »Immer diese direkten Fragen! Koketterie macht das Zusammenleben zwischen Mann und Frau einfacher.«

»Anstrengend für die Frau, bequem für den Mann. Warum sollte ich mit Ihnen Süßholz raspeln?«

»Süßholz?«

»Ein deutsches Idiom. Es bedeutet, daß man sich gegenseitig mit Nettigkeiten überhäuft, um ein bestimmtes Ziel zu erreichen.«

»Und welches Ziel will ich Ihrer Meinung nach erreichen?« Das Spielchen machte ihm Spaß.

»Männer haben immer nur ein Ziel und wollen immer nur das Eine«, zickte ich.

»Das wußte ich noch gar nicht. Was wollen Männer denn?«

»Es muß irgendwas mit Sex zu tun haben. Nicht, daß ich da eigene Erfahrung hätte ... ich hab's nur in Büchern gelesen.«

Er lachte los. Neben den Flügeln seiner klassischen griechischen Nase bildeten sich kleine Grübchen. Über seinem Mund, an Hals und Wangen lag der erotische Schatten eines beginnenden dunklen Bartes.

»Haben Sie etwas gegen Sex?« Sein Ton war entschieden zu lasziv.

»Nicht direkt.« Ich wollte wieder auf den Teppich, denn meine Gedanken tanzten wie Wattebäusche durch die laue Luft. Außerdem hatte ich mir fast einen Wolf gezupft. Meine Finger waren klebrig vom Pflanzensaft. Ich setzte mich auf einen großen Kalkbrocken. Mit ein paar Grashalmen band ich die Oreganosträuße zusammen.

Er sah mir zu, ließ mich nicht aus den Augen. In der Ferne bimmelten die Ziegen. Der »Longos« duftete wie verrückt, weil ein leichter Wind vom Tal heraufzog. Ich schloß die Augen. Man müßte die Zeit beliebig festhalten können, dachte ich, diesen Moment der Wärme und Entspanntheit solange genießen, bis man genug von ihm hat.

Ameisen krochen über meine nackten Beine, Bienen summten an mir vorbei und nahmen Kurs auf Thymianblüten. Ich grapschte nach dem Augenblick, um ihn zu halten, doch umsonst.

So schön dieser Moment auch war, ich mußte einen klaren Kopf behalten. Affären mit Reiseleitern waren für mich genau so undenkbar wie mit Skilehrern, Tankwarten und Kollegen.

»Ihre Nase ist ganz rot«, sagte er leise, »das sieht nach einem ausgewachsenen Sonnenbrand aus. Außerdem sind Ihre Arme voller Sommersprossen.«

»Ich finde Sommersprossen sexy!« blaffte ich ihn an. Eigentlich wußte ich nicht, warum ich wütend auf ihn war. Ich sprang auf, schnappte die Würzkräuter und lief zum Jeep zurück. Er folgte mir.

Stumm ließ ich mich in den Sitz fallen.

»Habe ich etwas falsch gemacht?« fragte er.

»Nein. Entschuldigen Sie. Ich bin nervös. Diese Reise macht mich krank. Irgendetwas Unheilvolles geht in dieser Gruppe vor.«

»Hat es mit Unbill zu tun?«

»Auch, aber nicht nur.« Ich war kurz davor, ihm von der Vergewaltigung von Daphne Laurenz zu erzählen, aber eine innere Stimme und mein Versprechen hielten mich davon ab.

Kondis startete den Wagen. Der Weg wurde immer schlechter und steiler. Endlich waren wir am Fuß des Berges angekommen. Tausende von Olivenbäumen, manche von ihnen Hunderte von Jahren alt, säumten den Schotterweg.

»Hier können wir den Vogel fliegen lassen«, meinte Kondis und stoppte. Neben uns wuchsen Feigenbäume, die bereits kleine Früchte angesetzt hatten. Vögel zwitscherten, und der Wind ließ die Olivenzweige silbern schimmern.

Ich packte den Käfig und trug ihn in einen Olivenhain. Dann öffnete ich das Türchen. Der Distelfink drückte sich ängstlich an den Boden.

Kondis griff mit seiner Hand ins Innere des Gefängnisses. Ich bemerkte, daß er schöne, gepflegte Hände hatte. Unwillkürlich schloß ich die Augen für eine Sekunde. Er nahm den Vogel behutsam auf und sprach zärtlich auf ihn ein.

Dann öffnete er die Hand. Der Distelfink verharrte eine Sekunde, als traue er der Freiheit nicht. Doch gleich darauf erhob er sich und flog davon. Mein Blick konnte ihm nicht mehr folgen.

»Er ist frei«, stellte Kondis fest. Er stellte das Drahtgefängnis auf eine niedrige Steinmauer, die den Olivenhain umsäumte. Er trat zu mir und hob meinen Kopf zu sich hoch. Ich spürte seinen festen Willen und sah seinen prüfenden Blick. Dann entspannte ich mich.

Seine Lippen legten sich auf meine und verharrten. Er war unsicher. Zögernd versuchte er mit seiner Zungenspitze meine Lippen zu öffnen. Seine Zähne setzten sich durch. Er preßte sich an mich und küßte mich tief und lange. Ich dachte an den Distelfink. Würde er genug Futter finden? Ein Weibchen, mit dem er sich paaren konnte?

Er bemerkte, daß ich nicht bei der Sache war und ließ mich plötzlich los.

»Entschuldigen Sie!« stieß er hervor. »Es wird nicht wieder vorkommen.« Er war zutiefst gekränkt. In diesem Augenblick fing eine Nachtigall zu schlagen an.

Als ob die Lage nicht schon romantisch genug ist, dachte ich. Ihr Schluchzen fing sachte an, um sich zu einem *Crescendo furioso* zu entwickeln. Jetzt war es um meine Contenance geschehen. Ich stürzte zu ihm, griff in seine schwarzen Haare und vergrub meine Zunge in seinem Mund.

Die Nachtigall sang unbeeindruckt weiter. Seine Hände schoben sich unter meine Bluse. An meinem Hals murmelte er wirres Zeug.

»Tüt! Tüt!« Ein zorniges Hupen verscheuchte die Nachtigall und schreckte uns auf. Kondis fluchte leise und stürzte zum Weg, auf dem unser Jeep verkehrsbehindernd parkte. Ein Lieferwagen wollte vorbei. Kondis fuhr den Jeep an den Rand.

Ich zog meine Bluse zurecht und ging auf den Weg zurück. Er fuhr an, gab zuviel Gas und würgte den Motor ab.

»Verdammt!« fluchte er. »Alles, was ich in den letzten Monaten anfasse, geht schief. Ich kann nicht mehr!«

Er stützte seine Ellenbogen auf das Lenkrad auf und legte den Kopf in die Hände.

»Sei nicht traurig«, bat ich leise, »deine Krise wird bald vorbei sein. Das Reisebüro ...«

»Das Reisebüro war die dümmste Idee, die ich jemals hatte! Glaubst du etwa, es macht mir Spaß, mit begriffstutzigen Bildungsbürgern oder penetranten Besserwissern durch Griechenland zu reisen? Mir am Ende der Reise noch ein paar Mark Trinkgeld in die Hand drükken zu lassen, die sich eine Frau wie Martha Maus von der Rente abgespart hat? Dies ist die erste und letzte

Reise dieser Art, die ich machen werde. Lieber verhungere ich!«

»Hast du keine Verwandten, die dir helfen können? Vielleicht solltest du Deutschland verlassen und in Griechenland arbeiten.«

»Natürlich habe ich Verwandte. Soll ich zugeben, daß ich gescheitert bin?«

»Wenn dein Kampfgeist so groß wäre wie dein Stolz, befändest du dich in einer anderen Lage!«

»Ich weiß, daß ich feige bin ...«

»So habe ich es nicht gesagt!«

Er startete den Wagen. »Du hast es nicht gesagt, aber du hast es gemeint.«

Die Olivenbäume nahmen kein Ende. Der Weg wurde immer schlechter, rauhe Disteln wuchsen an seinem Rand, gelbblühender Ginster, Steineichen und Wacholderbüsche. Elstern und Eichelhäher kreuzten laut schimpfend unseren Kurs. In der abendlichen Sonne bäumten sich alle Farben noch einmal auf.

Kondis fuhr in einen noch kleineren Weg. »Hier steht eine alte Kirche«, erklärte er. »Wenn sie noch da ist. Ich bin zehn Jahre nicht mehr hier gewesen.«

Der Pfad war mit Gräsern fast zugewachsen und steil. Der Jeep schaffte die Strecke dennoch mühelos. Dann sah ich die Kirche. Die Außenwände waren aus flachen Steinen aufgeschichtet worden, der Turm hob sich kaum über die Wipfel der Olivenbäume hinaus. Das Gotteshaus hatte sich in die Landschaft hineingeduckt.

Wir stiegen aus und gingen in Richtung Eingang. Ich drückte das Portal auf und trat ein. Meine Augen konnten sich nicht sofort an das Dunkel des Innenraums gewöhnen.

Kerzen brannten. Ich sah einen Mann in einer Kirchenbank sitzen. Wie war er hierher gekommen? Ich dachte an den Lieferwagen, der die Nachtigall verscheucht hatte. Dann wandte sich der Mann um. Ich erkannte Pater Benedikt. »Hallo«, sagte ich erstaunt, »was machen Sie denn hier?«

Der Mann wandte sich ab, bekreuzigte sich hastig und verschwand durch eine Nebentür.

»Hast du ihn gesehen?« fragte ich Kondis, der hinter mir geblieben war.

»Ja sicher. Da saß jemand und betete«, gab er zurück.

»Hast du ihn erkannt? Es war Pater Benedikt! Er saß dort in der ersten Bank. Als er mich bemerkte, ist er weggelaufen. Was wollte er hier?«

»Das war nicht Benedikt. Du mußt dich geirrt haben.«

»Ich habe mich nicht getäuscht!« beharrte ich. »Es war Pater Benedikt. Laß uns die Gegend absuchen. Er kann sich schließlich nicht in Luft aufgelöst haben. Irgendwo muß ein Auto stehen.«

Panisch stürzte ich ins Freie. Es war nichts zu sehen oder zu hören. Hier war niemand außer uns beiden. Es wurde bereits dämmrig. Ganz ruhig, ermahnte ich mich.

»Maria! Er kann es nicht gewesen sein. Deine Nerven sind lädiert«, meinte Kondis zärtlich. »Laß uns weiterfahren. Irgendwann nehmen wir einen Pfad nach rechts. Die führen alle wieder auf die Hauptstraße zurück. Gleich wird es dunkel, die Wege sind nicht beleuchtet. Ich will den Jeep nicht ruinieren.«

»Ich habe ihn aber gesehen!« insistierte ich. »Was kann er in der Kirche gewollt haben? Und warum ist er weggelaufen, als er mich gesehen hat?«

»Du hast dich getäuscht«, sagte er beschwichtigend. Diesmal widersprach ich nicht, aber ich war sicher, keiner Halluzination aufgesessen zu sein.

Eine halbe Stunde später kamen wir im Hotel an. Pater Benedikt saß im Aufenthaltsraum und las in einem Buch. Er wirkte entspannt, als würde er schon seit Stunden dort sitzen. Als er mich sah, winkte er mir freundlich zu.

»Na siehst du«, sagte Kondis.

»Ich habe ihn aber gesehen!« beharrte ich. »Ich hab's doch nicht mit den Augen!« Grübelnd gingen wir durch den langen Flur zu den Zimmern.

»Darf ich heute nacht zu dir kommen?« wollte Kondis wissen.

Diese Frage überforderte mich, da ich mit meinen Gedanken in einem völlig anderen Film war. Überrascht schaute ich auf und rang nach einer Antwort.

Die Zögersekunden verletzten seinen Stolz. »Vergiß es!« stieß er hervor. »Ich habe es nicht so gemeint. Bitte vergiß, was ich gesagt habe! Ich wünsche dir eine gute Nacht.«

Das allgegenwärtige Böse reist mit

Als Frau anspruchsvoll zu sein, ist gleichbedeutend mit Liebesentzug. Ich hatte das Abendessen ausfallen lassen und verbrachte den lauen Abend allein auf meinem Balkon, ließ meinen Blick über die Berge schweifen, die langsam in dunkles Grau abtauchten. Legionen von Zikaden begannen mit ihrem Konzert, ihr gleichförmiges Zirpen strapazierte mein gestreßtes Gehirn. Ich lehnte mich über das Geländer des Balkons und bemerkte rechts von mir ein Geräusch.

Ich sah Gerlinde von Vischering. Sie suchte mit einem Fernglas die Berge ab. Sie erblickte mich und winkte mir zu. Ich hatte den Eindruck, daß sie nicht mehr ganz sicher auf den Beinen war. Meine Hand erhob sich zu einem stummen Gruß.

Ich blickte auf den Balkon neben mir. Daphne Laurenz schien noch nicht zurück zu sein. Auch von Kondis, der daneben wohnte, sah ich keine Spur. Ich erinnerte mich, daß mir Pater Benedikt ein Interview versprochen hatte. Ich muß endlich Material für meine Sendung sammeln, ermahnte ich mich.

Auf dem Flur war niemand zu sehen. Ich klopfte an des Paters Zimmer. Nichts rührte sich.

Vielleicht war er auf dem Dachgarten. Dort fand ich ihn tatsächlich. Er saß schlafend in einem Liegestuhl, seine Brille war von seiner Nase gerutscht. Ich griff seinen Arm und schüttelte ihn leicht.

»Ja?« schreckte er hoch. Dann erkannte er mich. »Frau Grappa! Entschuldigen Sie, ich muß eingenickt sein.«

»Ich muß Sie um Verzeihung bitten, weil ich Sie geweckt habe. Erinnern Sie sich, daß ich ein Interview mit Ihnen machen wollte? Ich dachte, heute abend sei die Gelegenheit, aber wenn Sie lieber schlafen wollen?«

»Nein, nein.« Er rappelte sich hoch. »Ich habe nichts dagegen. Ich hole uns etwas zu trinken und mache die Lampe dort drüben an.«

»Sehr gut. Ich hole schnell meinen Kassettenrecorder aus meinem Zimmer. Ich bin gleich wieder da!«

Als ich zurückkam, standen eine Flasche Rotwein und zwei Gläser auf dem Tisch. Wir stießen an. Dann pegelte ich den Recorder aus und begann.

Kassette 1. Interview Pater Benedikt. Katholischer Geistlicher. Ort: Delphi.

Pater, Sie sind Experte für vergleichende Religionswissenschaften. Haben Sie sich auch mit der griechischen Mythologie befaßt?

Selbstverständlich. Die Antike und ihre Philosophen haben großen Einfluß auf das Christentum gehabt. Die christlichen Religionslehrer wie Thomas von Aquin oder Augustinus, die Scholastiker wie Albertus Magnus oder Wilhelm von Ockham sind ohne Philosophen wie

Aristoteles oder Platon nicht vorstellbar. In der christlichen Philosophie des Mittelalters wurden Schulen gegründet, die auf dem antiken Gedankengut aufbauten und in geistigem Wettstreit standen.

Die Griechen hatten sehr viele Götter, die das alltägliche Leben bestimmten. Das Christentum kennt nur einen Gott. Die Religionen sind doch sehr unterschiedlich.

Der griechische Mensch hing keiner Religion an, sondern hatte eine tief verwurzelte Mythologie. Die griechischen Götter waren jung, stark, liebenswert, gerecht, ungerecht, rachsüchtig, in das Leben verliebt, verspielt, heiter, tolerant ... sie waren wie wir alle, sie waren menschlich.

Es scheint fast so, als würden Sie die Griechen um ihr unbefangenes Verhältnis zu ihren Göttern beneiden?

Sie haben recht. Die griechische Religion – ich will den Begriff mal benutzen – war tolerant, es gab keine Verfolgung Andersdenkender. Und doch hat sich in den Jahrhunderten ein stark vergeistigter Begriff des Göttlichen herausgebildet, der den Menschen moralisch erhöht hat. Was unsere Kirche mit Zwang versucht hat, geschah in diesem schönen Land wie von selbst. Terror und Blutbäder gab es erst, als die römische Kirche zur Staatsreligion erhoben wurde. Das Christentum ist nicht Lebensfreude, sondern Lebensangst. Die Erde ist ein Jammertal, aus dem der Mensch erlöst werden muß. Unterwerfung unter den Willen Gottes stand an erster Stelle. Das Christentum ist eine lebensfeindliche Religion.

Wie können Sie so denken? Sie sind ein Mann der Kirche, gehören einem Orden an, der sich durch Ketzerverfolgungen und Hexenverbrennungen einen schlimmen Namen gemacht hat!

Um Schuld zu sühnen, muß man um sie wissen.

Waren Sie heute nachmittag im Tal des Pleistos? Ich meinte, Sie in einer kleinen Kirche gesehen zu haben.

Ich war den ganzen Nachmittag im Hotel und habe gelesen.

Warum nehmen Sie an dieser Reise teil?

Ich war noch nie in Griechenland. Es war immer mein Traum, die Orte zu sehen, die in den alten Schriften zu finden sind: Delphi, Dodona, Mykene, Epidaurus ... Ich bin zu alt, um allein zu reisen. Außerdem ist Herr Kondis ein Experte für die griechische Kultur. Sein Name ist international bekannt.

Was wissen Sie über Kondis?

Ich weiß das, was Herr Unbill uns allen bereits erzählt hat. Er war in einen Diebstahlsskandal verwickelt.

Wie finden Sie die Mitreisenden? Was halten Sie von der Gruppe?

Das kann ich nach so kurzer Zeit noch nicht beurteilen. Aber ...

Ja?

Es geht etwas vor. Ich weiß nicht was, aber das Böse reist mit. Es ist immer da. Ich spüre es körperlich.

Pater! Das bilden Sie sich ein!

Ich bin müde. Ist das Interview beendet?

Ja. Ich bedanke mich. Gute Nacht!

Zeus überlebt, und Ajax vergißt das Stottern

Vor Zeus regierte Kronos die Welt. Er war der Sohn des Uranos, des Himmels, und der Gaia, der Erde. Kronos heiratete seine Schwester Rhea. Gaia, die Erde, beklagte sich bei Kronos über ihren Gatten Uranos, der ihr die hundertarmigen Riesen und die Zyklopen in den Leib zurückgestoßen hatte, als sie gebären wollte.

Gaia gab Kronos eine Sichel aus Feuerstein, mit der er seinen Vater entmannte. Kronos warf die abgeschnittenen Genitalien von sich, aus ihnen entstanden die Furien, die Giganten und die Nymphen.

Kronos übernahm die Macht, doch er war nur wenig besser als sein Vater. Seine Schwester gebar ihm die Götter Hestia, Hera, Hades, Poseidon, Demeter und Zeus. Kronos verschlang die ersten fünf Kinder. Als er Zeus fressen wollte, umwickelte Rhea einen Stein mit einer Windel. Kronos ließ sich täuschen und verschlang den Stein. Zeus überlebte und verabreichte seinem Vater ein Brechmittel. Er spuckte seine fünf Kinder und den Stein wieder aus. Dieser Stein wurde in Delphi aufgestellt und seitdem als Nabel der Welt bezeichnet.

Ich hatte die Story gerade in meinem Kulturreiseführer gelesen und stand vor diesem geschichtsträchtigen Teil im Museum von Delphi. Unsere Koffer lagen bereits im Bus, heute würden wir nach Dodona weiterfahren, rund 370 km entfernt. Dort wartete das älteste Zeus-Heiligtum in Griechenland auf uns.

Kondis hatte seine Einführungsrede bereits gehalten. Gleich würden wir den berühmten Wagenlenker von Delphi sehen, eine Bronzestatue, die fast unversehrt in der Erde des Apollonheiligtums gefunden worden war.

Ich konnte an dem »Nabel der Welt« nichts finden, zumal es sich um eine römische Kopie handelte. Das Mikrofon hielt ich wie zufällig in der Hand, um die Kommentare der Touristen aus aller Welt auf Band zu bannen. Die Ausbeute war nicht groß. Die meisten ließen den Steinbrocken links liegen, um ihren Führern zu folgen, die schnurstracks in Richtung »Wagenlenker« hasteten.

Ajax Unbill stand zufällig neben mir, als ich das Mikro aus dem Recorder stöpselte.

»Eine schöne Geschichte rankt sich um diesen Steinbrocken«, sagte ich, »der ausgespuckte Zeus und der kastrierte Vater. Sozusagen ein steingewordener Vater-Sohn-Konflikt.«

Er brauchte eine Weile für den Entschluß, sich mit mir zu unterhalten. »He ... Hesiod hat dazu f ... f ... folgendes geschrieben«, stotterte er dann.

»Erst erbrach er den Stein, den er als letzten verschlungen, den befestigte Zeus auf der weitumwanderten Erde, in dem heiligen Pytho am Hang des hohen Parnassos, als ein künftig Zeichen und Wunder den sterblichen Menschen.«

Ich war von den Socken. Er hatte das Gedicht ohne jeden Hänger hinter sich gebracht.

»Klasse! lobte ich. »Hört sich toll an. Sie wissen aber eine Menge, Herr Unbill! Fast so viel wie Ihr Herr Vater.«

»Sie k ... k ... können Ajax zu m ... mir sagen!«

»Gerne. Ich heiße Maria. Ajax – war das nicht einer von den trojanischen Helden?«

Er nickte verlegen. Eltern können ihre Kinder fürs Leben zeichnen, wenn sie ihnen die falschen Vornamen verpassen, dachte ich. Mitleid floß in mein Herz. Der Junge war sicherlich ganz okay. Ich dachte an das Kind einer Bekannten, die ihren Sonnenschein »Herkules« getauft hatte. Leider war der Kleine ziemlich rachitisch und wollte nicht so richtig wachsen.

»Und was ist mit der Geschichte mit den beiden Adlern, die von Zeus losgeschickt wurden, um den Mittelpunkt der Welt zu finden?« wollte Martha Maus wissen. Sie hatte unser Gespräch gehört. Die alte Dame hatte sich vom Gewaltmarsch am Tag zuvor prächtig erholt und war wieder topfit.

»Das zeigt, daß es mehrere Geschichten zu ein und demselben Ereignis gibt«, mischte sich Kondis ein. »Und nun hinein ins Vergnügen. Der Wagenlenker wartet auf uns.«

Martha Maus und Ajax Unbill stiefelten voraus.

»Hattest du eine schöne Nacht?« fragte er.

»Aber klar! Ich habe fest und tief geschlafen. Und du?«

»Ich war viel zu allein.«

»Wenn du etwas jünger wärst, könntest du mit einem Teddy zu Bett gehen. Oder ist das für griechische Jungs nicht angebracht?«

Er grinste. »Weniger. Griechische Jungs interessieren sich von frühester Jugend an ausschließlich für Kuscheltiere, die auf zwei Beinen die Straßen und Plätze entlangstöckeln.«

»Armer Kondis! Die Schuhmode ist flacher geworden, und die Mädels von heute können verdammt schnell laufen.«

Er schaute auf meine Turnschuhe. »Irgendwann werde ich wissen, ob ich dich einholen kann«, behauptete er.

»Ich arbeite aber mit hinterhältigen Tricks«, kündigte ich an und trat ihn auf den Fuß.

»Vergebung!« stöhnte er. »Laß uns den Wagenlenker hinter uns bringen. Was hat eigentlich Battos von dir gewollt?«

Ich schaute fragend.

»Der junge Unbill.«

»Er hat mir ein schönes Gedicht vorgetragen. Ganz ohne zu stottern. Irgendwas von Hesiod. Es bezog sich auf den Steinbrocken, den wir eben gesehen haben.«

»Sieh an. Das war bestimmt das Gedicht aus der *Theogonie.* Die Kronos-Mythologie.«

»Kann sein. Der Knabe ist nicht ohne. Er müßte sich von seinem alten Herrn befreien, dann ginge es bald bergauf mit ihm.«

Kondis nickte. »Vorbilder hätte er genug. Fast alle Götter haben ihre Kinder oder Eltern getötet. Wer weiß, vielleicht ...«

Er verstummte. Die Vorstellung, den alten Unbill tot zu wissen, gefiel ihm. Mir aber nicht.

»Laß uns nicht weiter über die Probleme anderer reden«, schlug ich vor. »Wo ist er denn nun, dein gefeierter Wagenlenker?«

Braune Augen und eine weiße Schale

Wäre er nicht aus Bronze, sondern aus Fleisch und Blut, hätte er ein Zwillingsbruder von Costas, dem Sohn des Busfahrers, sein können. Er stand fast allein mitten in einem Saal des Museums, umringt von schreienden Reiseleitern und fotografierenden Besuchern. Ich steckte meine Gerätschaften zusammen und setzte die Kopfhörer auf. Endlich hatte ich Gelegenheit, genug Atmosphäre zu erwischen.

Ich drängelte mich zwischen schwitzenden Männern, kreischenden Frauen und desinteressierten Kleinkindern hindurch, um näher an die Statue heranzukommen. Wortfetzen, Anweisungen, Erklärungen und Entzückensschreie wechselten sich ab. Ich nahm sie alle auf.

Der Bursche hatte eine aufrechte Gestalt und trug ein in langen Falten herabfallendes Gewand, den Chiton. Das Gesicht war jung und ernst. Die vollen Lippen saßen über einem etwas zu langen Kinn. Die Nase war schmal und hatte jenen klassischen Schnitt, mit dem fast jeder Grieche ausgestattet war. Seine Haare lagen in niedliche Löckchen gedreht eng am Kopf und wurden durch ein Stirnband gebändigt.

Er hatte wunderschöne braune Augen. Bisher hatte ich immer nur augenlose Statuen gesehen, doch dieser hier schaute wie ein lebender Mensch. Die schwarzen Pupillen waren von mittelbraunem Onyx umgeben, die wiederum in weißes Glas eingearbeitet waren. Kaum zu glauben, aber am oberen und unteren Augenrand saßen sogar bronzene Wimpern.

»Der Wagenlenker gehörte vermutlich zu einer größeren Gruppe von Bronzestatuen«, hörte ich Kondis erklären. Ich pirschte zu ihm hin, rammte dabei einen amerikanischen Touristen, der gerade seine Polaroidkamera quälte, übersah ein auf der Erde krabbelndes Kleinkind und wäre fast lang hingeschlagen. Das Gekreische der Mutter folgte mir. Ich blieb unbeeindruckt und stellte den Recorder auf »Aufnahme«.

»Neben dem Wagenlenker, dessen linker Arm nicht gefunden wurde, haben die Archäologen Bruchstücke von Pferdebeinen, den Arm eines Kindes und bronzene Zügel ausgegraben. Das Meisterwerk, das Sie hier sehen, stammt aus dem Jahre 470 vor Christus, und sein Schöpfer ist Polyzalos, Tyrann von Gela auf Sizilien. Er stiftete die Skulptur nach einem Sieg im Wagenrennen. Und nun zeige ich Ihnen noch ein ganz besonderes Kleinod.«

Kondis drehte sich um und schlenderte zur rechten Wand des Saales.

»Es handelt sich um die berühmte Apollonschale. Sie ist nicht groß, und man übersieht sie fast, aber sie hat einen unerreichten Charme ...« Er stockte. Seine Hand, die auf die Wand deutete, blieb in der Luft hängen. Mein Blick folgte ihrer Richtung.

Vor uns war ein kleiner Kasten aus Glas an der Wand befestigt. Die Scheiben waren in einem Holzrahmen befestigt. Das Innere des Kastens war leer.

»Deine Schale ist weg!« konstatierte ich.

Almuth Traunich, Gerlinde von Vischering und Martha Maus nickten zustimmend und starrten den leeren Kasten an. Kondis stürzte an uns vorbei und sprach eine der Wachen an. Der Uniformierte erwachte aus seiner Lethargie und rannte wie ein Wiesel zu der Wand. Er brauchte ebenfalls einige Sekunden, um zu begreifen, daß der Tag für ihn nicht so zu Ende gehen würde wie die letzten dreihundert.

Auf dem Boden des Saals lagen die Reste der Glasscheibe und der Plexiglas-Tellerständer. Jemand hatte sich des Kleinods bemächtigt, und niemand hatte etwas bemerkt, weil alle den Wagenlenker angestarrt hatten!

Der Wachmann schrie etwas Unverständliches und lief los. »Was passiert jetzt?« fragte ich Kondis.

»Er ruft die Polizei. Solange darf niemand das Museum verlassen.«

»Das ist ein tolles Ding!« jubelte ich. »Das paßt prima in mein Feature. Diebstahl am hellichten Tage im Schatten des berühmten Standbildes. Wie sah der Teller denn aus?«

»Am Ausgang kannst du jede Menge Postkarten kaufen, auf dem er abgebildet ist.«

Die Polizei kam ziemlich schnell und ließ sich von Kondis in die Entdeckung des Diebstahls einweihen. Dann reihten wir uns in die lange Schlange ein, die vor dem Ausgang stand. Jeder mußte Taschen und Rucksäcke öffnen, Männer wie Frauen wurden abgetastet. Es ging sehr langsam.

Kurz bevor ich mein Handgepäck öffnete, kaufte ich die besagte Postkarte. *Weißgrundige Schale mit der Darstellung des spendenden Apoll* stand da. Als Jahreszahl war *480 bis 470 vor Christus* angegeben.

Die Polizisten fanden die Apollon-Schale nicht bei mir. Auch bei keinem anderen. Sie war spurlos verschwunden.

In meinem Kopf ging es mal wieder drunter und drüber. Schon wieder Kunstdiebstahl – das war das Delikt, das Jason Kondis vorgeworfen wurde.

Als wir müde und verspätet in unseren Bus stiegen, saß Vater Unbill lesend in seinem Sitz. Er schien ungehalten und guckte mürrisch.

»Waren Sie nicht im Museum?« fragte ich.

»Was soll ich da? Ich kenne es in- und auswendig. Außer dem Wagenlenker und einigen ganz interessanten Friesen gibt es dort wenig wirklich Wertvolles. Hatten Sie wenigstens Ihre Freude?«

»Aber sicher!« antwortete ich. »Mir hat am besten die Statue des Athleten Agias gefallen. Er hat den hübschesten Marmor-Po, den ich jemals gesichtet habe. Und er hat noch nicht mal gezuckt, als ich mit meiner Hand sanft über seine Backen strich.«

Unbills Augen flackerten. Aha, dachte ich, der alte Herr ist doch noch nicht ganz über den Pleistos.

Ich steuerte auf meinen Sitz zu. Auf dem Weg dorthin sah ich etwas auf dem Boden liegen. Es war eine Eintrittskarte für das Museum, die das heutige Datum trug. Auf ihr war ausgerechnet der gestohlene Teller abgebildet.

Ich steckte das Papierstück ein und kehrte wieder um. Kondis saß vorn in der ersten Reihe.

»Wenn eine Reisegruppe ein Museum besucht, so wie wir eben, wie wird das mit dem Eintrittsgeld geregelt?« raunte ich ihm zu, als ich neben ihm saß.

»Ich zeige meine behördliche Erlaubnis, bezahle, und wir können rein.«

»Du bekommst also keine Billets?«

»Nein. Die Besucher werden abgezählt. Warum willst du das wissen?«

»Weil ich das hier gefunden habe. Vor einer Minute!« Ich schob ihm die Eintrittskarte zu.

Im Kombinieren war er nicht der Schnellste. Er guckte nur.

»Jemand muß vor oder direkt nach uns das Museum besucht haben. Jemand aus der Gruppe. Verstehst du jetzt?« half ich ihm auf die Sprünge.

Kondis pfiff leise durch die Zähne. »Er stahl den Teller und war vor allen anderen wieder draußen. Genial!«

»Dann überleg mal, wer es gewesen sein könnte!«

»Unbill! Es war Unbill!«

»Psst! Nicht so laut. Vielleicht war es Unbill. Oder Aris oder Costas. Wir haben gleich drei zur Auswahl.«

»Ich muß Unbills Gepäck durchsuchen!« Kondis war Feuer und Flamme bei der Vorstellung, seinem Feind »Gutes« zu tun.

»Langsam. Niemand hat gesehen, daß ich die Eintrittskarte eingesteckt habe. Die Sache mit dem Gepäck ist eine gute Idee, doch es ist noch zu früh. Der Dieb muß sich in Sicherheit wiegen.«

»Du bist ganz schön clever. Woher weißt du solche Sachen?«

»Danke für die Blumen. Ich war mal Polizeireporterin. Das war, bevor ich alte Herren und reife Damen auf Lustreisen begleitete. Ich weiß, wie Verbrecher vorgehen. Gelernt ist gelernt! Und jetzt werde ich zu meinem Platz zurückgehen und meine Gedanken schweifen lassen.«

»Ich mag dich«, murmelte er.

»Das liegt an meinem herben Charme«, erklärte ich, »da kann kaum jemand widerstehen. Besonders Machos mit gebremstem Schaum sind schlichtweg verrückt nach mir.«

Aris, der Busfahrer, startete. Sein hübscher Sohn Costas hatte seinen Walkman beiseite gelegt und blätterte in einem Comic-Heft. Ich schlenderte zu meinem Sitz zurück. Die Ton-Ausbeute vom Museumsbesuch konnte sich bestimmt hören lassen, ich wollte die Zeit im Bus nutzen, sie abzuhören und meine Gedanken aufzuschreiben.

Ich setzte die Kopfhörer auf und spulte zurück. Auf einem Block machte ich Notizen, damit ich die einzelnen Tonstücke später schneller wiederfinden konnte.

Das Motorengeräusch machte mich müde. Ich schloß die Augen und erwachte erst wieder, als mich Daphne Laurenz sachte schüttelte.

»Mittagessen!«

Die anderen saßen schon im Garten eines Straßenrestaurants. Etwas benommen stieg ich aus dem Bus. Plastikstühle, Holztische, Freiluft-Grill, schwarzhaarige Kellner und der übliche Touristenteller: Griechischer Salat, Tzaiziki, Souvlaki, Pommes, Retsina.

Frustriert setzte ich mich an einen kleinen Tisch und bestellte nur Wasser. Stattdessen wurde ebenfalls mir der übliche Teller serviert. Ich fütterte eine streunende Katze mit den Souvlaki-Brocken, was den Kellner ärgerte. Doch mein Blick warnte ihn davor, dem mageren Tierchen einen Tritt zu versetzen.

Nach der kollektiven Abfütterung scheuchte uns Kondis in den Bus zurück. Immerhin hatten wir noch fast 275 Kilometer zurückzulegen und waren ziemlich spät dran.

Weiße Pappeln und rote Kirschen

Die Apollo-Schale war weißgrundig, hatte zwei Henkel und einen niedrigen Fuß. Der Gott saß auf einem niedrigen Schemel, trug ein weißes langes Gewand und einen Purpurmantel. In der linken Hand hielt er eine Leier, mit der rechten goß er eine rötliche Flüssigkeit aus einer Schale. Der Kopf des Gottes war mit einem Lorbeer- oder Myrtenkranz gekrönt. Das fein gezeichnete Gesicht war von Locken umrahmt, und auf den Lippen lag ein leichtes Lächeln. Ein schwarzer Vogel, vermutlich ein Rabe, schaute ihm dabei zu.

Ich studierte meinen Reiseführer, der der berühmten Schale einige Zeilen gewidmet hatte. Doch die wirklich schöne Geschichte zu dem Teller erzählte mir Kondis, als wir am Abend in Dodona angekommen waren.

Der schwarze Rabe symbolisiert die Liebesgeschichte zwischen dem Gott und Koronis, der Tochter des Königs Phlegyas. Sie war von Apollon schwanger, als sie ihm untreu wurde und einen Arkadier namens Ischys heiratete. Eine Krähe verpetzte Koronis. Apollon wurde so wütend, daß er den bis dahin weißen Vogel in einen schwarzen verwandelte.

»Seit dieser Zeit sind die Raben in der ganzen Welt schwarz«, behauptete Kondis, »doch die Geschichte geht noch weiter. Apollon bat seine Schwester Artemis, die untreue Koronis zu erschlagen und auf einem Scheiterhaufen zu verbrennen. Bevor jedoch die Flammen die tote Frau verschlingen konnten, rettete Apollon sein ungeborenes Kind. Es war Asklepios, der große Mediziner, dem das Heiligtum in Epidaurus geweiht ist.«

»Ganz schön blutig«, meinte ich, »ist dir aufgefallen, daß die Verfehlungen der Frauen viel schärfer bestraft werden als die der Männer?«

»Das siehst du falsch«, lächelte er. »Denke nur an Prometheus, der sich mit Zeus angelegt hat. Ein Adler hackte ihm bei lebendigem Leibe die Leber aus dem Leib. Euer Goethe hat dazu ein wunderschönes Gedicht gemacht. Oder den armen Sisyphos, der einen Felsbrocken auf einen Berg schieben mußte, von dem er immer wieder herunterrollte. Ich glaube, daß wir Griechen in unserer Mythologie Männer und Frauen gleichberechtigt behandeln.«

Wir saßen allein bei einem Glas Wein in einem winzigen Hotel in unmittelbarer Nähe des Zeus-Heiligtums, das wir morgen besichtigen würden. Zum Glück gab es nicht nur Retsina im Restaurant, sondern auch einen leichten kühlen Weißwein namens Zitsa aus Ioannina.

»Laß uns ein bißchen spazierengehen«, schlug Kondis vor, als wir die Flasche geleert hatten. »Die Abenddämmerung ist eine Stimmung, die ich sehr gern mag.«

Ich packte meine Handtasche, und wir starteten. Durch die Luft wirbelten weiße Flöckchen, sie sahen aus wie Schnee. Ich fing eine mit der Hand.

»*Populus alba*«, erklärte er, »die Weißpappel. Der heilige Baum des Herakles. Er fand ihn am Fluß Acheron und verpflanzte ihn nach Olympia. Das Opferfeuer für den Zeus von Olympia durfte nur aus dem Holz der Weißpappel bestehen.«

»Die Geschichten, die du kennst, sind wunderbar«, schwärmte ich. Der Alkohol hatte meine Seele leichter gemacht. Dann fing auch noch ein Kuckuck an zu rufen. Ich begann, in eine romantische Stimmung abzudriften. Auch wenn die Welt schlecht war, war das Leben schön.

Wir schlenderten an einigen großen Bäumen vorbei. »Schau mal«, ich war begeistert, »das sind Kirschen!«

Vollrot und prall hingen die Früchte kiloweise an den Zweigen, die sich unter ihrem Gewicht bogen.

»Moment!« rief er, lief auf einen Baum zu und fing an zu pflücken.

»Die gehören doch bestimmt jemandem!« wandte ich ein.

Er reagierte nicht, zog das Shirt aus seiner Hose und benutzte es als Behältnis. Mit prall gefülltem Hemd kam er zurück.

»Mund auf!« verlangte er gut gelaunt. Dann stopfte er mir ein paar rote Kirschen in den Mund. Sie waren kühl und saftig. Ich vertilgte sie lustvoll.

Sein Gesicht näherte sich, er schnappte mir eine Kirsche vom Mund weg. Ich sah seinen flachen Bauch und war ziemlich angetan. Seine Haut duftete nach Sonne. Meine Schultern spürten kräftige Hände.

»Kuck – kuck«, brüllte der Vogel. Es klang wie eine Parodie. Ich mußte lachen.

»Was ist?« murmelte er irritiert.

»Immer, wenn wir uns näher kommen wollen, schikken uns deine Götter eine Botschaft. Im Pleistostal war's die Nachtigall und dann die Autohupe, und jetzt mischt sich dieser Kuckuck ein. Ich bin sicher, daß es sich um ein Zeichen handelt!«

»Es gab immer Sterbliche, die die Hinweise der Götter mißachtet haben«, lächelte er. »Ein bißchen Mut haben unsere Götter gern, sie verlangen keine bedingungslose Unterwerfung, wie es in der christlichen Religion üblich ist.«

Der Moment der Schwäche war vorbei. Ich atmete durch und spuckte die Kirschkerne in hohem Bogen in die Büsche.

»Eine Dame spuckt nicht«, frotzelte er.

»Und ein Herr stiehlt nicht«, antwortete ich.

»Vielen Dank!« Seine Stimme war plötzlich eisig.

»Ich meinte doch die Kirschen!« rief ich verdattert aus.

Er drehte sich auf dem Absatz um und ließ mich stehen. Sein weißes Hemd wehte und seine Schritte waren wütend. Dann verschwand er in der Dämmerung.

»Kuck – kuck!« feierte der Vogel seinen Erfolg.

»Klappe, du Flattermann!« zischte ich.

Langsam spazierte ich zum Hotel zurück, dessen Leuchtstoffbuchstaben mir den Weg wiesen. Näher kommend hörte ich das Plärren der TV-Reklame.

Im Foyer des Hotels saß Martha Maus und guckte griechisches Fernsehen. Frustriert setzte ich mich auf einen durchgesessenen Fauteuil. Ich wollte sie gerade ansprechen, als ich die gestohlene Apollon-Schale auf der Mattscheibe sah. Es folgten Aufnahmen vom Delphi-Museum und ein Archivbild von der Vitrine im Saal des Wagenlenkers. Ich verstand zwar kein Wort, aber das war auch nicht nötig. Das griechische Fernsehen berichtete über den dreisten Kunstdiebstahl.

»Das war ein Bericht über den gestohlenen Teller!« erkannte Martha Maus. »Wer, glauben Sie, hat es getan?«

»Woher soll ich das wissen?« fragte ich. »Irgend jemand, der die Sache lange ausbaldowert hat. Verkaufen kann der Dieb die Beute sowieso nicht, denn sie ist international bekannt.«

»Hat sich Herr Kondis geärgert?« wechselte sie das Thema.

»Wie kommen Sie darauf?«

»Er stürzte eben durch dieses Zimmer, sah nicht nach rechts und nicht nach links. Ich habe ihm einen 'guten Abend' gewünscht, doch er hat mich überhaupt nicht gesehen.«

»Er ist vielleicht in Gedanken!« versuchte ich abzuwiegeln. Doch so leicht konnte ich die alte Dame nicht abschütteln.

»Sie waren doch mit ihm draußen. Haben Sie beide sich vielleicht gestritten?«

»Sie sind ganz schön neugierig, Martha. Wären Sie mir böse, wenn ich Ihnen sagen würde, daß Sie das überhaupt nichts angeht?«

»Nein«, strahlte sie, »das wäre ich nicht. Ich mag Herrn Kondis. Deshalb beobachte ich ihn. Er ist ein schöner Mann und trägt ein finsteres Geheimnis mit sich herum. Hat er Ihnen dieses Geheimnis schon anvertraut?« Ihre Stimme war zu einem Flüstern herabgesunken.

»Sie lesen zu viele von diesen Romantik-Thrillern«, stellte ich fest und deutete auf den Schmöker, der neben ihr lag. Auf dem Titelbild war ein dunkles Schloß abgebildet, vor dem ein stattlicher Mann gerade eine zarte Blondine auf einen Rappen hievte. *Graf Gregors dunkles Geheimnis* stand in Goldbuchstaben auf dem Buchdeckel.

»Gute Nacht, Martha. Ich muß dringend in die Waagerechte. Gehen Sie doch auch ins Bett! Sie müssen morgen früh wieder fit sein. Schließlich müssen wir wieder stundenlang durch altes Gerümpel stapfen.«

Müde nahm ich meinen Zimmerschlüssel vom Brett, ging durch den kleinen Innenhof zu meinem Zimmer. Es war fast dunkel. Der volle Mond ließ die Farben der Blumen im Hotelgarten ahnen.

Eigentlich war unsere Unterkunft ziemlich verwohnt und ungepflegt, dafür befand sie sich in direkter Nachbarschaft zum Heiligtum. Das einzige Hotel in Dodona mit zwölf Zimmern. Es lag in einer Talsenke, von der kleine Straßen direkt ins Pindosgebirge führten. Alle Zimmer lagen zu ebener Erde, aus einigen drang ein Lichtschein, um den sich kleine Falter tummelten.

Plötzlich hörte ich erregte Stimmen, die sich bemühten, leise zu sprechen. Neugierig pirschte ich mich heran und duckte mich unter das Fenster.

»Das kannst du mit mir nicht machen!« sagte Gerlinde von Vischering. »Zehn Jahre hast du mich ausgenutzt und das Leben aus mir herausgesaugt. Immer wieder wollte ich weg, doch du hast mich nie gehen lassen. Zehn Jahre lang bin ich von dir belogen und betrogen worden. Glaubst du wirklich, daß du so einfach davon kommst?«

Eine Männerstimme sagte etwas, doch ich konnte sie nicht identifizieren. Flüsternde Stimmen sind schwer voneinander zu unterscheiden.

»Warum soll ich leise sein?« kreischte sie. »Meinetwegen kann es jeder hören. Ich habe nichts mehr zu verlieren. Weggeworfen hast du mich wie einen alten Pantoffel. Auch wenn ich jahrelang deine Demütigungen geschluckt habe – jetzt ist Schluß damit! Ich kenne die miesen Geschäfte, die du jahrelang betrieben hast. Ich habe über jeden Fall eine Akte angelegt. Was glaubst du, wird die Staatsanwaltschaft dazu sagen?«

Der Unbekannte heulte auf wie ein getroffenes Tier. Dann hörte ich ein klatschendes Geräusch, den Schrei der Frau und das Schlagen der Tür. Ich erhob mich und schaute vorsichtig in das Zimmer. Gerlinde von Vischering lag schluchzend auf ihrem Bett.

Ich verbarg mich hinter einem blühenden Oleanderbusch. Vielleicht konnte ich den Mann noch sehen, bevor er sein Zimmer betrat. Doch nichts geschah. Lediglich Martha Maus näherte sich langsam und bedächtig. Sie drückte auf den Lichtschalter. Die Helligkeit erwischte mich voll. Ich blinzelte sie an.

»Frau Grappa!« rief sie überrascht. »Was machen Sie hinter dem Busch?«

»Der Sternenhimmel ist heute besonders schön«, log ich, denn es war ziemlich bewölkt. »Schauen Sie, dort oben strahlt der Orion!«

Sie war zu müde, um meiner Hand zu folgen, die in der Luft herumfuchtelte.

Fast jeder hier hat etwas zu verbergen, grübelte ich, als ich mein Zimmer abgeschlossen hatte und mich entkleidete. Jason Kondis, Pater Benedikt, Waldemar Unbill und Gerlinde von Vischering, von dem unbekannten Mann ganz zu schweigen.

Kondis! Schon wieder dachte ich an ihn. Er war drauf und dran, mir den Kopf zu verdrehen, und das war eine Katastrophe für meine Arbeit und mein Gefühlsleben. Der Zug, in dem ich saß, steuerte einen Abgrund an, und ich hatte verdammt noch mal alle Lust der Welt, darin sitzen zu bleiben und jeden Augenblick zu genießen.

Als ich meinen BH auszog, fiel eine Kirsche heraus. Sie war voll, rot und glänzend. Ich nahm sie sachte zwischen meine Lippen, streichelte sie mit der Zunge, biß zu und verschlang sie. Der rote Fruchtsaft spritzte und lief mir den Mundwinkel herab. Das Gefühl hatte was.

Heilige Eiche und gemeine Ackerminze

Zeus wohnte an der Wurzel der heiligen Eiche von Dodona. Als die Argonauten nach dem Goldenen Vlies suchten, holte ihre Schutzgöttin Athene ein Stück von der heiligen Eiche von Dodona und fügte es in den Bug des Schiffes ein. Odysseus befragte die heilige Eiche von Dodona nach der Rückkehr auf seine Heimatinsel Ithaka. Ich saß am Fuß der heiligen Eiche von Dodona und beobachtete die Hummeln, die sich über die violetten Blüten der Disteln hermachten.

Kondis wies natürlich darauf hin, daß die Eiche, die – heute umzäunt – als heilig ausgegeben wurde, nicht die von damals sei. Die uralte Zeus-Eiche wurde im Jahre 392 nach Christus gefällt.

»Der Zeus-Kult von Dodona ist bis ins 15. und 14. Jahrhundert vor Christus nachweisbar«, erklärte Kondis. »Die Priester schliefen auf der nackten Erde und gingen barfuß, sogar im Winter.«

»All das, was Sie hier sehen«, tönte Dr. Waldemar Agamemnon Unbill mit einem schrägen Blick auf Kondis, »wurde erst 1880 ausgegraben, fünfzig Jahre, nachdem Epeiros – so heißt der Landstrich hier – endgültig von den Türken befreit wurde. Mein Großvater hat sich an diesen Ausgrabungen beteiligt. Er hat das Theater wieder aufgebaut. Hätte es die deutsche Altertumsforschung Anfang des 20. Jahrhunderts nicht gegeben, wären die meisten Altertümer der griechischen Antike für immer verloren gewesen. Der Grieche selbst ist nicht besonders geschichtsbewußt. Er liegt am liebsten den ganzen Tag in der Sonne und macht sich eine schöne Zeit.«

Es klang triumphierend und anmaßend. Kondis kochte innerlich.

»All das, was Sie hier sehen«, imitierte ich Unbills lauten, etwas näselnden Tonfall, »haben die Vorfahren von Herrn Dr. Kondis gebaut. Wenn die nicht so emsig gewesen wären, hätten die Nachfahren von Herrn Dr. Unbill nicht Gelegenheit gehabt, irgend etwas auszugraben und sich so ihre wissenschaftliche Reputation zu sichern. Das Leben ist halt ein gegenseitiges Geben und Nehmen!«

Alle lachten. Sogar Unbill verzog die Mundwinkel nach oben.

»Dem Besserwisser haben Sie es aber gegeben!« lobte Martha Maus. »Eine komische Familie. Der Sohn kriegt keinen Ton raus und rennt dauernd hinter seinem Vater her. Halten Sie das für normal?«

»Ajax Unbill würde gerne so sein wie alle anderen, doch er darf nicht.«

»Ajax – so ein blöder Name. Ich habe Dr. Kondis gefragt, wer dieser Ajax war. Es gab zwei Ajaxe. Der eine wurde verrückt, weil er die Rüstung des toten Helden Achilleus nicht bekam, der andere vergewaltigte die Seherin Kassandra, die Tochter des Troja-Königs Priamos.«

»Er vergewaltigte sie?«

»Genau. Doch die Götter haben ihn bestraft. Er ist ertrunken.«

»Gerechte Strafe«, sagte ich. »Vergewaltigung kommt in der griechischen Mythologie leider sehr häufig vor. Die Vergewaltigung der Frau, um ihren Mann zu demütigen. Die Schändung von Frauen, um ein Volk zu bestrafen. Dieses finstere Kapitel reicht bis in unsere moderne und angeblich so aufgeklärte Zeit.«

Wir streiften noch eine Weile durchs weitläufige Gelände. Martha Maus wollte trotz anschwellender Beine weiterlaufen. Ich blieb an der heiligen Eiche sitzen und beobachtete meine Gruppe. Gerlinde von Vischering hatte sich einen blauen Strohhut weit in die Stirn gezogen und trug trotz bewölkten Himmels eine große Sonnenbrille. Die rechte Gesichtshälfte war geschwollen. Ihr nächtlicher Besucher hatte ordentlich zugelangt. Sie hatte heute früh kaum ein Wort gesprochen.

Das Ehepaar Traunich schien sich wieder versöhnt zu haben, denn sie gingen Hand in Hand. Daphne Laurenz hatte ihren frischen Mädchencharme verloren, sie war blaß, wirkte lustlos und gelangweilt. Die beiden Unbills hatten einen Plan der Ausgrabungsstätte dabei und schritten die Linien und Grundrisse ab. Die Gruppe fiel langsam auseinander. Ich hörte Kondis etwas von »20 Minuten« rufen.

Er verließ die Gruppe und ging Richtung Ausgang. Ich saß noch immer unter der Eiche. Als er auf meiner Höhe war, schaute er kurz zu mir hin. »In 20 Minuten treffen wir uns am Bus!« rief er.

»Aye, aye, Sir!« salutierte ich.

Kondis' Miene blieb neutral. Er machte auf unverstanden und verletzt. Ich hatte keine Lust, ihn aus der Schmollecke zu holen.

»Dann bis gleich«, stieß er hervor und schritt aus. Seine helle Leinenhose flatterte um die Beine, die schwarzen Haare stießen an den Kragen seines weißen Hemdes. Wütend trat er gegen einen umgestürzten Baum, bevor ihn eine Senke meinen Blicken entzog.

Dich krieg ich noch, brummte ich halblaut vor mich hin.

Ich nahm das Rauschen des Windes in der heiligen Eiche von Dodona noch auf Band auf und vervollständigte meine Notizen. Dann schlenderte ich langsam zum Ausgang, wo Kondis, Aris und Costas mit den Wärtern des Heiligtums Neuigkeiten austauschten. Nach und nach trudelten alle ein.

»*Jassas*!« winkte Kondis den Männern zum Abschied zu. Und zu uns sagte er: »Wir fahren jetzt in die berühmten Zagoria-Dörfer. Es handelt sich um Bergdörfer mit jahrhundertealter griechischer Bauernkultur. Steigen Sie bitte ein, wir starten.«

Ich verkrümelte mich auf meinen hinteren Platz. Schwer prustend hievte Martha Maus ihre Tasche ins Gepäcknetz. Ajax Unbill kam der alten Frau zu Hilfe.

»Wer hat das auf meinen Sitz gelegt?« schrie Daphne Laurenz. Alle sahen erschrocken zu ihr hin. In der Hand hielt sie einen grünen Zweig. »Wer hat das getan?« Sie schluchzte.

Kondis öffnete ihre Hand und nahm den Zweig. Er zerrieb ein Blatt zwischen den Fingern und sagte verblüfft: »Was ist denn los? Das Kraut ist völlig harmlos. Es ist Ackerminze. Die wächst in Massen zwischen den Ruinen.«

Sie starrte ihn an, als hätte sie eine überirdische Erscheinung vor sich. Er drückte Daphne sanft auf ihren Sitz. Sie verbarg das Gesicht in den Händen. Kondis sprach leise auf sie ein. Ich konnte die Worte nicht verstehen, aber ich wußte, daß der Verbrecher, der Daphne Laurenz in der ersten Nacht in Delphi vergewaltigt hatte, ein Zeichen setzen wollte. Er hatte Spaß daran, sie zu quälen, sie immer wieder an die Demütigung, die sie erlitten hatte, zu erinnern.

Ein typischer Fall von Rumpelstilzchen-Syndrom, dachte ich, ach wie gut, daß niemand weiß ...

Diese Selbstdarstellungssucht würde ihm irgendwann zum Verhängnis werden. Ich blickte in die Gesichter der Männer. Niemand von ihnen sah aus wie ein Frauenschänder, aber wie sehen solche Männer aus, die Lust daran haben, Frauen Gewalt anzutun?

Daphne hatte sich beruhigt. Stumm saß sie neben Kondis. Ich wollte mich gerade meinem Reiseführer zuwenden, als ich zufällig auf Ajax Unbill schaute. Sein magerer Hals mit dem hervortretenden Adamsapfel war kerzengerade in die Höhe gereckt. Er beobachtete Daphne, deren blonder Haarschopf über der Kopfstütze des Sitzes zu sehen war. Ein leichtes Lächeln spielte um seine Lippen, das schüttere Schnurrbärtchen zitterte.

Jetzt hat sich der arme Kerl auch noch in Daphne verliebt, dachte ich. Ajax, der griechische Kämpfer vor Troja, Held und Frauenschänder.

Ein unglaublicher Gedanke stieg in mein Gehirn. Ich fegte ihn fort, doch er kam immer wieder zurück, beanspruchte seinen Platz in meinem Kopf.

Daphne, die Nymphe. Floh vor Apollon, der sie vergewaltigen will. Sie rettete sich durch Verwandlung in einen Lorbeerbaum. Ajax, Sohn des Oileus aus Lokris, er haßte die Götter und beleidigte sie, wann immer er konnte. Schändete Kassandra, die Seherin.

Der Vergewaltiger hatte sich als »Apollon« bezeichnet, die Geschichte aus der Mythologie nachgespielt. »Ajax« war ein berühmter Frauenschänder, weil er sich an der Priamos-Tochter Kassandra vergriffen hatte.

Ich drückte die Stop-Taste in meinem Kopf. Die phantasievollen Geschichten der Griechen hatten mich völlig verrückt gemacht.

Endlich startete der Bus. Ziel war zunächst Ioannina. Dort war ein Gang zur Bank geplant, bevor es in die Höhen des Pindos-Gebirge gehen sollte.

Bis daß der Tod euch scheidet

Das Storchennest war mitten in der City von Ioannina neben der »Agriculture Bank of Greece« errichtet worden. Es lag flach und breit auf einem Strommasten aus Holz über einer aufgegebenen Taverne. Drei Straßen trafen sich an diesem Platz, um sich hinter ihm wieder in drei einzelne Wege aufzuteilen. Der mittlere führte in die Berge.

Beide Eltern bewachten ihre Jungen. Zwischendurch klapperten die beiden zärtlich und betrachteten stolz ihrem Nachwuchs, von dem ich nur einen Schatten erkennen konnte. In den Zweigen des Storchennestes hatten zahlreiche Spatzen gebaut und zogen ebenfalls ihre Jungen groß.

Der Verkehr donnerte mit Abgasen und Hupen um den Platz. Unser Bus parkte direkt vor der Bank, Aris Christopoulos, der Busfahrer, diskutierte mit einem Polizisten den Sinn oder Unsinn eines Parkverbotes genau an dieser Stelle.

Ioannina machte einen islamischen Eindruck. Aus den kleinen Geschäften drang türkische Musik, die Männer trugen Fez-Hüte, und es gab türkischen Honig auf der Straße zu kaufen.

Ich hatte meine Geldgeschäfte erledigt und beobachtete das Storchennest. Almuth Traunich stellte sich neben mich und bot mir an, durch ihr Fernglas zu schauen. Jetzt konnte ich den kleinen Storchennachwuchs besser sehen.

»Glotzt du wieder irgendwelche Vögel an?« dröhnte ihr Göttergatte. »Ich brauche meinen Paß, aber meine Frau hat ja Besseres zu tun! Also, her damit!«

Er hatte mal wieder beste Laune. Almuth Traunich wühlte in ihrer Handtasche. »Du blöde Kuh!« blökte er. »Stehst hier rum und träumst. Was in aller Welt findest du nur an diesen dämlichen Flattermännern?«

»Sie mögen wohl keine Tiere?« fragte ich.

»Doch, und wie! Wir haben viele Tiere zu Hause. Doch die liegen in der Tiefkühltruhe!« Traunich wollte sich ausschütten vor Lachen.

Stumm reichte ihm seine Gattin den Paß. Er riß ihn an sich und verschwand.

»Tut mir leid für Sie«, sagte ich.

»Ich könnte ja gehen«, murmelte sie, »aber ich schaff's einfach nicht.«

»Irgendwann schaffen Sie's!« ermunterte ich sie.

»Ich bin katholisch. Und da heißt es: bis daß der Tod euch scheidet.«

»Wie haben Sie sich kennengelernt?«

Sie lächelte. »Wie viele Ehepaare. In der Tanzstunde. Gleich am ersten Abend trat er mir auf die Füße. Da war er zwanzig und ich sechzehn. Danach stand er jeden Abend mit Blumen vor dem Haus meiner Eltern. Ein halbes Jahr lang. Dann haben sie nachgegeben. Als ich 21 war, haben wir geheiratet.«

Ein Lkw fuhr so dicht an uns vorbei, daß wir uns in einem Hauseingang in Sicherheit bringen mußten.

»Vielleicht wäre alles anders, wenn wir Kinder hätten«, sagte sie traurig. »Ich war zweimal schwanger, aber ich hatte Fehlgeburten. Dann ist er zu anderen Weibern gegangen.«

Die anderen hatten den Bus wieder bestiegen. »Kommen Sie«, sagte ich und henkelte sie unter, »genießen Sie die Reise – trotz allem. Wenn Sie sich aussprechen wollen, kommen Sie zu mir. Lassen Sie sich von ihm nicht unterkriegen!«

Sie schaute mich dankbar an. Sie sah älter aus aus als sie war. Der tägliche Ehekrieg, in dem der Sieger von Anfang an feststand, hatte ihr tiefe Falten im Gesicht beschert.

Der Storchenmann hob die Flügel, flatterte ein paar Mal und ließ sich mit schweren Schwingenschlägen aus dem Nest fallen. Dann flog er mit gemächlichem Tempo durch die Straßenflucht in Richtung Berge, um Futter zu holen. Es gelang ihm, die niedrig hängenden Stromkabel, die über die Straße gespannt waren, zu unterfliegen. Mein Blick folgte ihm, bis er nur noch ein schwarzer Punkt am Himmel war.

»Ich liebe Vögel!« rief Almuth Traunich aus, die von dem Anblick ebenfalls begeistert war. Ihre Gesichtszüge waren entspannt, und ihre Augen leuchteten. »Sie sind so frei, kennen keine Grenzen und können überall hin.«

Langsam gingen wir Arm in Arm über die Straße zu dem Bus, dessen Motor bereits lief. Wir klettern ins Innere. Almuth Traunichs Schuh verfing sich im Teppichboden, und sie stürzte hin. Ein leiser Schrei entrann ihrem Mund.

Kondis sprang erschrocken von seinem Sitz hoch, doch ich hatte sie schon aufgehoben. Mein Blick fiel auf ihren Mann, der die Szene beobachtet hatte. Er grinste höhnisch. Wut stieg in mir auf, ich rang nach Luft.

»Sag nichts!« Das war Kondis. »Ich habe ihm eben das Zigarrenrauchen verboten. Er hat getobt. Die Stimmung in der Gruppe ist schon schlecht genug. Gieß bitte kein Öl ins Feuer!«

»Jawohl, Herr Reiseleiter!« zischte ich und ließ ihn stehen. Ich haßte es, wenn jemand meine Aggressionsschübe störte.

Almuth Traunich saß bereits wieder neben ihrem Mann und hatte ihre Ehefrau-Haltung eingenommen: Die Schultern fielen nach vorne, und über ihre Augen hatte sich ein grauer Schleier gelegt.

Ich wollte nichts mehr sehen und hören. Ich legte eine Musikkassette in den Recorder, setzte die Kopfhörer auf und drückte auf »play«. Das Klavierkonzert, das ich hörte, versöhnte mich wieder ein bißchen mit der Menschheit.

Als ich irgendwann die Augen wieder öffnete, hatte sich die Landschaft verändert. Sie war grüner geworden, Nußbäume und Kastanien säumten die Straße, die sich immer höher wand. Nadelwälder standen in vollem Dunkelgrün zwischen den Felsen.

Mühsam kroch der Bus die enge Straße hinauf. Vor dem Dorf Monodendrion fuhr Aris auf einen Parkplatz. Für Fahrzeuge war hier Endstation.

Costas öffnete den Gepäckraum und stellte die Koffer und Taschen auf den Boden. Jeder nahm die Sachen, die ihm gehörten. Ich dachte an die gestohlene Apollon-Schale.

Waldemar Unbill griff nach einem Koffer, sein Sohn Ajax grabschte eine abgestoßene Reisetasche und zwei Plastikbeutel.

»Ich habe Unbills Gepäck durchsucht«, raunte Kondis mir zu. Offenbar konnte er neuerdings Gedanken lesen.

»Und?«

»Nichts. Aber bis zur Reisetasche bin ich nicht gekommen, weil Unbill das Zimmer betrat.«

»Du bist in sein Zimmer eingedrungen?«

»Nach unserem Spaziergang in Dodona. Der Schlüssel hing am Brett. Da habe ich ihn einfach genommen.«

»Und wie hast du es geschafft, daß er dich nicht gesehen hat?« Ich war erstaunt über seine Kaltblütigkeit.

»Ich habe es so gemacht wie im Film. Die Tür öffnet sich, der Einbrecher versteckt sich hinter ihr und schlüpft unbemerkt ins Freie.«

»Du hast viele Begabungen. Warum hast du mich gestern abend so dumm im Dunkeln stehen lassen?«

Er nahm meinen und seinen Koffer, und wir folgten den anderen, die über grob gepflasterte Straßen ins Dorf hinaufstiegen. Martha Maus hangelte sich an den Häuserwänden entlang, während sich Pater Benedikt des Koffers der alten Frau angenommen hatte.

»Du weißt genau, warum«, brummte er.

»Meine Bemerkung übers Kirschenklauen hat dir nicht gefallen. Du bist aber auch sehr empfindlich. Wie eine Mimose. Wenn du mit dem Diebstahlsverdacht gegen dich nicht klar kommst, dann mußt du alles wieder aufrollen, wenn du zurück bist.«

»Vielleicht kehre ich nie wieder zurück! Dieses Land dort mag mich nicht mehr!« Sein Blick war theatralischer Schmerz, sein Ton unumstößliches Gelübde.

»Sei nicht so pathetisch«, lächelte ich und gab ihm einen Klaps auf den Po, »ein erwachsener Mann gibt nie leichtsinnig ein großes Indianerehrenwort. Schaffst du die beiden Koffer, oder soll ich sie nicht lieber nehmen?«

Er lachte schallend. »Du kannst manchmal sehr erheiternd sein!«

»Extra für dich«, grinste ich, »wenn du willst, schlage ich Rad oder mache einen Kopfstand. Ich kann auch schmutzige Lieder singen. Ich bin eine Frau mit vielen Begabungen.«

»Einige deiner Talente würde ich ja gern mal testen«, meinte er maliziös, »aber du läßt mich ja nicht.«

»Die Reise ist noch nicht zu Ende. Wenn ich meine Talente gleich zu Beginn zum Besten gebe, was machen wir dann die restlichen Tage?«

»Gemeinsame Talente entwickeln. Oder deine und meine Talente ausbauen. Ich hätte da schon einige Ideen.«

»Das glaube ich dir aufs Wort. Schau mal, was macht Ajax denn da?«

Sohn Unbill war auf eine blühende Bergwiese gelaufen und pflückte Blumen. Andächtig suchte er eine nach der anderen aus, brach ihre Stengel und fügte sie zu einem Strauß zusammen.

»Die sammelt er bestimmt für Daphne«, mutmaßte ich. »Ich glaube, er ist verliebt in sie. Rührend, nicht wahr? Komm, laß uns weitergehen, sonst schämt er sich womöglich noch.«

»Dieser Battos hat sie nicht alle«, behauptete Kondis.

»Sei nicht so grob. Der arme Kerl kann nichts dafür, daß sein Vater dein Feind ist. Warum nennst du ihn eigentlich 'Battos'?«

»Das ist auch wieder so eine mythologische Geschichte. Willst du sie hören?«

»Ich kann nicht genug davon kriegen!«

»Battos hieß eigentlich Aristoteles, er hat aber mit dem Philosophen nichts zu tun. Er war der Sohn einer Königstochter, die bei ihrem Vater, dem kretischen König Etearchos, in Ungnade fiel. Ein Kaufmann aus Thera versprach dem Vater, Phronimene – so hieß die Tochter – zu töten. Battos rettete sie aber und nahm sie nach Thera mit, wo sie die Konkubine eines vornehmen Mannes wurde. Wegen seines Stotterns wurde der kleine Aristoteles 'Battos' genannt.«

»Und? Wurde er sein Stottern los?«

»Battos rief das Orakel in Delphi an, um zu erfahren, wie er geheilt werden könnte. Die Pythia riet ihm, eine Stadt in Libyen zu gründen. Doch kurz vor der afrikanischen Küste drehten Battos und seine Männer um, kehrten aber Jahre später wieder nach Afrika zurück. Battos wurde Herrscher der griechischen Kolonie in Libyen.«

»Aber gestottert hat er immer noch.«

»Nicht mehr lange. Außerhalb der Stadt Kyrene kam plötzlich ein Löwe auf Battos zu. Er brüllte ihn an, der Löwe machte sich davon, und seit dieser Zeit konnte Battos fließend reden.«

»Typischer Fall von Schock. An Phantasie sind deine Vorfahren wirklich kaum zu überbieten. Wie lange lebst du eigentlich schon in dem wilden Germanien, diesem kalten Land mit seinen Menschen, die, nur mit Fellen bekleidet, schreiend von Baum zu Baum hüpfen?«

»Fast 20 Jahre. Ich habe in München Archäologie studiert und bin dann hängengeblieben.«

Ich hätte gern gewußt, ob er verheiratet war, verkniff mir die Frage aber. Vermutlich hätte er sowieso gelogen oder von einer Ehefrau gesprochen, die ihn nie verstanden hatte.

Schweigend gingen wir nebeneinander her. Das Dorf hatte Häuser aus Naturstein, die sich eng aneinander kuschelten. Die Gebäude waren größer, als sie auf den ersten Blick schienen, hatten gemütliche Innenhöfe mit

Bäumen, kleinen Gärten, gemauerten Backöfen und Sitzbänken.

»Hier wohnten früher mächtige Bauernfamilien, die ihre riesigen Ziegen- und Schafherden im Sommer in die Berge trieben. Sie fischten in den Flüssen, jagten ihr Wild, sammelten Honig, feierten ihre Feste. Nur selten kam ein Fremder in die Dörfer. Mit dem Tourismus ist dieser Friede zu Ende gegangen. Heute kaufen reiche Griechen die alten Häuser, restaurieren sie und verbringen die Sommermonate hier. Schau, da ist unser Hotel!« Kondis deutete auf ein zweistöckiges Haus, dessen Außenmauern von üppig blühenden roten Kletterrosen überwuchert waren.

Durch einen runden Torbogen gelangten wir in den Innenhof, dessen steinerner Boden die Wärme der Sonne reflektierte.

»Der Reiseleiter ist mal wieder der Letzte«, nörgelte Waldemar Unbill. »Wann können wir endlich auf unsere Zimmer?«

Kondis schluckte den Anpfiff, die anderen waren vom Aufstieg und Kofferschleppen erschöpft. Pater Benedikt steckte seine Nase in eine Rose und sog den Duft ein.

Die Hotelbesitzerin kam mit den Schlüsseln und verteilte sie. Ich griff mein Gepäck und hievte es eine Holztreppe hoch.

Das Zimmer war hell und bot einen atemberaubenden Blick auf die Berge des Pindos, über dessen Gipfel der Himmel rosa schien. Das tiefe, satte Grün der Nadelwälder wechselte mit gelbblühendem Ginster und braungrauen Felsen ab.

Ich öffnete das Fenster. Von hier aus konnte ich direkt in den Innenhof blicken. Noch nie hatte ich so schöne Rosen gesehen. Die Zweige neigten sich unter dem Gewicht der roten, gelben, weißen und rosa Blütenköpfe dem Boden entgegen.

Es klopfte. Es war Daphne. »In zehn Minuten gehen wir essen«, kündigte sie an. »Fünfzig Meter von hier ist ein kleines Restaurant. Herr Kondis ist schon dort und organisiert das Essen.«

»Kommen Sie doch rein«, forderte ich sie auf, »und sagen Sie mir, wie es Ihnen geht.«

»Es geht mir gut«, log sie. »Ich muß die Sache vergessen, darf einfach nicht mehr daran denken.«

»Daphne! So werden Sie niemals damit fertig! Er bedroht Sie doch weiterhin. Denken Sie an den Minzezweig im Bus! Wir müssen versuchen, das Schwein zu finden!«

»Und wie?«

»Irgendwann verrät er sich. Wir sollten auf Zeichen achten, auf Fehler. Er wird weitermachen. Wenn nicht bei Ihnen, dann bei anderen Frauen. Eines Nachts steht er vielleicht bei mir vor der Tür oder bei Frau Vischering. Oder er zieht los und überfällt eine Frau, die er zufällig trifft. Der Kerl ist verrückt. Er hält sich für einen griechischen Gott. Haben Sie denn gar keine Idee, wer es gewesen sein könnte? Irgendeinen Verdacht?«

Sie schüttelte den Kopf. Dann stutzte sie. »Vielleicht doch. Als ich eben aus meinem Zimmer kam, habe ich einen Strauß aus Wiesenblumen gefunden, den jemand hinter die Türklinke geklemmt hatte.«

»Das war Ajax Unbill«, erklärte ich, »Kondis und ich beobachteten ihn beim Blumenpflücken. Er himmelt Sie an, der arme Tropf.«

»Auch das noch«, sagte sie abwehrend, »als ob ich nicht schon genug Probleme hätte. Aber lassen wir das Thema. Kommen Sie mit zum Essen?«

»Ich hüpfe noch schnell unter die Dusche und komme dann nach.«

Sie beschrieb mir den Weg und ließ mich allein. Ich verriegelte die Tür, ließ den Schlüssel von innen stecken und warmes Wasser über mich laufen.

Die Bürde der Geschichte und ein Befreiungsplan

Es gab *Tiropita,* einen flachen goldgelben Kuchen, der mit Schafskäse belegt und überbacken worden war. Dazu dunkellila Oliven, Salat und kalten Roséwein. Die Wirtin wieselte aufgeregt um uns herum. Sie hatte kupferrotes, vom vielen Färben schütter gewordenes Haar, das sie in die Höhe gebürstet hatte, um Fülle vorzutäuschen. Vor dem Eingang des Restaurants hockte eine uralte Frau mit abwesendem Gesicht auf einem niedrigen Stuhl. Sie war ganz in Schwarz gekleidet, ihr schlohweißes Haar lugte nur ein wenig unter dem Kopftuch hervor. Ihr Gesicht war von Tausenden Furchen und Falten durchzogen, wie die Rinde einer hundertjährigen Eiche. In den Augen hatten die Geschichten von Generationen einen verschwiegenen Platz gefunden, die knochigen Hände spielten mit einer Kette aus dunklen Holzperlen.

Ich konnte meinen Blick nicht von der alten Frau lassen. »My grandmother«, erklärte die Wirtin, die mein Starren bemerkt hatte. Dann erzählte sie etwas auf griechisch.

»Sie sagt, daß ihre Großmutter über 100 Jahre alt ist und sich bester Gesundheit erfreut«, übersetzte Pater Benedikt, der in meiner Nähe saß.

»Sie sprechen griechisch?« fragte ich erstaunt. Die Wirtin war ebenso überrascht wie ich und redete auf ihn ein.

»Ihre Großmutter hat als junges Mädchen gegen die Türken gekämpft, das war 1922. Ihr Mann und ihre sechs Söhne sind in den vierziger Jahren im Bürgerkrieg zwischen den Kommunisten und Königstreuen gefallen. Doch sie hat nie aufgegeben und war in den sechziger

Jahren als politischer Häftling im Gefängnis – während der Zeit der griechischen Militärdiktatur.«

Die alte Frau hatte bemerkt, daß wir über sie sprachen. Sie hob den Kopf, drehte das rechte Ohr zu uns hin und lauschte. Ihr zahnloser Mund verzog sich zu einem Lächeln, die Hände verkrampften sich um die schwarzen Perlen.

Was für ein Leben! Jeder spürt nur den eigenen Schmerz, dachte ich, denn er gehört jedem selbst, und niemand kann ihn stehlen.

Nachdenklich krümelte ich den Kuchen vor mich hin. Dieses Land, seine Menschen und seine Geschichte und seine Geschichten hatten mich in einen merkwürdigen Bann gezogen.

Ich dachte an die Toskana, die ich oft bereist hatte. Dort war die Stimmung heiter und leicht, die Menschen lebenslustig und vielleicht ein bißchen oberflächlich.

In Griechenland kam ich nicht so einfach davon. Ich mußte mich mit dem Land auseinandersetzen, das die schwere Bürde tausendjähriger Ereignisse mit sich trug. Hier lag wirklich der Nabel der abendländischen Welt.

Die Wirtin schenkte Wein nach. Wir saßen im Freien unter einer riesigen Platane. In ihre Rinde waren Herzen und Namen geritzt, manche Buchstaben waren vom Wundsaft des Baumes fast unsichtbar gemacht worden.

Spatzen versuchten, ein paar Essensreste zu erhaschen. Ich zerbröselte eine Brotscheibe und warf die Brocken zwischen die Vögel. Heftig schimpfend stoben sie davon, um gleich wieder umzukehren und das Brot zu schnappen. Die gerade flügge gewordenen Jungspatzen blieben in sicherer Entfernung sitzen und beobachteten ihre Eltern, die sich lautstark um die Krümel stritten.

Die Fütterung hatte Almuth Traunichs Aufmerksamkeit erregt. Sie setzte sich neben mich und tat es mir nach. Die Vögel schienen zu wissen, daß die neue Brotwerferin ihnen ausgesprochen zugetan war, denn sie kamen bis auf einen halben Meter an sie heran.

»Haben Sie in unserem Hotel den Dompfaffen gesehen, der neben dem rosa Rosenbusch hängt?« fragte sie.

»Ist mir nicht aufgefallen. Wollen Sie ihn wieder kaufen und fliegen lassen?« Ich sah dunkle Wolken in Gestalt ihres Ehemannes auf sie zukommen.

»Nein. Ich lasse ihn einfach so fliegen. Es ist ganz einfach. Ich öffne die Käfigtür.«

»Da werden Sie aber Ärger mit dem Hotelier kriegen!«

»Niemand hat das Recht, freie Kreaturen zu fangen und sie einzusperren!« Sie klang entschlossen.

»Das stimmt. Ich kann ja Schmiere stehen«, bot ich an.

»Morgen in der Frühe«, flüsterte sie verstohlen, »wenn die Sonne aufgegangen ist.«

»Okay! Ich habe Zimmer 6. Klopfen Sie dreimal schnell hintereinander. Ich habe einen leichten Schlaf.«

Das Brot war alle, die Spatzen satt, die Rechnungen beglichen.

»Du machst mich zum Gespött der Leute«, nörgelte Alfred Traunich. Er war nicht so laut wie üblich, weil ich noch neben seiner Frau stand. »Diese weinerliche Tierliebe! Du bist eine komische Alte geworden, liebe Almuth.«

Sie ließ sich diesmal nicht beeindrucken. »Du kannst dir ja eine andere Frau suchen, die deine ewigen Launen erträgt, lieber Alfred!« sagte sie ruhig. Ich traute meinen Ohren nicht.

Er offenbar auch nicht, denn er öffnete den Mund und klappte ihn wieder zu. Ich lachte auf und klopfte Almuth anerkennend auf die Schulter. Traunich ließ uns stehen.

»Endlich haben Sie sich gewehrt!« jubelte ich. »Das war Musik in meinen Ohren.« Sie lächelte in sich hinein.

Der Nachmittag stand zur freien Verfügung. Kondis beschrieb uns den Weg zu einem verlassenen Kloster, hinter dem ein Pfad entlang der Vikos-Schlucht führte. Er empfahl, festes Schuhwerk zu tragen, da die Steine stellenweise glatt, der Pfad schmal und die Schlucht tief sei.

Brav schlenderten alle in Richtung Kloster. Ich hatte keine Lust auf Herdentrieb und blieb zurück. Martha Maus und Kondis ebenfalls. Die Gute litt wieder unter ihren geschwollenen Beinen.

»Ich bin nur eine Last für euch alle«, meinte sie betrübt.

»Machen Sie sich darüber keine Gedanken, liebe Frau Maus«, sagte Kondis galant. »Sie nehmen jetzt meinen Arm, und wir zwei Hübschen gehen ins Hotel zurück. Sie legen sich auf einen Liegestuhl in den Rosengarten und ruhen sich ein wenig aus. Ich selbst werde in meinem Zimmer eine kleine Siesta halten. Und was machen Sie, Maria? Sollten Sie sich nicht auch entspannen?«

Keine Siesta mit dir im selben Zimmer, dachte ich. »Ein kleiner Verdauungsspaziergang täte mir jetzt doch gut«, behauptete ich. »Ich werde den Pfad entlang der Schlucht nehmen.«

»Aber immer schön an der Wand lang«, empfahl er. »Die Polizei hat bereits einige Touristen aus der Schlucht geholt – und die sahen nicht mehr gut aus.«

Er hielt Martha Maus den Arm hin. Sie henkelte sich ein, und beide machten sich an den Aufstieg zum Hotel. Kondis drehte sich noch einmal nach mir um. Ich winkte ihm mit meinem Hut zu.

Eine traurige Madonna und eine frischgebackene Witwe

Die Madonna hatte ein langes schmales Gesicht mit halb geschlossenen Augen. Sie trug eine goldene, mit Edelsteinen gespickte Krone und ein hochgeschlossenes Gewand. Ihr Gesichtsausdruck spiegelte jene steife Entrücktheit von der Welt, die auch in den frühen mittelalterlichen Altarbildern zu entdecken ist. Der Hintergrund, vor dem sich ihr Antlitz befand, war blattgolden ausgemalt. Vor der Ikone brannten viele dünne weiße Kerzen. Auch wenn das Paraskevi-Kloster verlassen war, kamen noch immer Gläubige hierher, um eine Kerze anzuzünden.

Ich tat es ihnen nach und warf ein paar Drachmen in den Opferstock. Das kleine Kloster war ein Ort mit einer Aussicht, die mir den Atem nahm. Tief unten ließ der Voidomatis-Fluß sein letztes Wasser fließen, bevor er im Hochsommer versickerte. Oleanderbüsche und Kriechwacholder säumten sein Flußbett.

Dies war nicht die Antike, dachte ich, sondern die tiefe Gläubigkeit der griechisch-orthodoxen Welt mit seinen von Männern bestimmten einsamen Klöstern, in denen christliche Rituale gepflegt wurden. Eine melancholische Welt, in der der Mensch nur soviel wert war, wie er zur Verehrung des einen und einzigen Gottes beitrug. Keine heiteren Geschichten um Götterfamilien, die sich gegenseitig haßten, liebten und betrogen.

Der Weg entlang der Vikos-Schlucht begann oberhalb des Klosters. Rundköpfige Allium-Blüten wucherten zwischen den Stufen einer in Stein gehauenen Treppe. Vor mir erhob sich eine steile Wand, die fast unbewachsen war. Ich folgte dem Weg. Er war mühsam in den

Felsen geschlagen worden und an manchen Stellen beängstigend schmal. Ich drückte mich an den Berg.

Über mir kreischte ein Vogel. Es war ein Greif, der in den Felsen ein Nest angelegt hatte, um dort seine Brut großzuziehen. Ich suchte mit den Augen die Felsen ab. Vogelnester in Steilfelsen sind gut zu erkennen, da die jungen Vögel die Angewohnheit haben, ihr Nest nicht zu beschmutzen. Sie kacken über die Kante nach unten. Vogelkot wird weiß, wenn er trocknet. Wilderer wissen die Entleerungsrituale von Greifvögeln zu schätzen, weil sie so ihre Nester finden.

Der Weg wurde immer schmaler. Gleich würde ich umkehren müssen.

»Du blöde Kuh!« hörte ich auf einmal Alfred Traunich sagen. Der Weg vor mir schlängelte sich um einen vorspringenden Felsen herum. Ich konnte die beiden nicht sehen, dafür aber hören.

»Laß dein Gejammer! Guck nach unten! Na, wird's bald!«

Ich pirschte mich an den Felsen heran und guckte um die Ecke. Alfred Traunich hatte seine Frau an den Rand des Weges geschoben und zwang sie, nach unten zu schauen. Almuth Traunichs Körper drückte nur noch Angst aus. Sie stemmte ihre Beine gegen den glatten Boden und hatte vor Furcht die Augen geschlossen.

»Wenn ich dir jetzt einen kleinen Stoß gebe, landest du unten! Dann kannst du mich nicht mehr lächerlich machen!« stieß er hervor und schob sie noch ein Stückchen weiter zum Abgrund hin.

»Aufhören!« schrie ich. Traunich erblickte mich und ließ seine Frau los. Almuth Traunich trat vorsichtig rückwärts zum Felsen hin.

Ich ging langsam auf die beiden zu. Alfred Traunich holte aus der Brusttasche seines Hemdes eine Zigarre, steckte sie zwischen die Lippen und versuchte, ein

Streichholz anzuzünden. Er stand mit dem Rücken zur Schlucht. Auf seinem Gesicht lag ein fettes Grinsen.

Almuth Traunich ging wie in Trance auf ihren Mann zu, stellte sich genau vor ihn hin. Sie setzte ihre Hand auf seinen Brustkorb und ließ sie dort zunächst liegen.

Mein Herz stockte, ich blieb stehen.

Sie blickte ihn an und drückte ihn zum Abgrund hin. Er wich zurück. Zwischen den Absätzen seiner Schuhe und dem Fall befanden sich noch etwa dreißig Zentimeter sicherer Boden.

Almuth Traunich zog ihre Hand zurück, sammelte Kraft und stieß mit aller Kraft zu. Er fiel rückwärts in die Tiefe, die Zigarre zwischen den Lippen und einen fassungslosen Blick in den Augen.

Irgendwo unten knisterte Gebüsch. Dann ein dumpfes Aufprallen. Das war's.

In diesem Augenblick schrie Almuth Traunich. Sie brüllte 25 Jahre Leid und Demütigung aus sich heraus, aber auch Entsetzen über die eigene Tat. Ich rannte zu ihr und schüttelte sie.

»Almuth! Fassen Sie sich!« Sie schrie weiter.

Ich schlug ihr ins Gesicht. Ihr Kopf fiel auf meine Schulter, und sie wimmerte nur noch.

»Sagen Sie kein Wort!« beschwor ich sie. »Lassen Sie mich machen!«

Blitzschnell legte ich mir eine einigermaßen glaubwürdige Zeugenaussage zurecht. Ich muß verrückt sein, dachte ich, aber der Kerl war ein Ekel.

Langsam gingen wir den Weg zurück. Ich redete auf Almuth ein, sagte, daß es nicht ihre Schuld gewesen sei, daß er es nicht besser verdient und ich genau gesehen hätte, wie er in die Schlucht gefallen sei. Beim Zigarrenanzünden habe ihm der Wind das Streichholz aus der Hand geblasen, er habe danach gegriffen, sei rückwärts gestolpert und tschüs.

Ich hatte keine Ahnung, ob sie mich überhaupt hörte. Es war mir egal, ich war wild entschlossen, die Wahrheit auf die einzig menschliche Weise zu interpretieren. Schließlich befand ich mich in Griechenland, und die Götter in diesem Land hatten eine Menge übrig für Menschen, die ihr Schicksal mutig selbst in die Hand nahmen. Und genau das hatte Almuth getan.

Im Hotel angekommen informierte ich Kondis über den Vorfall. Eine Stunde später hatten wir die gesamte Polizei von Ioannina auf dem Hals. Kondis übersetzte meine Zeugenaussage, die die Polizisten zu überzeugen schien. Pater Benedikt kümmerte sich derweil um die frischgebackene Witwe. Sie kauerte im Innenhof des Hotels und starrte vor sich hin. Die Polizisten hatten Verständnis dafür, daß eine Frau, die gerade ihren Mann durch einen Unfall verloren hatte, nicht vernehmungsfähig war.

Ich atmete erleichtert auf, als der Polizeiwagen wegfuhr. »Wir müssen zwei Tage länger in diesem Dorf bleiben«, erklärte Kondis der Gruppe, »morgen kommt das Militär und sucht die Leiche. Dann wird der Staatsanwalt die Aussagen überprüfen und ein Protokoll anfertigen. Es tut mir leid. Unsere Fahrt nach Metsovon muß ausfallen, sonst bekommen wir den Anschluß auf den Peloponnes nicht mehr. Also, fassen Sie sich bitte in Geduld.«

Das Murren hielt sich in Grenzen. Almuth Traunich erwachte aus ihrer Erstarrung. Langsam ging sie zu dem Vogelkäfig, in dem das rotbrüstige Dompfaffmännchen einsam auf der Stange saß. Sie hob den Kasten von dem Haken, öffnete das Türchen, griff mit der Hand hinein, packte sanft zu, zog die Hand zurück und öffnete sie. Der Dompfaff stürmte davon. Almuth lächelte.

Der Hotelier wagte nichts zu sagen. Pater Benedikt ging zu ihr hin und führte sie ins Haus.

»Komm!« sagte Kondis. »Ich brauche einen Ouzo.«

Er rief dem Wirt etwas zu. Wir setzten uns an einen kleinen runden Tisch. Die anderen verschwanden nach und nach in ihren Zimmern.

»Das war ein Tag«, stöhnte Kondis, »solche Vorfälle sind die Alpträume von Reiseleitern. Ob sie die Reise wohl abbricht und mit ihrem Gatten im Gepäck die Heimreise antritt?«

»Hoffentlich nicht. Ohne ihn hat sie die Chance, den Trip zu genießen. Prost!«

Der Ouzo stand auf unserem Tisch, eine Kerze flackerte.

»*Jamas*!« Kondis kippte den Ouzo weg. »War es wirklich ein Unfall?«

»Aber natürlich. Glaubst du etwa, er ist freiwillig gesprungen?«

»Nein, das nicht. Aber vielleicht hat sie ihn nach unten befördert? Oder ihr beide habt es getan. Ein solidarischer Akt unter Frauen.«

»Verdient hätte er's. Aber Spaß beiseite. Meine Zeugenaussage war doch wohl nicht mißzuverstehen, oder?«

»Nein. Deine Zeugenaussage war völlig eindeutig und überzeugend. Du bist eine gute Zeugin.«

»Das finde ich auch. Besonders wenn ich die Wahrheit sage.«

Er schaute skeptisch. Ich schwieg. Jedes weitere Wort wäre ein Wort zu viel gewesen. Er küßte mich brüderlich auf die Wange, bevor ich ins Bett ging.

Eine Leiche vor dem Frühstück

»*Siga! Siga!*« Die Schlucht hallte wieder von den Stimmen der Soldaten. Die Polizei hatte Militär angefordert, das in aller Herrgottsfrühe in Monodendrion eingefallen war. Kondis holte mich aus dem Bett, denn ich sollte die Stelle identifizieren, an der Alfred Traunich seinen letzten Weg nach unten angetreten hatte.

»Muß das sein?« maulte ich, als ich verschlafen in der Tür stand. Es mußte sein. Außer mir, Almuth und Alfred kannte niemand die Stelle. Alfred hatte andere Sorgen, und Almuth hätte sich womöglich verplappert und ein Geständnis abgelegt.

Ich stand neben Kondis auf dem Pfad und fror. Leichter Nebel stieg aus dem Tal zu uns herauf. Der Greifvogel kreiste über der Szene und schrie »kri – kri«.

Etwa zehn junge Männer in Uniformen ließen sich an Seilen in die Schlucht hinab. Sie trugen Springerstiefel und entschlossene Gesichter. Ihr Kommandeur stand hart am Abgrund und rief *»Siga!«*

»Was brüllt der da?« fragte ich. Das Geschrei ging mir auf die Nerven.

»Das heißt: Langsam! Langsam!« erklärte Kondis. »Er hat Angst um seine Leute. Was ist mit dir? Du hast ja ganz blaue Lippen!«

»Mir ist kalt. Im Bett war es so gemütlich. Kann ich nicht wieder gehen?«

»Du bleibst!« befahl er. »Aber ich hole dir eine Tasse Kaffee.«

Er hatte entdeckt, daß die Soldaten Lunchpakete dabei hatten. Der Kommandeur nickte freundlich in meine Richtung und reichte Kondis einen Becher mit dampfendem Gebräu.

»Ton wrikame!« schallte es aufgeregt zu uns hin. *»Etho kato ine!«*

»Haben sie ihn?« war meine Frage.

»Ja. Er liegt da unten.«

An einem weiteren Seil wurde eine Art Bahre hinuntergelassen. Ich nahm noch schnell einen Schluck Kaffee, um meinen Magen zu beruhigen. Der Anblick von Leichen war noch nie ein Hobby von mir.

Es dauerte eine Weile, bis die Bahre hochgezogen wurde. Auf ihr war der Körper von Alfred Traunich festgeschnallt. Seine Gliedmaßen waren etwas verdreht, die Kniebundhosen und der Anorak verschmutzt, Sonnenhut und ein Schuh fehlten.

Im Gesicht stand ihm noch das Erstaunen geschrieben über die aktive Beteiligung seiner Frau an seinem Ende. Eigentlich sah er ziemlich unversehrt aus für einen, der fünfhundert Meter abwärts gefallen war.

»Noch nicht mal die Geier haben ihn gemocht!« murmelte ich. »Aber er mochte Vögel ja auch nicht.«

»Komm!« sagte Kondis. »Der Anblick ist nichts für eine Frau.«

»Du bist komisch! Eben wolltest du noch, daß ich bleibe. Gehen wir jetzt gemütlich frühstücken, oder willst du lieber noch eine Runde schlafen?«

»Frühstücken. Nur wir zwei.«

Er wechselte noch ein paar Worte mit dem Militärmenschen und verabschiedete sich.

»Was passiert mit der Leiche?« wollte ich wissen.

»Die kommt in einen Sarg und wird in ein Flugzeug verfrachtet. Hoffentlich hat Frau Traunich eine Rücktransportversicherung für den Todesfall abgeschlossen, wenn nicht, muß sie die Kosten allein tragen.«

»Das ist ihr die Sache bestimmt wert«, brummte ich. Jetzt fing es auch noch an zu nieseln.

Als wir im Hotel ankamen, wartete ein richtig schönes Frühstück auf uns. Der Hotelier hatte es auf dem Balkon in Kondis' Zimmer anrichten lassen.

Sein Bett war zerwühlt, eine Pyjamahose lag am Fußende, und ich dachte spontan an etwas Unangebrachtes. Dann sah ich das Foto einer Frau, die vor sich vier niedliche kleine Jungs aufgestellt hatte. Es stand in einem güldenen Rahmen auf seinem Nachttisch.

»Sicherlich deine Frau Schwester und deine vier Neffen«, gurrte ich hellwach. Mein strahlendes Lächeln traf ihn.

»Meine Frau und meine vier Söhne«, antwortete er ernst. »Wir leben aber seit fünf Jahren getrennt.«

»Und dann stellst du ihr Foto neben dein Bett?«

»Wegen der Söhne. Soll ich die Mutter abschneiden?«

»Das wird sie sich kaum gefallen lassen. Zumindest nicht, wenn sie Medea heißt.«

Er lachte. »Wie schön, daß du die Heroengeschichten meines Volkes liest. Jason und Medea – eine tragische Liebesaffäre. Leidenschaft, Demütigung, Morde und viel, viel Blut. Wußtest du, daß Jason von der heiligen Eiche von Dodona erschlagen wurde? Der von Athene in die Argo eingefügte Schiffsbalken aus dem Holz der Eiche von Dodona löste sich und tötete Jason.«

»Ist eigentlich auch mal jemand deiner mythologischen Vorfahren an Altersschwäche in seinem Bett gestorben?«

»Vermutlich die meisten. Aber deren Geschichten sind nicht überliefert.«

Er schob mich auf den Balkon. »Komm, nun laß uns endlich frühstücken. Meinst du, daß Frau Traunich die Reise fortsetzt?«

Er bestrich ein Croissant mit Butter und schob es mir in den Mund. Da ich nicht reden konnte, zuckte ich die Schultern.

»Wir müssen sowieso heute noch hierbleiben. Ich werde gleich mit Frau Traunich reden. Nutzen wir den Tag zur Entspannung. Und morgen fahren wir weiter zum Totenorakel des Acheron. Unser Hotel liegt in Ammoudia, das ist ein kleiner Badeort am Meer.«

Hollandtomaten, Plastikstühle und eine Depression

Die plötzliche Witwenschaft hatte Almuth Traunich stark gemacht. Sie dachte nicht daran, nach Hause zurückzukehren. Kondis fuhr sie zur Post, wo sie mit dem Bruder ihres Verblichenen telefonierte. Er sollte die Leiche am Flughafen entgegennehmen und unter die Erde bringen.

»Sie ließ sich gar nicht auf Diskussionen ein«, erzählte mir Kondis, »als der Mann am anderen Ende der Leitung ungehalten wurde, hat sie einfach den Hörer aufgelegt.«

Wir verließen Monodendrion gegen Mittag. Das Wetter war brillant, die Sonne brannte, und die Luft war klar und sauber. Die anderen hatten Traunichs Tod ziemlich unbeeindruckt zur Kenntnis genommen. Der Tote hatte sich durch seine Art in den letzten sechs Tagen keine Freunde gemacht.

Unbill senior war seit dem »Unfall« in der Schlucht ruhiger geworden. Er mäkelte nicht mehr an allen Dingen herum und schenkte sich seinen höhnischen Gesichtsausdruck und die Besserwisserei, wenn Kondis seine Erklärungen abgab. Traunichs Tod hatte ihn wohl daran erinnert, daß wir alle nur Gast auf Gottes Erden sind und daß dieses Gastspiel urplötzlich beendet werden kann.

Also verließen wir die Berge in schönster Harmonie in Richtung Meer. Sogar Daphne schien etwas heiterer zu sein. Sie scherzte mit der hübschen Apollon-Kopie namens Costas, der extra für sie seinen Walkman stillgelegt hatte.

Martha Maus hatte sich neben Almuth Traunich gesetzt, Pater Benedikt las in einem christlichen Buch, und Ajax Unbill starrte Daphne an wie ein liebeskranker Dackel.

Ich saß auf meinem Stammplatz, ganz hinten im Bus. So hatte ich alle im Auge und niemanden im Nacken.

Unterwegs machten wir Rast an dem üblichen Straßenrestaurant und aßen die üblichen Speisen. Der griechische Salat war überall von gleichbleibender Qualität, die Tomaten schmeckten genauso fad wie zu Hause. Wenigstens Schafskäse, Oliven und die lila Zwiebeln waren unverkennbar griechisch.

Der Fernseher in der Kneipe machte das Essen zur Hölle. Ein Autorennen unterbrochen von Werbung. Die Familie des Wirtes, inklusive Kleinkinder und Opa, saß an einem langen Tisch und glotzte unverwandt auf das bewegte Bild, aus dem Autolärm und Waschpulverwerbung gröhlten. Kopfschmerzen begannen mich zu peinigen. Zum Glück blieben wir nicht lange, Busfahrer Aris drängelte.

Kurz vor Ammoudia verlor ein Transporter seine Ladung. Etwa 50 Plastikstühle lagen plötzlich auf der Straße. Busfahrer Aris verhinderte einen schweren Unfall, in dem er nach rechts in ein Feld steuerte. Schreie im Bus, doch niemand war verletzt. Lediglich die deponierten Gepäckstücke flogen durch die Gegend.

Während der Mann draußen seine Stühle stapelte, half ich beim Aufräumen im Bus. Kleidungsstücke, Hüte, Sonnenbrillen und Plastiktüten waren durcheinandergewirbelt. Schon war ich mit meiner Hand an einer Tüte, in der sich etwas gut Verpacktes zu befinden schien.

»Das gehört mir!« Waldemar Agamemnon Unbill schnappte mir das Teil vor der Nase weg.

»Ich wollte es doch nur aufheben!« reagierte ich erstaunt. Er drückte seinen Besitz an den Bauch.

»Da ist bestimmt die Apollon-Schale aus Delphi drin, oder?« witzelte ich, ohne ihn aus den Augen zu lassen.

»Wenn hier die Apollon-Schale drin wäre«, sagte er laut und schneidend, »dann würde der Plastikbeutel ja Herrn Dr. Kondis gehören. Einmal ein Dieb, immer ein Dieb!«

»Wenn Sie nicht umgehend aufhören, mich als Dieb zu diffamieren, werfe ich Sie auf der Stelle aus dem Bus!« Kondis hatte die platte Provokation aufgegriffen. Fassungslos vor Wut baute er sich vor Unbill auf, seine Augen spien Funken, und er war kurz davor, dem Oberstudiendirektor eins auf die Nase zu hauen.

»Vater!« Das war Battos. »Hör end... endlich auf!«

»Sie sind ein intrigantes Ekel!« mischte ich mich ein. »Setzen Sie sich hin, und nerven Sie uns nicht weiter.«

»Komm, Vater!« Ajax schubste ihn zu seinem Sitz. Unbill gehorchte. Kondis atmete tief durch.

Ich strich über seinen Arm. »Komm mit nach hinten«, schlug ich vor. »Dann hörst du nicht, was er sagt.«

»Ich bringe ihn um«, flüsterte Kondis noch immer außer sich vor Wut und tief verletzt, »wenn er mich noch mal diffamiert, bringe ich ihn um!«

»Sag so etwas nicht. Wenn ihm wirklich was passiert, dann bist du der Hauptverdächtige. Und nun sei ein braver Junge und erzähle Tante Grappa noch eine schöne Geschichte von Helden und Göttern. Willst du?«

Er schüttelte den Kopf und ging zu seinem Platz. Ich verzog mich nach hinten. Wenn er seine Depression genießen will, dachte ich, bitte schön!

Die Plastikstühle waren wieder aufgeladen und verschnürt. Aris fuhr rückwärts auf den Asphalt, schaltete und ließ den Transporter hinter sich.

Ich würde trotzdem gern wissen, was sich in dem Beutel befindet, den Unbill so ängstlich an sich gedrückt hat, sinnierte ich. Vielleicht hatte ich mit meiner spontanen Bemerkung gar nicht so falsch gelegen!

Ein Telefonat und ein kleiner Einbruch

Als wir den Bus endlich verlassen konnten, hatte sich das Klima völlig geändert. Die frische Kühle der Berge war schwüler, feuchter Luft gewichen. Es war stickig, und ich bekam einen Eindruck von den unerträglich heißen Sommern, die in Griechenland das Leben zum Erliegen bringen konnten. Das Meer war nah, ich schmeckte Salz auf meinen Lippen.

Das Hotel war nur durch eine schmale Straße vom Fluß Acheron getrennt. Der Totenfluß der Griechen, der geradewegs in die Unterwelt führte, war der schönste und heiterste Fluß, den ich jemals gesehen hatte. Kein flüssigkeitsarmes Gewässer mit breiten, ausladenden Ufern, sondern ein tiefer, voller Fluß mit einem gerade abfallenden Rand, an dem kleine Fischerboote festgemacht waren. Das Schönste am Acheron war seine tiefgrüne Farbe.

Nachdem ich meine Sachen im Zimmer verstaut und geduscht hatte, setzte ich mich direkt neben den Acheron, an dessen Rand Tische und Stühle gestellt worden waren. Der Fluß war an dieser Stelle etwa zehn Meter breit. Am gegenüberliegenden Ufer wuchs mannshohes Schilf, dahinter waren die Umrisse von Bergen zu sehen. Schwalben flogen auf der Jagd nach Insekten knapp über der Wasseroberfläche, die sich in gleichmäßigen Wellen kräuselte. Ein kleiner Hund trippelte ans Ufer und trank, ab und zu tuckerte ein Fischerboot übers Wasser. Es waren Fischer, die vom Meer kamen und ihre Netze während der Heimfahrt entwirrten. Einige von ihnen winkten zu mir herüber. Die Idylle war fast perfekt.

Doch leider haben Gruppenreisen den Nachteil, daß man niemals allein sein kann. Diesmal war es Gerlinde von Vischering, die sich an meinen Tisch heranpirschte. Sie war wieder korrekt mit Faltenrock, weißer Bluse und Pumps bekleidet, trug eine Flasche Bier und ein Glas in der Hand und schien bester Laune zu sein.

»Darf ich?« Die Frage war rhetorisch, denn sie saß bereits.

»Kommen Sie mit Ihrer Arbeit vorwärts?« wollte sie wissen.

Da hatte sie einen wunden Punkt bei mir erwischt, denn an meinen Auftrag hatte ich schon lange keinen Gedanken mehr verschwendet. Warum in aller Welt sollte ich eine Story über den Mythos der »Bildungsreise« machen, wenn ich mich mitten in einer Kriminalstory befand, die nur auf mich zu warten schien, um gelöst zu werden?

Mir fiel die Nacht in Dodona ein, als ein Unbekannter Gerlinde von Vischering einen Schlag versetzt hatte, an dem sie noch heute litt. Ich hatte Lust, ihr auf den gepflegten Zahn zu fühlen.

»Was haben Sie mit Ihrem Gesicht gemacht? Es sieht ziemlich lädiert aus!«

Sie zögerte einen Moment, um dann mit der ältesten Ausrede geschlagener Frauen anzukommen: »Ich bin mit dem Gesicht gegen den Kleiderschrank gelaufen.«

»Sie Ärmste! Und das Veilchen unter der Sonnenbrille?«

»Was gehen Sie meine Verletzungen an?« fragte sie zickig. »Wenn ich Ihren Rat brauche, dann melde ich mich schon!«

»Ich will Sie nicht in Verlegenheit bringen. Aber ich habe in Dodona zufällig mitbekommen, wie Sie sich mit einem Herrn gestritten haben. Es ging um Geschäfte und um gegenseitige Beziehungen.«

»Sie haben gelauscht?« giftete sie. »Das wird ja immer toller!«

»Von wegen gelauscht«, protestierte ich. »Ihr Dialog war nicht zu überhören. Hotels sind hellhörig. Ich meinte auch, einen Schlag mitbekommen zu haben. Ihr Freund hat eine kräftige Handschrift.«

Meine Stimme war leise geblieben, und ich servierte ihr die Fakten im Plauderton. Ihre Hände wurden nervös und drehten das leere Bierglas.

»Und wenn schon!« Sie rang um Fassung. »Was ich mit ...«

Mist, dachte ich, fast hätte sie den Namen des Mannes genannt.

»Ich weiß, daß es Dr. Unbill war«, startete ich einen Versuchsballon, »um welche 'miesen Geschäfte' ging es eigentlich?«

»Ich weiß nicht, was Sie gehört haben, Frau Grappa!« Sie hatte sich wieder gefangen. »Wir haben nie über Geschäfte geredet, das müssen Sie sich eingebildet haben.«

»Wie Sie wollen!« Ich tat resigniert, jubelte aber innerlich. Der alte Unbill und Gerlinde von Vischering. Welche gemeinsame Leiche hatten die beiden im Keller?

Gerlinde hatte genug vom Geplauder mit mir und verschwand. Ich klappte meine Bücher auf und erfuhr, daß der Acheron einer der vier Ströme der Unterwelt war, über den der schreckliche Fährmann Charon die Seelen der Verstorbenen in einem halbverfaulten Binsenboot übersetzte. Die Toten mußten nach dem gebräuchlichen Ritual bestattet worden sein und unter der Zunge den *Obolos* als Fährgeld bei sich haben.

Bald war es zu dunkel, um weiterzulesen. Ich ging über die Straße zum Hotel. Bald wäre ich gegen den Transporter gelaufen, dem wir unseren Aufenthalt im Feld zu verdanken hatten.

Der Fahrer klingelte den ganzen Ort zusammen und bot per Lautsprecherdurchsage seine Plastikstühle an. Es war genau die Sorte, mit denen die Restaurants und Tavernen in Griechenland bereits überschwemmt worden waren. Sie waren farbecht, unverwüstlich und aus einem Stück gegossen, das Plastikmaterial klebte an nackten Beinen und Armen fest.

Das Hotelfoyer war auf den ersten Blick leer. Würzige Gerüche zogen aus der Küche zu mir hin. Es roch mal wieder nach gegrilltem Fleisch und Knoblauch.

Ich wollte gerade die Treppe nach oben nehmen, als ich eine aufgeregte Stimme hörte. Es war Waldemar Agamemnon Unbill, der in der Telefonbox des Hotels stand und sich bemühte, seinem Gesprächspartner etwas klar zu machen. Er sprach griechisch, und ich verstand kein Wort. Unbill versuchte leise zu sprechen. Ich schlich mich an, nahm meinen Bleistift und versuchte, ein paar Wortfetzen in Lautschrift niederzuschreiben.

Ich notierte: *Ton xero ton listi.* Diesen Satz sagte Unbill mehrere Male hintereinander. Dann noch die Worte *mußio* und *perimeno.*

Zwei Begriffe erkannte ich sofort: Delphi und Apollon.

Unbill legte den Hörer auf. Ich mußte jemanden finden, der mir diesen einen Satz erklären konnte! Niemand war da, nur Costas lümmelte sich im Nebenraum am Flipper herum.

Ich ging zu ihm. »Costas!« sprach ich ihn an. »*Do you speak english*?«

»Nein«, sagte er, »tut's deutsch auch?«

Ich war baff. »Du tust die ganze Zeit so, als würdest du kein Wort verstehen? Warum?«

»Damit ich mich nicht mit euch unterhalten muß«, sagte er und schoß die Flipperkugel über die Platte.

»Cleveres Kerlchen. Hör zu, du mußt mir helfen. Ich habe eben ein Telefongespräch mitgehört. Leider hat der Mann griechisch gesprochen, aber ich habe mir ein paar Worte aufgeschrieben. Kannst du sie mir übersetzen?«

»Dann laß mal hören!« Er strich seine schwarzen Locken hinter sich und war ganz Ohr.

»Was heißt *ton xero ton listi*?«

»Ich kenne den Dieb. War das alles?«

»*Mußio* und *perimeno*.«

»Das erste heißt 'Museum', und das zweite Wort bedeutet 'warten'.«

»Du hast mir sehr geholfen. Bitte, sag niemandem etwas.«

»Nur, wenn du nicht sagst, daß ich deutsch spreche!«

»Kein Problem.«

Costas wandte sich wieder dem Spielautomaten zu. Ich mußte dringend mit Kondis reden, denn Unbill schien einen Plan ausgeheckt zu haben. Daß es um den Diebstahl der Apollon-Schale ging, war für mich klar. Ich hatte mit meiner Bemerkung im Bus ins Schwarze getroffen. Jetzt behauptete er, den Dieb zu kennen.

Ich rannte die Treppe hinauf. In den Zimmern rührte sich nichts. Wo wohnte Kondis? Ich mußte es riskieren, an der falschen Tür zu klopfen.

Ich bollerte an zwei Türen, hinter denen sich niemand regte. Dann endlich hatte ich Glück. Daphne stand im Türrahmen.

»Wo wohnt Kondis?«

»Warum wollen Sie das wissen?« Sie blickte mich nicht gerade freundlich an.

»Ich muß etwas mit ihm bereden. Daphne! Wo ist er? Nun sagen Sie schon! Es ist dringend.«

»Er ist zum Orakel gefahren«, schnippte sie, »er will mit den Fremdenführern sprechen, damit die Anlage geöffnet wird. Morgen ist eigentlich Ruhetag. Er müßte bald wieder hier sein. Kann ich etwas ausrichten?«

»Nein. Welche Zimmernummer hat er?«

»Ich dachte, er würde Ihnen den Schlüssel geben. Zimmer 5.«

»Danke«. Ich rannte die Treppe wieder runter und guckte ans Brett. Unter der Ziffer 5 hing tatsächlich ein Schlüssel. Ich packte ihn und nahm die Treppe nach oben. Der Schlüssel paßte, ich verriegelte das Zimmer von innen.

Kondis hatte seine Sachen bereits ausgepackt. Sie lagen auf dem Bett. Wonach sollte ich hier suchen? Unschlüssig ging ich zu dem Stapel Oberhemden. Nein, ich muß anders vorgehen, sagte ich mir. Wo würde jemand etwas verstecken, das niemand finden durfte? Rund, zerbrechlich, etwa 30 bis 40 Zentimeter Durchmesser.

Ich sah seinen Koffer auf einem Stuhl liegen. Der Deckel war geöffnet. Ich hob ihn hoch und tastete den Inhalt vorsichtig ab. Socken, Unterwäsche, Badehose, ein paar T-Shirts. Nichts sorgfältig Verpacktes.

Neben dem Koffer lagen Bücher aufeinander geschichtet. Ein Buchdeckel war viel breiter und unterschied sich von den anderen.

Wer schleppt solche dicken Bücher mit in den Urlaub? fragte ich mich.

Als ich das Teil in den Händen hielt, wußte ich, daß ich fündig geworden war. In eine Hülle aus starker Pappe hatte jemand etwas gesteckt, das in Zeitungspapier eingehüllt war. Zeit nachzusehen, gab es nicht. Entweder war der Fund ein Treffer oder ich blamiert.

Ich griff das Paket und klemmte es unter meinen Arm. Dann lauschte ich an der Tür. Immer noch Stille. Der Schlüssel rappelte beim Umdrehen, und die Tür quietschte. Immer noch niemand.

Wohin mit der Schale? Ich hörte Stimmen. In meinem Zimmer wollte ich das vermutete Diebesgut nicht unterbringen. Mein Blick fiel auf eine alte Truhe aus Holz, auf der eine Vasennachbildung stand.

Blitzschnell öffnete ich die Truhe. Frische Wäsche lag drin, Bettlaken und Tischdecken. Vorsichtig legte ich das Päckchen zwischen die weichen Textilien. Mit fliegenden Fingern riß ich das Zeitungspapier an einer Stelle ab und sah einen hellen, restaurierten Tellerrand. Bingo! Ich klappte den Deckel leise zu. Jetzt mußte ich nur noch den Schlüssel unten aufhängen.

Auf der Treppe kamen mir Martha Maus, Almuth Traunich und Pater Benedikt entgegen. Sie erzählten von einem schönen Spaziergang am Meer. Ich lächelte abwesend und versprach, ihnen beim Abendessen Gesellschaft zu leisten. Vor dem Hotel war bereits ein großer Tisch für uns gedeckt worden.

An der Rezeption tat ich so, als würde ich meinen eigenen Schlüssel an den Haken hängen. Ich trat ins Freie und sah Waldemar und Ajax Unbill am Acheron sitzen. Unbill schwadronierte, Sohnemann lauschte. Zwischendurch dröhnte sein Lachen in meine Ohren.

Ein Wagen fuhr vor, und Kondis stieg aus. Er sagte »*Jassas*« und »*Efkaristo*« zu dem Fahrer. Mit geschmeidigen Schritten kam er mir entgegen.

»Hallo!« grüßte er. »Hattest du einen schönen Nachmittag?«

»Ich habe am Fluß gesessen und gelesen. Kann ich dich sprechen?«

»Ja. Worum geht es?« In seinen Augen war entspannte Arglosigkeit.

Ich wollte gerade auf seine Frage antworten, als zwei Polizeiwagen mit quietschenden Reifen vorfuhren und hart bremsten. Sechs Beamte stiegen zügig aus und kamen auf uns zu.

Gegenüber am Acheron stand Waldemar Unbill auf und steuerte in unsere Richtung. Er stürzte auf die Polizisten, begrüßte sie in der Landessprache. Kondis hörte zu und verstand noch immer nicht.

Unbill redete weiter auf die Uniformierten ein. Kondis lauschte noch immer, faßte sich an den Kopf, wurde bleich, lächelte ungläubig und rang nach Worten. Ich sah, wie ihm die Schweißperlen von der Stirn in den Kragen rannen.

Die Beamten betraten zusammen mit Unbill das Hotel. Kondis wollte hinterher, doch ein weiterer Polizist hinderte ihn daran. Völlig außer sich ließ er sich auf einen Plastikstuhl fallen. Sein Atem war ein Keuchen.

»Was ist passiert?«

»Unbill!« stieß Kondis zwischen den Zähnen hervor. »Er hat die Polizei geholt. Ich sei der Dieb der Apollon-Schale. Sie durchsuchen jetzt mein Zimmer. Wenn sie etwas finden, ist das das Ende für mich.«

»Werden Sie etwas entdecken?«

»Natürlich. Weil er sie gestohlen und in mein Zimmer geschmuggelt hat. Ich habe den Mann unterschätzt, Maria. Jetzt kann er mich endgültig vernichten.«

Er verbarg sein Gesicht in den Händen.

»Sie werden nichts finden!« behauptete ich.

Ungläubig sah er mich an. Sein Teint war grau. »Mach bitte keine Scherze. Wenn Unbill die Polizei holt, dann sorgt er auch dafür, daß die Beute bei mir im Zimmer ist.«

»Hör mir jetzt genau zu, und laß dir keine Gefühlsregungen anmerken«, forderte ich. »Unbill hat die Polizei angerufen und sie hierher bestellt. Ich kann zwar kein griechisch, aber als ich die Worte 'Delphi' und 'Apollon' hörte, schwante mir etwas. Unbill wiederholte außerdem dauernd diesen Satz hier. Sozusagen zum Mitschreiben.«

Ich zeigte ihm die Zeile *ton xero ton listi,* die ich in den Reiseführer gekritzelt hatte. »Ich habe mir die Übersetzung besorgt, den Schlüssel zu deinem Zimmer vom Brett geklaut, deine Sachen durchsucht, die Schale gefunden und mitgenommen. Dein Zimmer ist frei von jedem Diebesgut. Du brauchst dir also keine Sorgen zu machen.«

Kondis brachte kein Wort heraus. Er nahm meine Hand und führte sie an seine Wange.

Kurze Zeit später war der Spuk vorbei, die Polizei rückte ab. Ich erzählte den anderen, wie übel Unbill Kondis mitgespielt hatte, und malte die Sache mit blumigen Worten aus. Sprach von Intrige, Verrat, Rachsucht, schwelgte in den schönen Gefühlsregungen, die ich aus den Helden- und Göttergeschichten kannte. Daß ich die Schale hatte, erzählte ich natürlich nicht.

Unbill und Sohn Ajax setzten sich beim Abendessen an einen anderen Tisch. Der Oberstudiendirektor war bis auf die Knochen bloßgestellt.

Sogar Gerlinde von Vischering schien ihren Spaß an der Blamage ihres heimlichen Freundes zu haben. Ihr schadenfroher Blick verweilte während des Abendessens mehrere Male auf seinem blasierten Gesicht.

Der Unterschied zwischen Eigentum und Besitz

Der Morgen war wunderschön. Ich hatte das Fenster meines Zimmers bereits in der Nacht geöffnet und lauschte jetzt den Geräuschen. Die Dorfhähne krähten um die Vorherrschaft am Acheron, ein Hund kläffte, viele andere taten es ihm nach, ein Moskito surrte um meinen Kopf und setzte sich auf meine Wange. Es hatte keinen Sinn, nach ihm zu schlagen, die Viecher waren meist schneller.

Einer der Hähne hatte den Wettstreit gewonnen und krähte solo. Es hörte sich triumphierend an. Ich dachte an die Zeit vor 3000 Jahren. Moskitos und domestizierte Hunde gab es zu dieser Zeit schon, beim eierlegenden Hausgeflügel war ich da nicht so sicher.

Ein Geräusch kam näher. Es ähnelte dem Summen eines bösen Insektes, doch es war nur ein knatterndes

Mofa, aus dem der Schalldämpfer ausgebaut worden war. Eine moderne Geißel, dachte ich.

Ich hüpfte aus dem Bett und ging ins Bad. Die am Abend gewaschenen T-Shirts waren trocken, aus den weißen Söckchen waren die Flecken von roter Erde nicht ganz herausgegangen. Mit zwei Fingern zupfte ich die Grassamen aus der Baumwolle, die sich dort wie kleine Pfeile ins Gewebe gebohrt hatten.

Nach der Dusche packte ich den Koffer und begann mit den Fassadenarbeiten an meinem Gesicht. Überall Sommersprossen, die mit keinem Make-up mehr zu übertünchen waren. Deshalb ließ ich es ganz weg und puderte nur die Nase.

Dafür gab ich mir bei den Augen besondere Mühe. Lidschatten, Kajal-Stift und Wimperntusche. Ich kniff die Augen zusammen. Jeden Morgen ein paar kleine Fältchen mehr. Auch die Haut am Hals hatte bereits den einen oder anderen Jahresring. Dafür hatte ich keine Runen auf der Stirn oder um die Mundwinkel. Wer mich so nicht mag, ist selber schuld, tröstete ich mich.

Ich ließ den Spiegel allein, schlüpfte in Hose und Baumwollbluse und ging in den Frühstücksraum. Es war noch früh, außer mir hatte wohl noch niemand das Bett verlassen. Ein Trugschluß, wie ich bald feststellte.

»Was haben Sie mit der Apollon-Schale vor?« Ich saß am Frühstückstisch, und Unbill senior hatte sich ungefragt neben mich gesetzt.

»Wir kommen Sie darauf, daß ich die Schale habe?« gab ich zurück.

»Ich brauchte eine Weile, um dahinter zu kommen«, erklärte er. Sein dickes weißes Haar stand vom Kopf ab, die hochgekämmten Augenbrauen wirkten lächerlich affektiert. »Als ich die Telefonzelle verließ, habe ich noch Ihren Schatten gesehen. Sie können zwar kein griechisch, doch Sie müssen trotzdem herausbekommen haben, was ich der Polizei erzählt habe. Damit habe ich nicht gerechnet. Ich habe Sie unterschätzt, Frau Grappa. Das war ein Fehler, der mir nicht wieder passieren wird.«

Ich zuckte die Schultern. »Mir ist es egal, was Sie denken. Warum haben Sie die Schale gestohlen und in Kondis' Zimmer geschmuggelt? Warum hassen Sie ihn so?«

»Ich habe nichts in sein Zimmer geschmuggelt«, behauptete er. »Ich habe die Schale in seinem Zimmer *gefunden.* Und das gelang mir nur, weil er sie tatsächlich gestohlen hat. Genau wie die vielen Kunstgegenstände aus dem Museum, dessen Leiter er einmal gewesen ist.«

»Ich glaube Ihnen kein Wort!« Seine Dreistigkeit empörte mich.

»Das wundert mich nicht!« lachte er auf. »Kondis hat es immer geschafft, die Menschen für sich einzunehmen. Besonders Frauen fallen auf das herein, was landläufig 'Charme' genannt wird. Glauben Sie mir, ich kenne den Mann besser als Sie! Er ist ein notorischer Dieb, der die Finger nicht bei sich lassen kann.«

Er merkte, daß seine Sätze keinen Eindruck auf mich machten, und stand auf.

»Sie werden noch an meine Worte denken! Aber dann wird es zu spät sein«, prophezeite er und ließ mich allein.

Ein dummer Beginn eines so schönen Tages, dachte ich und schaute zum Fluß hinüber. Die Sonnenstrahlen ließen die Oberfläche des Acheron glitzern. In einer Stunde würden wir das Totenorakel besichtigen, einen der geheimnisvollsten Orte in Griechenland.

Eine Frage von Unbill ging mir nicht aus dem Kopf: Was um Himmels willen sollte ich mit der Apollon-Schale machen? Ich hatte sie gestern abend aus der Truhe genommen und in meinem Zimmer versteckt. Immerhin war die Ware ziemlich heiß, und ich konnte sie nicht noch tagelang mit mir herumschleppen.

Kondis unterbrach meine Überlegungen. Frisch geduscht, duftend und prächtig gelaunt stiefelte er in den Frühstücksraum.

»Du bist aber zeitig auf den Beinen«, sagte er und drückte mir den Bruderkuß auf die Wange. »Hast du das Frühstück schon bestellt?«

»Ja .... Unbill war eben hier, er hat mich gefragt, was ich mit der Apollon-Schale vorhabe. Eine gute Frage, oder?«

»Am besten gibst du sie mir«, schlug er wie aus der Pistole geschossen vor. »Ich werde dafür sorgen, daß sie wieder dort hinkommt, wo sie hingehört.«

»Und wo gehört sie hin?«

Er schaute erstaunt auf. »Was fragst du? Ins Museum natürlich!«

»Und wie willst du das machen?«

»Ich gebe sie einem Freund, der sie dort hinbringt.«

Das klang überhaupt nicht koscher. »Irgendeinem Freund? Wer sagt dir, daß er mit dem Ding nicht abhaut?«

»Ich kann meinen Freunden vertrauen!«

Ich schüttelte den Kopf und dachte an Unbills Worte. Was wäre, wenn Kondis die Schale wirklich ...? Nein, ich mochte den Gedanken nicht weiterdenken.

»Hör zu! Ich bin zwar nicht die Eigentümerin der Schale, aber die derzeitige Besitzerin. Ich werde die Sache selbst in die Hand nehmen.«

»Und wie?« Seine Stirn kräuselte sich ärgerlich.

»Das sage ich nicht«, strahlte ich, »je weniger Leute davon wissen, um so besser. Ich möchte dich nicht damit belasten. Du hast schon genug Ärger. Ah, da kommt unser Frühstück! Habe ich einen Bärenhunger!«

Schweigend goß er mir eine Tasse Kaffee ein. Ich beobachtete ihn heimlich. Plötzlich hatte ich das Gefühl, daß er mir noch lange nicht alles erzählt hatte. Zwischen Unbill und Kondis war mehr vorgefallen, als beide zuzugeben bereit waren. Es ging nicht nur um gestohlene Antiken.

»Hast du wirklich nicht gewußt, daß Unbill Mitglied des Museumskuratoriums war?« fragte ich.

Er mied meinen Blick, als er antwortete: »Nein. Das hast du mich doch schon mal gefragt. Ich kannte ihn wirklich nicht. Ich hatte immer nur mit dem Vorsitzenden zu tun.«

»Er hat mir eben aber gesagt, daß er dich gut kennt. Daß er vor allem weiß, welche Wirkung du auf Frauen hast. Was kann er damit gemeint haben?«

Die Frage paßte ihm gar nicht. »Was soll diese Fragerei?« meinte er ungehalten. »Ist das ein Verhör?« Zorn blitzte in seinen Augen.

»Reg dich nicht auf. Ich versuche nur herauszukriegen, warum Unbill dich so haßt. So benimmt sich kein normaler Mensch. Da ist noch mehr zwischen euch.«

Kondis warf sein angeknabbertes Brötchen auf den Teller. »Ich hatte eigentlich vor, in Ruhe zu frühstücken«, klagte er, »leider hat mir deine Fragerei den Appetit verdorben!« Er knallte die Serviette neben die Kaffeetasse und sprang auf.

Ich blieb ruhig. Er benahm sich wie ein bockiges Kind, das seinen Kopf nicht durchsetzen kann.

»Schade, daß du mir nicht vertraust«, lächelte ich und biß in das Marmeladenbrötchen. »Das würde vieles vereinfachen. Aber du mußt wissen, was du tust.«

»Vertrauen?« blaffte er mich an. »Du sprichst von Vertrauen? Warum gibst du mir dann die Apollon-Schale nicht?«

Jetzt war es heraus. Er war hinter der Schale her! Die Enttäuschung schlug wie eine Welle über meinem Kopf zusammen.

»Hör mir genau zu!« Meine Stimme war sehr leise. »Ich habe dich gestern abend davor bewahrt, wegen Diebstahls ins Gefängnis zu wandern. Ich habe eine

Menge für dich riskiert, und das tue ich immer noch, denn das Diebesgut ist in meinem Besitz. Und jetzt werde ich ganz allein dafür sorgen, daß die Schale an ihren Platz zurückkommt. Reicht das?«

»Ich habe dich nicht gebeten, mich zu retten.«

»Da hast du recht. Ich erwarte auch keine Dankbarkeit von dir, sondern eine faire Behandlung. Und die Wahrheit. Damit kannst du gleich anfangen: Hast du die Schale gestohlen?«

Er wurde bleich vor Wut. Die Augen wurden klein, die Augenbrauen zogen sich zusammen, sein Atem wurde flach.

»*Pou na pari o diaolos!*« schrie er, drehte sich um, rannte gegen einen Stuhl, der scheppernd umfiel, und war weg.

»Damit kannst du mich nicht beeindrucken, du verdammter Macho!« brüllte ich ihm hinterher.

In meinem Zimmer holte ich die Schale aus ihrem Versteck zwischen meiner Unterwäsche und den Sokken, griff nach der Tageszeitung, die ich im Aufenthaltsraum gefunden hatte, und packte das Teil gut ein. Die Papphülle, in die der Dieb seine Beute hineingelegt hatte, war prima zu gebrauchen. Zum Schluß noch ein Stückchen Packpapier, und ich hielt ein hübsches Päckchen in den Händen.

Dann machte ich mich auf die Suche nach Costas. Ich fand ihn in der Nähe des Busses.

»Hallo, Costas! Noch mal vielen Dank für gestern. Was machst du hier?«

»Mein Alter hat mich Scheibenputzen geschickt«, erzählte er mit Kaugummi im Mund, »hast du mal 'ne Zigarette für mich?«

»Nein, ich rauche nicht. Kannst du mir noch mal einen Gefallen tun?«

»Kommt drauf an!« Er schaute abwartend.

»Ich habe hier ein Päckchen. Es ist für das Museum in Delphi bestimmt. Kannst du für mich die Adresse draufschreiben? Ich kann eure Buchstaben nicht schreiben.«

Costas nahm das Päckchen und betrachtete es. »Was ist da drin?« fragte er.

»Der gestohlene Apollonteller natürlich«, lachte ich, »oder was glaubst du?«

»Guter Gag«, meinte er und griff nach dem Kugelschreiber, den ich ihm entgegenhielt. Dann schrieb er fein säuberlich einen Buchstaben nach dem anderen.

»Und jetzt bringst du das Paket zur Post«, schlug ich vor, »hier hast du Geld, der Rest ist für dich.«

Costas griff nach dem Schein, tippte sich an die hübsche Stirn und trollte sich.

Eine Viertelstunde später kam er zurück. Ich hatte am Bus gewartet. »Und?« fragte ich.

»Alles paletti!« bestätigte er und zündete sich eine Zigarette an. Dabei guckte er mich verschmitzt an. Jetzt sah er nicht mehr aus wie Apollon, sondern wie ein grinsender, kleiner Satyr.

»Was hältst du eigentlich von uns?« fragte ich. »Kommt es dir nicht komisch vor, mit einer Meute von älteren Leuten durch dein Land zu reisen?«

»Ein Job ist wie der andere«, meinte Costas und blies eine mächtige Nikotinwolke in die Luft. »Meine Brüder haben einen Stand, an dem sie für Touristen Orangen auspressen und den Saft verkaufen. Sie kommen nur auf ihre Kosten, wenn sie viel Eis in den Saft tun. Mein ältester Bruder lebt auf Rhodos. Er ist Surflehrer und hat eine kleine Bar am Strand.«

»Und was willst du mal werden?«

»Reiseleiter«, seine Stimme wurde ganz heiser vor Sehnsucht, »so wie Kondis.«

»Und was gefällt dir an dem Job?«

»Als Reiseleiter braucht man nur im Sommer zu arbeiten. Und am Ende kriegt er sicher eine Menge Trinkgeld.«

»So wie er die Leute vergrault?« murmelte ich.

In der Ferne sah ich die anderen auf uns zukommen. »Costas!« Ich griff nach seinem Arm. »Kein Wort über das Päckchen. Kann ich mich darauf verlassen?«

Er nickte. Dann ging er auf die Gruppenmitglieder zu und griff nach den Koffern, um sie im unteren Teil des Busses zu verstauen.

Begegnung in der Unterwelt

Die graubraune Schlange wärmte sich auf einem umgestürzten Säulenstück in den Sonnenstrahlen des noch jungen Tages. Als ich mich ihr näherte, schlängelte sie sich langsam davon und verschwand im Gras.

Das berühmte Totenorakel war nicht weit entfernt von Ammoudia und ganz nah bei dem Dorf Mesopotamos. Früher gab er hier die alte Stadt Ephyra, die Hauptstadt eines Sohnes des griechischen Helden Achilleus namens Pyrrhos, der die Tochter des Troja-Königs Priamos namens Polyxena auf dem Grab seines Vaters abschlachtete.

Die andere Geschichte dreht sich um einen anderen griechischen Helden vor Troja. Odysseus, der König von Ithaka, fand nicht zurück auf seine Insel. Die Zauberin Kirke rät ihm, in die Unterwelt hinabzusteigen und dort den bereits toten, blinden Seher Teiresias zu befragen.

Odysseus gelangte an den Punkt, wo sich die Flüsse Pyriphlegeton und Kokytos im Acheron vereinigen. An genau dieser Stelle sollte Odysseus an einem Felsen eine Grube graben und für die Toten Milch, Honig und

Wein hineinschütten. Danach sollte er dem Teiresias einen schwarzen Widder opfern.

Auch Orpheus, der seine früh gestorbene Frau Euridike zurückhaben wollte, stieg hier in die Unterwelt hinab.

Zur antiken Zeit war der Platz des Orakels von dem See Acherousia umgeben, heute liegt die Ausgrabungsstätte auf einem kleinen Hügel.

Kondis ging mit Daphne voran und wartete an einer Mauer, durch die eine Tür ins Innere des Orakels führte. Sehr viel sei leider nicht mehr zu sehen, bedauerte er, erhalten sei der »finstere Palast der Totengöttin Persephone und des Hades«. Er warnte vor dem schlechten Licht und erzählte von der Schau, die die Priester vor über 2000 Jahren hier abgezogen hatten.

»Das Orakel bestand aus einem großen Labyrinth, dessen Grundmauern Sie noch erkennen können. In der Antike waren die Gänge überbaut, kein Lichtstrahl drang in sie. Der Mensch, der den Einlaß zur Unterwelt begehrte, mußte bestimmte Speisen essen, sich reinigen und einem Priester zuhören, der sang oder betete. Von Raum zu Raum wurden die sakralen Vorschriften strenger, bis hin zum Verzehr von Wurzeln und Hülsenfrüchten, die Halluzinationen hervorriefen.«

»*Vicia Faba Equina*«, rief Dr. Waldemar Unbill, »eine bohnenartige Hülsenfrucht, die Schwindel und Muskelschwäche verursacht. Schon die alten Ägypter ...«

»Sie haben recht«, unterbrach Kondis, »wie gut einen solchen Experten an meiner Seite zu haben.«

Die Ironie in seiner Stimme war nicht zu überhören. Er kann sich nach dem Vorfall von gestern eine kesse Lippe erlauben, dachte ich, er hat alle Gruppenmitglieder auf seiner Seite.

»Ich bleibe hier«, jammerte Martha Maus, als wir losgelassen wurden. »Meine Beine sind heute schlimm. Ich setze mich hierher und warte. Laßt euch bitte nicht stören!«

Zu zweit oder zu dritt schlenderten die anderen über das Gelände. Ich hatte keine Lust auf Konversation oder die ständigen »Ahs« und »Ohs« und »wie interessant!«

Im Labyrinth versuchte ich mir das Dunkel und die Angst von früher vorzustellen. Da gingen Menschen durch Gänge mit dicken Mauern, fanden sich nicht zurecht, stießen sich den Kopf, bekamen Panik, weil sie glaubten, nie wieder den Ausgang finden zu können.

In den Saal der Totengöttin Persephone mußte man über eine steile Eisenleiter hinuntersteigen. Die Stufen waren schmal und führten zu dem unebenen Boden eines Gewölbes, in dem nur eine einzige Glühbirne brannte. Zunächst war ich blind, denn meine Augen waren an das gleißende Sonnenlicht gewöhnt. Ich stand eine Weile bewegungslos in dem Raum. Es roch nach feuchtem Moder.

Vorsichtig bewegte ich die Füße nach vorn und streckte die Arme parallel zum Körper aus, um nicht die Balance zu verlieren. Wo waren die anderen?

Plötzlich fühlte ich eine Hand auf meinem Arm. Ich erschrak, schnellte herum und sah eine Gestalt vor mir stehen.

»Hast du den Obolos?« fragte der Mann.

»Kondis!« sagte ich. »Laß den Blödsinn. Du hast mich zu Tode erschreckt.«

»Den Obolos!« Die Stimme wurde drohend. »Wenn du den Obolos nicht hast, wird Kerberos dich bestrafen.«

Ich hatte einen Verrückten vor mir. Zeit gewinnen, dachte ich, das dämliche Götterspiel mitmachen.

»Wer bist du!« fragte ich in einem nicht minder pathetischen Ton. »Wesen, sage mir, wer du bist!«

»Ich bin Hades, auch genannt Eubuleos und Stygeros.«

»Weiche von mir!« stieß ich mit Grabesstimme hervor. »Ich bin Persephone, die Herrscherin über dieses Reich, Tochter des Zeus und der Demeter. Ich brauche keinen Obolos! Gehe mir aus dem Weg!«

Ich steuerte geradewegs auf den Kerl zu. Links hinter ihm war der Aufstieg nach oben. Ein schwacher Lichtschein verhieß Freiheit. Ich strengte meine Augen an, um den Mann zu erkennen, doch vergeblich. Er hatte sein Gesicht mit einem Tuch bedeckt.

Er trat auf mich zu, als ich gerade auf seiner Höhe war. Ich riß meine ganze Konzentration zusammen und versetzte ihm einen kräftigen Stoß. Dann kletterte ich die Leiter hoch und rannte aufs offene Feld.

Schwer atmend ließ ich mich auf einen großen Stein fallen. Dann erst fiel mir ein, daß ich einen großen Fehler gemacht hatte. Jetzt konnte der Mann ungesehen aus dem unterirdischen Saal nach oben klettern.

»Hier bist du!« sagte eine Stimme. Ich zuckte zusammen. Es war Kondis.

Ich erhob mich stumm und griff nach meiner Tasche. Das Gras stieb auseinander, als ich an ihm vorbei lief.

»Was ist mit dir?« Er war völlig ahnungslos, als er mich eingeholt hatte. »Unser Streit von heute früh tut mir leid. Sei bitte nicht mehr böse!«

»Darum geht es nicht.« Meine Stimme zitterte ein bißchen. »Ich habe vor zehn Minuten einen Gott gesehen. Er hieß Hades und verlangte den Obolos von mir.«

Kondis lachte. »Du liest zuviel in der griechischen Mythologie. Laß uns zu den anderen gehen!«

»Ich mache keine Witze!« Dann erzählte ich ihm die Geschichte.

»Das war ein Spaßvogel!« behauptete er. »Hattest du etwa Angst?«

»Es war unheimlich. Zuerst dachte ich auch an einen Spaß. Doch dann wurde die Sache irgendwie bedrohlich.«

Eigentlich hätte ich ihm jetzt die Geschichte von Daphnes Vergewaltigung erzählen müssen, doch ich stand im Wort. Das war derselbe Mann, dachte ich, mal hält er sich für Apollon, dann für Hades. Ein Göttertick!

»Komm, du Persephone.« Seine Stimme klang zärtlich. »Sie war so schön, daß sie von ihrer Mutter Demeter auf Sizilien versteckt wurde. Als Hades sie erblickte, verliebte er sich in sie. Doch er war häßlich und hatte keine Chance. Sein Bruder Zeus half ihm, und Hades konnte das Mädchen entführen. Die Ehe soll dann gar nicht so schlecht gewesen sein.«

»Wer in der Gruppe kennt sich in der Mythologie so gut aus wie du?« wollte ich wissen.

Kondis überlegte. »Die Geschichten sind in vielen Büchern nachzulesen«, sagte er dann, »Pater Benedikt und die beiden Unbills kennen sich gut aus. Aber auch Aris, unser Busfahrer. Er war auch mal Reiseleiter.«

»Aber Aris spricht kein deutsch.«

»Doch, das tut er. Genau wie Costas. Aber das weißt du ja selbst.«

Wir gingen durch Thymian und Ackerminze, Stieglitze spielten in den Wipfeln von großen Lebensbäumen zwitschernd miteinander.

»Und wer ist dieser Kerberos?«

»Ein fürchterlicher Bursche!« Kondis fletschte die Zähne und zog eine Grimasse. »Der Höllenhund. Er bewachte die Unterwelt und hatte drei Köpfe und den Schwanz einer Schlange. Er fraß jeden, der versuchte, aus dem Reich des Hades zu entkommen. Jeder Mensch, der ihn erblickte, wurde sofort zu Stein. Aus dem Speichel, der aus seiner gezahnten Hundeschnauze floß, entstand die giftige Pflanze Eisenhut. Und besonders gern knabberte er an rothaarigen Frauen ...«

Er stürzte sich mit einem Hundejaulen auf mich, drückte mich an eine Mauer und küßte meinen Hals. Mir wurde schummrig, und ich bekam schon wieder weiche Knie.

Er merkte, daß ich nicht in Stimmung war und stoppte. »Du bist ja völlig verkrampft«, stellte er fest, »hast du wirklich eine solche Angst gehabt?«

Ich nickte und schlug vor, zu den anderen zu gehen. Langsam überstiegen wir den Kamm des Hügels. Die Gruppe hatte sich schon um den Bus herum versammelt. Daphne Laurenz lächelte süffisant, als sie Kondis und mich in trauter Zweisamkeit erblickte. Ich lächelte ebenfalls. Soll sie doch denken, was sie will, sagte ich mir.

»Wo ist Frau Vischering?« Martha Maus hatte sich zu Wort gemeldet. Sie hatte recht, die Sekretärin mit der geheimen Verbindung zu Waldemar Unbill war nirgends zu sehen. Ich beobachtete ihn, doch er stand mit seinem Sohn in der Nähe des Busses und erklärte ihm irgendwelches Gemüse.

»Daphne!« rief Kondis. »Such bitte Frau von Vischering. Die Fahrt nach Xylocastron ist weit. Es wird Zeit, daß wir starten!«

Mißmutig trippelte Daphne davon. Pater Benedikt half Martha Maus in den Bus.

»Wir müssen zum Arzt mit ihr«, murmelte Kondis, »ihre Beine werden immer dicker.«

»Ich kann sie nirgends finden!« Daphne war außer Atem. Sie habe alles abgesucht, doch keine Spur gefunden.

»Waren Sie auch im Saal der Persephone?« fragte ich von einer bangen Ahnung ergriffen.

»Nein«, gestand sie.

»Komm!« sagte ich zu Kondis. Er verstand, ließ sich von Aris eine Taschenlampe geben und rannte neben mir her.

»Hoffentlich ist sie diesem Kerl nicht in die Hände gefallen«, japste ich.

Endlich waren wir da. »Du bleibst hier«, ordnete er an und stieg behende in die Tiefe. Die Sekunden vergingen.

»Hier liegt sie«, schallte es zu mir, »komm runter, ich schaffe es nicht allein!«

Ich stieg die Leiter nach unten und war zunächst wieder blind. Nach und nach sah ich die Wände des unterirdischen Saales und den Lichtstrahl der Taschenlampe, die auf einem eingemauerten Vorsprung lag.

Kondis beugte sich über einen Frauenkörper und sah zu mir auf.

»Ist sie tot?« stammelte ich.

»Nein«, sagte er, »sie ist bewußtlos, irgendwie nicht Herrin ihrer Sinne. Sie lallt und kann nicht laufen. Wie kriegen wir sie bloß die steile Leiter rauf?«

»Du hältst ihren Oberkörper und gehst rückwärts«, schlug ich vor, »ich nehme die Beine und drücke sie nach oben. So könnte es klappen!«

Nach fünf Minuten Schwerarbeit hatten wir sie ans Tageslicht gehievt. Gerlinde von Vischering sah auch bei Tageslicht nicht gut aus. Bleich, die Lippen blau, Schweißperlen auf der Stirn, die Augen halb geschlossen. Sie atmete unregelmäßig.

»Sie muß sofort ins Krankenhaus!« bestimmte Kondis. Er versuchte sie aufzurichten. Sie ließ sich hängen wie ein nasser Sandsack. Ich packte die andere Seite und legte mir ihren Arm um den Hals.

»So geht es. Laß uns schnell machen, Maria! Eine Leiche auf dieser Reise reicht mir völlig!«

Wir schleppten und zogen sie über die Landschaft. Zwischendurch wollte Gerlinde von Vischering laufen, doch immer wieder brachen die Beine unter ihr weg.

Endlich kamen wir in Sichtweite der anderen. Aris und Pater Benedikt stürzten auf uns zu und nahmen uns die Last ab.

Kondis fragte den Busfahrer etwas, nach der nächsten Klinik vermutlich.

»In Parga ist ein Krankenhaus«, teilte er mit, »es tut mir leid, aber Sie werden Verständnis dafür haben, daß wir feststellen müssen, was Frau Vischering fehlt. Wir alle hoffen, daß es nichts Schlimmes ist und wir die Reise wie geplant fortsetzen können.«

Die Strafe des Höllenhundes

Wir schafften es in letzter Minute. Die Ärzte im Krankenhaus pumpten Gerlinde von Vischering sofort den Magen aus, nachdem sie eine Vergiftung diagnostiziert hatten. Ihre Atmung hatte sich bereits verlangsamt, sie litt unter Erbrechen, Durchfall, Schüttelfrost und Schweißausbrüchen.

»Zehn Minuten später und sie wäre tot gewesen«, berichtete Kondis. Er war müde und verzweifelt. Die erste Reise seiner Firma schien zum Fiasko zu werden. Daphne war mit den anderen in einem kleinen Hotel in Parga abgestiegen, das noch genügend Zimmer frei hatte.

Wir gingen auf dem Krankenhausflur auf und ab. Die Ärzte hatten einen kurzen Besuch in Aussicht gestellt.

Gerlinde von Vischering lag bleich und hohlwangig auf dem Bett und hatte die Augen noch geschlossen.

»Wie geht es Ihnen?« fragte Kondis leise.

Langsam öffnete sie die Lider. Sie brauchte eine Weile, um zu begreifen, wen sie vor sich hatte. Kondis nahm ihre Hand.

»Was ist geschehen?« flüsterte sie.

»Sie sind in einem Krankenhaus«, klärte ich sie auf, »Ihr Magen ist ausgepumpt worden. Sie haben Gift zu sich genommen. Wir haben Sie bewußtlos im Orakel gefunden. Was haben Sie gegessen?«

»Kein Gift«, flüsterte sie, »eine heilige Wurzel.«

»Von wem haben Sie die heilige Wurzel bekommen?«

»Von einem Gott. Ich traf ihn im unterirdischen Gewölbe.«

Kondis und ich sahen uns an. »Derselbe Mann«, sagte ich leise. Er nickte. Ich wollte noch eine Frage stellen, doch die Kranke war eingeschlafen.

»Laß uns gehen«, sagte er. »Ich muß noch mit dem Arzt sprechen.«

Ich wartete vor dem Arztzimmer. Die Unterhaltung hätte ich sowieso nicht verstanden, denn sie wurde auf griechisch geführt. Die Tür öffnete sich nach ein paar Minuten, und Kondis trat auf den Flur. Er machte ein ernstes Gesicht.

»Wir haben es mit einem Verrückten zu tun«, erklärte er, »ein Mann, der für seine Verbrechen Parallelen zur griechischen Mythologie braucht. Weißt du, wie die Knolle heißt, die Frau Vischering gegessen hat?«

Er wartete meine Antwort nicht ab.

»*Aconitum napellus!*« Er war außer sich.

»Ja und?« Ich verstand nichts.

»Eisenhut! Erinnerst du dich, was ich dir über den Kerberos erzählt habe? Sein Speichel tropft auf die Erde, und es entsteht eine der giftigsten Pflanzen, die es überhaupt gibt. Was hat der Mann in dem Gewölbe dir erzählt? Sage mir genau seine Worte!«

»Wenn ich den Obolos nicht hätte, würde Kerberos mich bestrafen.«

»Die Strafe des Höllenhundes! Du bist entkommen, aber sie nicht. Sie wurde bestraft, als er sie zwang, die Wurzel des Eisenhutes zu essen. Verstehst du jetzt, warum der Kerl verrückt ist?«

»Sicher. Das wußte ich schon, als er vor mir stand und wirres Zeug faselte. Aber wer könnte es sein? Außer unserer Gruppe hat heute früh niemand die Orakelstätte besucht. Du hast die Auswahl! Stell dir die männlichen Mitglieder der Gruppe vor!«

»Maria! Überleg doch noch mal. Der Mann stand vor dir. War er groß, dick, alt? Wie war seine Stimme? Gab es irgendetwas, woran wir ihn identifizieren könnten?«

Er hatte mich am Arm gepackt und drückte ihn.

»Es war fast dunkel, ich konnte kaum etwas sehen. Außerdem hatte er seinen Kopf verhüllt. Mir kam er groß vor, doch er kann auch etwas erhöht gestanden haben. Seine Stimme war ... trocken, irgendwie tonlos, aber nicht krächzend. Es könnte jeder von ihnen gewesen sein. Sicher ist nur, daß es Alfred Traunich nicht war, denn der ist tot.«

»Könnte es vielleicht auch eine Frau sein?« überlegte Kondis. »Eine Frau, die ihre Stimme verstellt. Die gern ein Mann sein möchte!«

»Nein. Als Psychologe wärst du eine Niete. Schau dir doch die Frauen in der Gruppe an: Martha Maus hat Ärger mit ihren dicken Beinen und kann kaum laufen, Almuth Traunich blüht gerade auf, ich war's auch nicht und Gerlinde ja wohl ebenso wenig. Außerdem weiß ich, daß es ein Mann ist, denn Frauen haben keinen Penis, mit dem sie vergewaltigen können.« Jetzt hatte ich es gesagt.

»Wieso?« Kondis starrte mich fassungslos an. »Ist Frau Vischering vergewaltigt worden?«

»Nein. Sie nicht, aber ...«

»Du etwa? Unten in dem Gewölbe? Mein Gott!« Er stürzte auf mich zu und nahm mich in die Arme. Ich hielt ein Weilchen still und genoß es. Doch dann wurde es Zeit, mit der ganzen Wahrheit herauszurücken.

»Jason!« Ich befreite mich und sah ihn an. »Mir ist nichts passiert. Es handelt sich um Daphne. In der ersten Nacht in Delphi ist ein Mann in ihr Zimmer gekommen, hat sie mit einem Messer bedroht und ist über sie hergefallen. Vorher hat sich der Kerl als 'Apollon' vorgestellt. Auch er hatte sein Gesicht mit einem Tuch oder einer Maske verhüllt.«

Wie erstarrt hörte Kondis meinem Bericht zu. Von dem Minzeöl, mit dem der Täter den Körper der blonden Daphne eingerieben hatte, erzählte ich nichts. Es war so schrecklich intim und könnte in seinem Kopf wirre Vorstellungen provozieren.

Als ich fertig war, stöhnte Kondis: »Warum hat mir niemand etwas gesagt?«

»Ich mußte es ihr versprechen! Sie hat ausdrücklich darum gebeten, es dir auf keinen Fall zu erzählen. Was sollte ich tun?«

»Daß Daphne so wenig Vertrauen zu mir hat«, sagte er enttäuscht. »Was soll ihre Familie von mir halten? Ich bin doch verantwortlich für sie. Hätte ich bloß nicht diese verdammte Reiseagentur gegründet!«

»Du kannst doch nichts dafür«, tröstete ich ihn, »gegen Verrückte gibt es kein Mittel. Laß uns den Kerl lieber aus dem Verkehr ziehen. Und zwar ein für allemal!«

Eine Harpune schult um

Gerlinde von Vischering hatte sich schnell erholt. Obwohl die Ärzte sie noch in der Klinik behalten wollten, bestand sie darauf, die Reise wie geplant fortzusetzen. Jetzt kauerte sie im Bus.

Kondis hatte den anderen etwas von einer »Fischvergiftung« erzählt. Almuth Traunich hatte sich neben die Kranke gesetzt. Sie hatte nicht nur ein Herz für eingesperrte Vögel, sondern auch für gequälte Menschen.

Ich hockte auf meinem hinteren Platz und wünschte mich weit weg. Die Reise dauerte noch eine gute Woche. Heute würden wir zweimal mit der Fähre übersetzen müssen, um auf den Peloponnes zu gelangen. Hier lagen einige bedeutende Sehenswürdigkeiten wie Mykene, Tyrins, Nemea und Epidauros.

Gerade auf Mykene hatte ich mich gefreut. Endlich würde ich die älteste europäische Monumentalskulptur sehen: Das berühmte Löwentor. Von den Kuppelgräbern der Könige und den Schatzhäusern ganz zu schweigen. Kriege und schlimme Verbrechen hatten hier stattgefunden. Königin Klytämnestra ermordete ihren Mann Agamemnon, als er aus Troja zurückkehrte. Orestes ermordete seine Mutter, weil sie den Vater erschlug. Auch Kassandras Leben und die ihrer Säuglinge endeten hier. Von Agamemnon als Beute aus Troja nach Mykene gebracht, überlebte sie die Ankunft nur um einige Tage.

Langsam hinterließen diese Mordgeschichten Spuren in meiner Seele. Was würde in Mykene geschehen? Welche Geschichte würde sich der Verrückte aussuchen, um die Antike nachzuspielen?

Einige Stunden später kamen wir in Xylocastron, einem Badeort am Golf von Korinth, an. Das Hotel war groß und lag an der Uferpromenade. Die Zimmer waren ungemütlich und laut. Zwei Nächte waren geplant, Ausspannen und Baden angesagt.

Das Essen in einem Touristenrestaurant schmeckte schlecht und alt. Meine Laune war auf dem Gefrierpunkt angelangt. Ich hatte mich an einen kleinen Tisch zurückgezogen, denn ich wollte allein sein.

Der Kellner klimperte mit den Wimpern und streifte meine Hand, als er die Moussaka vor mich hinstellte.

Ich blickte auf. Er war schön, hatte lange Locken, ein schwarzer Flokati brach aus dem Hemd, das Parfum war die Marke »Hirnhammer«.

Ich zog ein schwarzes Haar aus dem Essen und wedelte damit. Er lachte und verstand Bahnhof. Er faßte sich an die Brust, riß sich ein Haar aus und wedelte ebenfalls. Dabei zeigte er blendend weiße Zähne, und seine Augen schleuderten wollüstige Blicke.

»Ist was?« fragte Kondis. Er hatte uns beide wedeln sehen und sich mit Recht Sorgen um meinen Geisteszustand gemacht.

»Sag dem jungen Mann doch bitte, daß er sich mit seiner antiken Moussaka zum Teufel scheren soll!«

Kondis sprach mit ernstem Gesicht auf den Kellner ein, der betroffen dreinschaute.

»Sein Haar kann er wieder mitnehmen«, setzte ich nach, »vielleicht braucht er es noch!«

»Er arbeitet noch nicht lange als Kellner«, versuchte Kondis zu erklären. »Er war früher einer der *kamakies.*«

»Und was ist das nun wieder?«

»In Deutschland würde man diese Tätigkeit als 'Aufreißer' bezeichnen. Die genaue Übersetzung ist 'Harpune'. Das sind junge Männer, die an Touristenorten wie diesem den Touristinnen sexuelle Dienstleistungen anbieten. Du verstehst, daß das ein harter Job ist.«

»Klar. Sozusagen knüppelhart. Aber ich muß jetzt nicht vor Mitleid zerfließen, oder?«

»Du bist ziemlich unausstehlich heute«, stellte er fest. »Dabei wollte ich dir gerade einen Vorschlag machen. Soll ich das tun?«

»Versuch es mal!«

»Ich habe keine Lust aufs Baden. Daphne bleibt mit der Gruppe hier, und wir beide fahren ins Landesinnere. In Mykene treffen wir uns alle wieder. Was sagst du?«

»Nur wir beide?«

»Ja. Ich leihe mir einen Wagen. Das Ziel unserer Reise werde ich dir morgen früh verraten. Du brauchst Entspannung. Unterwegs übernachten wir irgendwo.«

»Ich mache mit. Wann geht es los?«

»Bevor die anderen es merken. Ich habe für uns um sieben Uhr das Frühstück bestellt. Daphne weiß Bescheid.«

»Dann warst du also sicher, daß ich zustimmen würde?«

»Eigentlich schon.« Er lächelte wie einer, der auf solche Fragen immer eine positive Antwort bekommt.

»Was hat Daphne zu deinem Plan gesagt?«

»Ich bin ihr Boß.«

»Hast du mit ihr über die Vergewaltigung geredet?«

»Nein. Wenn sie nichts sagen will, muß ich das akzeptieren. Ich lasse dich jetzt allein, ich muß zu den anderen. Oder kommst du mit rüber?«

Ich nickte, packte die Flasche Wein und das Brot und zog um. Der Gedanke, die nächsten beiden Tage nicht in Reichweite eines Verrückten zu sein, hatte seine Reize. Dafür war ich in unmittelbarer Reichweite eines attraktiven Mannes.

Am See der Stymphalischen Vögel

Der Wein bescherte mir eine ungestörte Nacht. Der Wecker klingelte um halb sieben, ich sprang aus dem Bett und stürzte schlaftrunken unter eine kalte Dusche. Als meine Haut rot vor Kälte war, drehte ich den Hahn zu und trocknete mich ab.

Eingehüllt in ein Badetuch fönte ich meine Haare zu einer Löwenmähne. Die Koffer waren bereits gepackt, nur das hinreißende schwarze Sommerkleid hing auf einem Bügel bereit.

Noch frierend schlüpfte ich hinein. Der Rock war lang, weit und reichte bis zu den Knöcheln, der obere

Teil des Kleides saß hauteng und hatte ein gewagtes Dekolleté.

Leider ist mein Busen so groß, daß ich Mühe hatte, alles in dem knappen Oberteil unterzukriegen.

Die Sonne hatte mein rotes Haar so stark aufgehellt, daß ein Fuchs wie eine graue Maus gegen mich wirkte. Und dann diese schrecklichen Sommersprossen! Sie waren nicht nur in unregelmäßigen Grüppchen auf meinem Gesicht verteilt, sondern hatten bereits vom gesamten Körper Besitz ergriffen. Warum konnte ich nicht die samtene Bräune anderer Frauen erreichen, die einem in diesem Land haufenweise über den Weg liefen?

Ich beschloß, mich attraktiv zu finden. Dann packte ich meinen Koffer und ging in den Frühstücksraum. Ganz hinten in dem riesigen Abfütterungssaal saß Jason. Das Frühstück stand bereits auf dem Tisch.

Er hatte ebenso Wert auf sein Outfit gelegt wie ich. Das Hemd war blütenweiß, die Haare feucht, das Gesicht rasiert. Er duftete nach Mann, als ich ihm einen ziemlich weiblichen Kuß auf die Wange hauchte.

»Laß dich anschauen«, sagte er und schob mich einige Meter zurück, »das Kleid ist sensationell, das Dekolleté atemberaubend. Und die Sommersprossen sehen sehr reizvoll aus. Warum nur hast du sonst diese merkwürdige Angewohnheit, dich in möglichst weite Sachen zu hüllen?«

»Weil es schnell geht und unkompliziert ist. Ich habe Stunden gebraucht, um so auszusehen«, log ich. »Und da ich das Kleid schon mal dabei hatte ...«

Er lächelte und machte mir meinen Kaffee zurecht. Mit viel Milch. Er hatte sich gemerkt, wie ich ihn mochte. Ich schaute ihn an und merkte, daß ich total verrückt nach ihm war.

Wir hatten uns oft gestritten, doch das war gerade das Reizvolle an der Sache. Ich reizte ihn, aber ich wußte nicht genau, warum. Er reizte mich, und ich wußte auch nicht genau, warum. Es war ein Spiel um Unterwerfung, um Sieg oder Niederlage zwischen zwei gleichberechtigten Partnern.

»Komm!« Kondis schien nervös. Er ließ das angebissene Brötchen liegen und nahm meine Hand. »Ich will nicht, daß uns die anderen sehen.«

Ich schnappte meinen Koffer, den Jason im hinteren Teil eines Kleinwagen verstaute. Seine Reisetasche lag schon drin. Er startete das Fahrzeug.

»Wo fahren wir hin?« wollte ich wissen.

»Kennst du die Geschichte von Herakles?«

»Ich habe da mal was gelesen. Er ist der berühmteste eurer Helden. Sohn des Zeus und der Alkmene. Ein Held, der der Wollust und Völlerei verfallen war. Er bekam zwölf Aufgaben gestellt, die er erfüllen mußte.«

»Genau. Die sechste Aufgabe war, die sogenannten Stymphalischen Vögel zu besiegen, die den gleichnamigen See in Arkadien unsicher machten. Und an diesen See fahren wir jetzt. In der Nähe des Sees gibt es den Tempel der Artemis Stymphalia. Von diesem Heiligtum steht noch eine Ruine, die fast nie von Touristen besucht wird.«

Während der Fahrt gab ich mich der Landschaft hin. Sie wurde hügeliger und karger, die Farben änderten sich und waren mehr als zuvor der Erde verbunden. Zwischendurch hielten wir einmal kurz an und gingen ein paar Schritte einen Feldweg hinein. Das Gras war gelb, in der Ferne schrie ein Esel seinen Kummer in die Welt.

Unter einem Feigenbaum lag ein umgestürzter Stamm. Wir setzten uns und lauschten dem Wind, der immer stärker wurde. Er strich über die Gräser und ließ sie erbeben. Er verfing sich in den Bäumen und ließ sie ertönen. Er verfing sich in meinem Haar, und ich stand im Dunkeln.

»Verdammt!« fluchte ich und griff zu einem Tuch, das ich in der Handtasche mit mir herumtrug. Ich wickelte es als Band um meinen Kopf. Ich wußte, daß ich nun den Trümmerfrauen-Look verkörperte, doch es störte mich nicht. Schließlich gab es in diesem Land genug Trümmer.

»Magst du mich?« Seine Frage kam unerwartet, klang ein bißchen schüchtern und machte mich zunächst stumm.

Er griff meinen Kopf und küßte mich wild und verzweifelt. Mein niedriger Blutdruck bewegte sich in eine für mich kritische Zone. Sein Geschmack gefiel mir. Sein Geruch gefiel mir. Seine Hände gefielen mir.

Ein gräßliches »Mäh« schreckte uns auf. Vor uns stand eine schwarz-braune Ziege und zupfte Disteln. Sie schaute uns unverwandt an. Ich mußte lachen.

»Wir haben kein Glück«, sagte ich, »immer wenn wir uns miteinander beschäftigen, stört uns jemand. Laß uns weiterfahren!«

Kondis trat nach der Ziege, doch sie sprang behende zur Seite und meckerte voller Protest.

Der kleine Wagen war aufgeheizt durch die Sonne, die trotz der frühen Stunde die Hügel flimmern ließ. Schließlich erreichten wir ein kleines Dorf. *Stimfalia* stand auf dem Ortsschild.

Kondis fuhr in den Ort hinein. Wir kamen nur schrittweise vorwärts, weil eine Ziegenherde die Straße versperrte. Der Hirte sah keine Veranlassung, seine Schützlinge zur Seite zu treiben. Ein unverkennbarer Bocksgeruch zog in meine Nase.

Kondis stoppte den Wagen an einer grauen Mauer aus unbehauenen Steinen. Dahinter verbarg sich eine Taverne. Kondis hupte laut und bat mich, im Wagen zu bleiben. Er stieg aus und wechselte ein paar Worte mit einem Mann, der in der Tür der Taverne stand. Der Aufenthalt war nur kurz.

»Ich habe unser Mittagessen und ein Zimmer bestellt«, erklärte er mir. »Jetzt schauen wir uns die Artemis-Ruinen an. Sie liegen nur ein paar Kilometer hinter dem Dorf.«

Er bog wieder auf die kleine Straße. In einer Kurve erkannte ich hohe Mauern, die den linken Straßenrand säumten.

»Wir sind da!« sagte er und parkte den Wagen. Wir stiegen aus und gingen über die Straße. Der Tempel war eingezäunt, doch es gab genug Lücken im Maschendraht, durch die man klettern konnte.

Ich roch den Duft von Liebstöckel und gelbem Ginster. Die Gräser auf dem Feld waren stichelig, sie piekten meine nackten Beine. Hand in Hand erreichten wir schließlich das Innere der Mauern.

Sie waren aus rotem Stein und ziemlich verfallen. Auf ihren Zinnen gurrten Türkentauben. Umgestürzte Säulen überall, große verwitterte Steine, eine Eidechse sonnte sich und verschwand, als sie die Erschütterung spürte, die unsere Schritte auf dem Boden hinterließen.

»Setz dich auf diese Säule«, verlangte Kondis heiser. Die Säule war dorisch und voller Risse. Sonne und Wind hatten ihr ziemlich zugesetzt. Ich setzte mich auf sie und legte das Kleid über meine Knie.

Er stellte sich genau vor mich, strich den Rock zurück, riß den Slip hinunter, stieß ein paar Mal in mich hinein und kam.

Sein Kopf lag an meinem Hals. Er keuchte.

»Und was ist mit mir?« fragte ich.

»Abwarten!« sagte er atemlos, bedeckte mit dem Rock wieder meine Knie und strich den Stoff glatt. Ich ließ mich von der Säule auf den Boden gleiten. Er schloß seine Hose und nahm meine Hand.

»Jetzt zeige ich dir den Stymphalischen See!«

Wie ausgelassene Kinder stürmten wir über die Wiese zum Auto. Die Disteln und spitzen Gräsersamen peinigten wieder meine Beine. Der Weg zum See war nicht weit, doch es war schwierig, an seine Ufer zu gelangen. Meterweise Schilf und seichtes Ufer. Kondis kannte eine Stelle, die sich wie eine Landzunge ins Wasser schob.

»Erzähle mir die Geschichte von den Stymphalischen Vögeln«, bat ich.

»Die Fischer, die um den See herum wohnten, hatten Angst vor ihnen. 'Den einen nach dem anderen siehst du, wie auf leichten Flügeln die Vögel, schneller noch als das verzehrende Feuer zu fliegen nach der Küste des abendlichen Gottes'«, deklamierte er. »So hat Ovid gedichtet. Die westliche Küste – das war das Totenreich. Die Stymphalischen Vögel waren ein Symbol des Todes. Sie lebten im Sumpf des Sees, brachten tödliche Krankheiten und fraßen Menschen. Man sagt, daß der Kriegsgott Ares sie geschaffen habe. Ihre Federn waren so scharf, daß sie tödliche Wunden schlugen, wenn eine von ihnen vom Himmel fiel und einen Menschen traf.«

Das Wasser dümpelte in leichten Wellen vor unseren Augen. Irgendwo zwitscherten winzige Piepmätze, die mit den eben genannten Vögeln wohl kaum etwas gemeinsam hatten. Sie waren flink, zart und unschuldig.

Kondis setzte sich ans Ufer. Ich ließ mich ebenfalls auf die Erde hinunter.

»Herakles hatte die Aufgabe, die Vögel für immer vom See zu vertreiben«, erzählte er und ließ den Blick über das Wasser schweifen. Er zog mich zu sich hin, und ich kuschelte mich in seinen Arm. Trotz dieser zärtlichen Geste verließ mich das bittersüße Gefühl nicht, das ich empfand, wenn ich ihm nah war. Ich habe in diese Beziehung das Ende bereits einkalkuliert, dachte ich.

»Herakles bestieg eine Erhebung am Rand des Ufers und scheuchte die Vögel auf. Er machte dabei einen Riesenlärm, in dem er Holzklappern benutzte. Andere Dichter behaupten, er habe mit einer Schleuder auf die

Vögel gezielt, noch andere geben einem Bogen den Vorzug. Einige Vögel konnten fliehen, später hatte Jason mit ihnen das Vergnügen, als er das Goldene Vlies suchte. Herakles brachte die Kadaver der Vögel nach Mykene, wo er sie als Beweis seiner Tat vorlegte. Damit galt die sechste Arbeit als erledigt. Sie wurde von den Göttern anerkannt.«

»Eine wunderbare Geschichte!« sagte ich schwärmerisch. Ich öffnete sein Hemd, küßte seine Brust und umspielte mit meiner Zunge seine Brustwarzen. Seine Haut war salzig und feucht.

Er öffnete das Oberteil meines Kleides und vergrub das heiße Gesicht zwischen meinen Brüsten.

Ich streichelte sein schwarzes Haar, legte den Kopf zurück und schloß die Augen. Meine Finger strichen über die Falten seiner Stirn und versuchten sie zu lösen. Er öffnete die Augen zur Hälfte und gab einen unwirschen Laut von sich.

Ich mußte lachen. »Ist ja gut, Baby«, murmelte ich, »sei ganz entspannt.«

Ich legte den Kopf ins Gras und blickte in den wolkenlosen Himmel. Ab und zu fegte ein Vogel durch meine Sicht, das Wasser plätscherte, Zikaden zirpten sich die Seele aus dem Leib. Ein leiser Wind bewegte die Schilfrohre, die das Ufer umwucherten.

Er löste seine Lippen von meiner Haut und fragte: »Bist du in mich verliebt?« fragte er.

»Ist das wichtig?« gab ich zurück.

»Natürlich ist das wichtig. Ich will endlich wissen, wie du zu mir stehst.«

»Ich bin ziemlich verrückt nach dir«, gestand ich, »nenne es meinetwegen Verliebtsein. Und du?«

»Du bist anstrengend, eigensinnig, unsensibel, ungehorsam und verklemmt. Ich weiß überhaupt nicht, was ich an dir finde«, lachte er.

»Vielleicht kriegst du es ja noch heraus!« rief ich und kniff ihn in den Po. »Komm jetzt, du griechischer Lüstling. Die Sonne und die Liebe haben mich hungrig gemacht. Was ist mit dem versprochenen Mittagessen?«

Er schaute auf die Uhr. »Unser Mahl ist noch nicht fertig. Wolltest du nicht ein Interview mit mir machen? Jetzt ist genau der richtige Zeitpunkt. Ich gehe zum Auto zurück und holen deinen Recorder.«

Sein Gang war beschwingt, als er durch das Gras lief. Der dünne Stoff seines Hemdes flatterte hinter ihm her wie eine Fahne. Bevor er hinter einer Buschgruppe verschwand, drehte er sich um, lachte mir zu und winkte. Mein Herz bekam Schluckauf.

Kassette 1. Bildungsreise. Interview mit Dr. Jason Kondis, 46 Jahre, Reiseleiter.

Herr Kondis, Sie verkaufen, organisieren und begleiten Bildungsreisen. Was ist das Besondere an einer solchen Reise, die ja ziemlich kostspielig ist?

Das Besondere ist, daß sie sich nicht auf dem üblichen Pauschalreiseniveau Sonne, Strand, Essen und Trinken bewegt. Diese Reise ist eigentlich eine Bildungsveranstaltung. Den Teilnehmern wird ein umfassendes Bild der Geschichte eines Landes geboten, dessen Kultur die gesamte europäische und kleinasiatische Welt bis heute geprägt hat.

Die Käufer solcher Reisen haben ja meist unterschiedliche Beweggründe und Bildungsvoraussetzungen. Da gibt es den pensionierten Akademiker, der alles besser weiß, und die Rentnerin, die mit kindlicher Freude alle Informationen in sich hineinsaugt. Wie können Sie als Reiseleiter solch unterschiedliche Erwartungen erfüllen?

Indem ich mich an den Erwartungen der Rentnerin orientiere. Sie hat dasselbe Recht auf Information wie alle anderen. Solche Menschen haben meist mehr Verständnis für die Geschichte eines Volkes, weil sie unbefangen sind. Die Besserwisser wollen sich nur bestätigt sehen, sie können zur Geißel werden.

Glauben Sie, daß Ihre Gruppe repräsentativ für andere Bildungsreisende ist?

Ich habe keine Ahnung, will es aber nicht hoffen.

Wie meinen Sie das?

In dieser Gruppe gibt es unheilvolle Schwingungen und merkwürdige Vorgänge.

Können Sie das näher beschreiben?

Gern. Da wird eine Frau von einem Mitglied der Gruppe vergewaltigt. Ist das etwa normal? Kurz danach verschwindet ein wertvoller Kunstgegenstand aus einem Museum – gestohlen! Wenige Tage später fällt ein Architekt in eine Schlucht und ist tot. Und dann der Reiseleiter! Er verliebt sich in eine Teilnehmerin und fährt mit ihr in der Gegend herum. Das ist absolut ungewöhnlich in der Branche. Das sollten Sie unbedingt in Ihrem Bericht erwähnen, Frau Journalistin!

Jason, bitte! Ich schreibe doch keinen Kriminalroman, sondern versuche, mich ernsthaft mit dem Phänomen des Massentourismus auseinanderzusetzen!

Dann gib mir das Mikro! Ich bin jetzt dran! ... Frau Grappa, Sie gehören zu den wenigen Personen auf der Welt, die die Stymphalischen Vögel zu Gesicht bekommen haben. Könnten Sie sie bitte beschreiben?

Aber gern, Herr Dr. Kondis! Einer der Stymphalischen Vögel war ungefähr einsfünfundachtzig groß, ziemlich behaart, mit braunen Augen und schwarzem Gefieder, das in der Sonne grünlich schillerte. Es muß wohl ihr Anführer gewesen sein, denn er hat sich entsprechend herrisch benommen. Er war schön und stark.

Interessant! Ein Männchen also, oder besser gesagt: Ein Hahn. Wie nah sind Sie an ihn herangekommen?

Ziemlich nah. Ich konnte ihn sogar riechen. Der Duft von trockenem Gras und Moschus umgab ihn.

Und? Mochten Sie es?

O ja. Er roch wie jedes gesunde Tier, nach Natur eben. Der Vogel hatte kräftige Krallen, mit denen er seine Beute packen konnte ...

Frau Grappa! Bemerke ich da eine gewisse erotische Erregung in Ihrer Stimme ...?

Gib das Mikro her, du stymphalischer Gockelhahn!

Lamm am Spieß und Läuse in Alkohol

Vor der Dorftaverne drehte sich ein enthäutetes Lamm über einem Holzkohlenfeuer. Das Tier war fast ausgewachsen und ziemlich fett. Es war mit einer Eisenstange durch die Mitte gepfählt worden. Die Augen waren durch die Hitze blind geworden, es bleckte die Zähne und streckte die Zunge wie eine Standarte vor. Die Hitze hatte sie anschwellen lassen. Ich wandte mich ab.

Kondis wechselte mit den beiden Männern, die das hingerichtete Schaf bewachten, ein paar Worte. Der Mann deutete auf die Zunge, blickte zu mir und lachte. Kondis schmunzelte ebenfalls und sagte etwas. Der Griller warf mir einen prüfenden Blick zu. Ich hatte eine vage Ahnung, um was es ging. Männerblicke und Männergesten sind international.

»Worüber redet ihr?« fragte ich leicht verschnupft.

»Ich habe die Zunge bestellt«, erklärte Kondis.

»Igitt! Und warum hat der Mann mich dann so angesehen?«

Kondis wurde verlegen. »Na ja, man sagt, daß eine gebratene Lammzunge die Potenz eines Mannes steigert. Deshalb hat er auf dich geguckt.«

»Schade, daß das Tier nicht doppelzüngig ist.«

»Oh je, ich armer Mann!«

Wir gingen an einen einfachen Holztisch, der im Schatten eines riesigen Kirschbaums stand. Auf dem rohen Holz lag weißes Papier, das Besteck stammte aus Korea und die Teller aus Japan. Der Landwein wurde in einer Aluminiumkanne serviert, die in Hongkong das Licht der Welt erblickt hatte. Die praktischen Plastikstühle aus Griechenland rundeten das internationale Ambiente ab.

Der Kellner brachte das Essen. Ich hatte Lammkotelett verlangt, auf Kondis' Teller lag die Lammzunge umrundet von Tomaten, Oliven und Knoblauch.

Er schnitt sie an und spießte das erste Stück auf. »Willst du mal kosten?« fragte er.

Ich winkte ab. Er kaute genüßlich auf dem Stück herum und spülte mit einem kräftigen Schluck Wasser nach.

»Und?«

»Was und?«

»Spürst du schon was?«

»Ach, das meinst du! Ja ...«, er hielt ein und lauschte in sich hinein, »es kribbelt an einer bestimmten Stelle!«

Wir lachten und tafelten fürstlich. Die erste Kanne Wein war schnell geleert. Zwischendurch fiel ein Blatt des Kirschbaums in mein Glas. Es war über und über von schwarzen Blattläusen bedeckt, die eine nach der anderen im Alkohol ertranken.

»Ich kann nicht mehr!« stöhnte ich. »Laß uns noch einen Kaffee trinken und eine Siesta machen.«

»Gern. Unser Hotel ist genau gegenüber. Siehst du das kleine Haus mit dem weißen Anstrich?«

Kondis holte unser Gepäck aus dem Auto und schleppte es hoch. Ich war ein bißchen beschwipst und kam kaum die wenigen Treppen hoch.

Das Zimmer war sauber, das Bett breit und frisch bezogen. Kondis hievte die Koffer auf Bett und packte das Nötigste aus. Im Bad drehte ich die Dusche auf und ließ einige Liter lauwarmes Wasser über mich laufen.

Ich wickelte mich in ein Badetuch und ging ins Zimmer zurück.

»Du bist ja ganz naß!« sagte er und fuhr mit den Händen durch mein feuchtes Haar. Er küßte mich zärtlich. Es schmeckte nach Knoblauch und Wein.

»Leg dich schon mal ins Bett. Ich bin in fünf Minuten da.«

Auf dem Weg zum Bad zog er das Hemd aus und warf es auf einen Stuhl. Dann hörte ich Wasser rauschen.

Ich wickelte mich aus dem Badetuch und schlüpfte unter die Decke. Das weiße Leinen war kühl, was ich von meinen Gedanken nicht sagen konnte.

Als er vor mir stand, war ich entzückt. Er war gut gebaut und hatte die Muskeln dort, wo sie bei einem Mann hingehörten. Sein Oberkörper war breit, der Bauch flach und die Hüften schmal. Er ließ das Handtuch um seine Hüften fallen und legte sich neben mich. »Willst du schlafen oder lieber ein Dessert nach Art des Hauses?«

»Laß uns ein bißchen ausruhen«, bat ich und gähnte, »außerdem muß die Lammzunge bei dir noch etwas wirken. Der Wein und das gute Essen haben mich müde gemacht.«

Er stimmte zu, und ich drehte mich auf meine Schlafseite. Kurze Zeit später lag ich in Morpheus Armen und schlummerte satt und selig.

Sonne, Salz und Sattheit

Ich wachte auf, weil mein Körper Lust verspürte. Kondis hatte seinen Kopf unter der Decke in meinem Schoß. Er war wild und zärtlich zugleich. Danach legte er sich auf mich und hob meinen Kopf zu sich hoch.

»Schau mich an«, forderte er, »gefällt dir, was ich mit dir tue? Wenn es dir gefällt, dann sag es mir!«

Ich kam nicht mit einem Nicken davon, er verlangte ausführlichere Informationen. Die Auskünfte gefielen ihm, und er war tief in mir. Mein Körper bäumte sich auf, die Hände verkrallten sich in dem Bettlaken. Ich dachte an den Tag, an dem mir das hier leid tun würde.

»Du bist stark«, keuchte er, »bei anderen Frauen ist die Angst da, ihnen weh zu tun. Doch du bist unverletzbar ...«

»Halt deinen verdammten Mund!« zischte ich. »Warum erzählst du mir jetzt etwas von den anderen? Laß mich!«

Ich wollte mich ihm entziehen, doch er ließ mich nicht fort. Mein Widerstand gefiel ihm, feuerte seine Leidenschaft bis zur Brutalität an. Die Erfüllung meiner Lust nahm mir den Atem. Nach einigen weiteren heftigen Stößen schrie er auf wie ein wildes Tier und rollte sich neben mich.

Wir schwiegen ein paar Minuten, nur unser Atmen war zu hören.

»Es war schön«, sagte ich, »obwohl ich dir so ausgeliefert war, wie ich nie wieder sein möchte.«

»Du warst nicht ausgeliefert«, widersprach er, »du warst so, wie du sein möchtest. Wirf die Fesseln deiner Gedanken ab. Ich habe das mit dir getan, was am besten für dich ist. Das einzige, was den Menschen noch mit der Natur verbindet, ist die Lust. Ich weiß nicht, was nach dieser Reise sein wird, wenn wir beide wieder der Langeweile des Alltags unserer Beschäftigung nachgehen müssen. Ich fordere von dir nur ein paar Tage, in denen du nicht über die Vergangenheit oder die Zukunft nachdenkst, sondern im Jetzt lebst und liebst.«

Als ich ihn ansah, wußte ich, daß er recht hatte. Ich stürzte mich auf ihn und küßte jeden Zentimeter seines

Körpers. Seine Haut schmeckte nach Salz und Sonne, nach Meer und Wärme.

Meine Berührungen forderten seine Männlichkeit heraus. Er biß in meinen Hals und warf sich wieder auf mich. Wir liebten uns unendlich lange.

Zwischendurch schlief er in meinen Armen ein. Auch mir fielen die Augen zu, es war ein Schlaf der Erschöpfung.

Sein Kopf lag auf meinem Bauch, als wir aufwachten. Der Morgen graute. Wenig später besiegte die rosenfingrige Eos ihren starken Bruder Morpheus mit zartem Licht.

Es war Zeit, das Hotel zu verlassen. Nach der Morgentoilette packte ich die wenigen Sachen zusammen, während er die Rechnung bezahlte. Jason hatte sein Duschgel im Bad vergessen. Ich packte es, um es in seinem Kulturbeutel zu verstauen. Ich drückte ein paar Dinge im Inneren der Tasche zur Seite. Plötzlich hielt ich eine dunkle Flasche aus Glas in der Hand. Warum ich sie öffnete und an dem Verschluß roch, weiß ich nicht. Es war Pfefferminzöl!

Der Schock ließ mich erstarren. Daphnes Vergewaltiger hatte bei seiner Tat Minzeöl benutzt. Mein Magen krampfte sich zusammen, ich würgte.

»Warum kommst du nicht?« fragte Kondis, der wieder im Zimmer stand.

Mein Blick war wund, als ich ihm die Flasche mit dem Pfefferminzöl hinhielt. »Was ist das?«

»Japanisches Heilpflanzenöl. Warum?«

»Wozu brauchst du es?«

»Gegen Kopfschmerzen. Erkältungen. Dieses Öl ist ein altes Hausmittel. Mein Gott, Maria, du bist ja leichenblaß! Bist du krank?«

»Daphnes Vergewaltiger hat Minzeöl benutzt. Er hat sie vorher damit eingerieben. Hast du sie vergewaltigt?«

Der Schock hatte meine Stimme rauh und tonlos gemacht. Ich sah das Bild vor mir, wie Daphne ihr Nachthemd liebevoll auf das Bett gelegt hatte, drapiert für einen späten Besucher. Schon damals hatte ich einen Augenblick lang daran gedacht, daß es Kondis sein könnte, der von Daphne erwartet wurde.

»Du traust mir eine solche Tat zu?« Er wich zurück, taumelte und hielt sich am Türrahmen fest. »Weißt du eigentlich, was du da sagst?« fragte er leise.

Ich blickte auf. Sein Gesicht war grau, die Augen müde.

»Dann sag mir, daß du es nicht gewesen bist!« flehte ich.

Kondis griff die Flasche mit dem Öl, schmetterte sie gegen die Wand, nahm die beiden Koffer und verließ das Zimmer.

Glassplitter lagen auf dem Teppich, das gelb-grüne Minzeöl lief die weiße Wand hinab. Pfefferminzgeruch taumelte durch das Zimmer.

Schluchzen ergriff mich. Ich schlug meine Stirn gegen die Wand, um die schlimmen Gedanken daraus zu vertreiben.

»Nein! Warte!« schrie ich. Völlig aufgelöst nahm ich zwei Treppen auf einmal.

Er saß im Auto und hatte den Kopf auf das Lenkrad gelegt. Ich riß die Beifahrertür auf, knallte meine Handtasche auf den Rücksitz und setzte mich neben ihn.

Er schaute mich nicht an. Seine Gesichtsmuskeln zuckten. Dann startete er den Wagen und fuhr los.

Die Sonne brannte trotz des frühen Morgens, Hügel und Wiesen schimmerten golden, die Luft war rein wie Quellwasser und fest wie Seide. Wir erreichten den Gipfel eines Hügels, der die Landschaft unseren Blicken preisgab. Olivenbäume, Longos und Felder wechselten sich ab. Lilablühender Thymian, rosa Oleander, gelber

Ginster, Zistrosen und Wacholder säumten die schmale Straße.

»Laß uns anhalten«, bat ich. »Wir müssen reden!«

»Du willst reden?« fragte er bitter. »Du hast schon zuviel gesagt. Ich möchte zurück zur Gruppe und meine Arbeit tun. Diese Reise ist von Anfang an ein Alptraum für mich. Der Ausflug mit dir war ein Fehler.« Es klang bitter und verletzt.

»Jason! Bitte halt an!« Ich legte meine Hand an seine Wange.

Er schüttelte sie unwirsch ab. Nach einigen hundert Metern führte ein schmaler Weg von der Straße ab. Hier wuchsen dunkle Tannen, deren Zapfen kerzengerade in die Luft standen.

Kondis hielt den Wagen an, stieg aus, lief zur Tür und zerrte mich heraus. Seine Hände drückten mich in Richtung Wald, am ersten großen Baum machte er Halt, stellte sich dicht vor mich und sah mir in die Augen.

»Wenn ich mit Daphne hätte schlafen wollen, wäre das für mich kein Problem gewesen. Wir hatten eine Beziehung. Bis zum Beginn der Reise. Ich habe die Sache beendet. Sie hat darunter gelitten und wollte nicht begreifen, daß es vorbei war.«

Wut ergriff mich. »Du bist ein verdammter Frauenheld!« zischte ich.

»Besser als ein verdammter Frauenschänder, oder?«

Ich wollte mich losreißen, doch seine Arme schnappten zu wie eine Falle. Unter seinen Küssen schmolz meine Eifersucht dahin. Sein Beischlaf war routiniert, erfolgsorientiert und ein wenig ohne Herz. Doch der Waldboden war weich und der Himmel über uns wolkenlos blau.

»Funktioniert dein Geruchssinn eigentlich gut?« wollte er später von mir wissen.

»Eigentlich schon. Warum diese Frage?«

»Das Öl in meinem Gepäck ist Eukalyptus- und kein Minzeöl. Außerdem war die Flasche fast gefüllt, als ich sie an die Wand warf.«

»Tut mir leid«, meinte ich zerknirscht. »Aber ich fange schon an, Gespenster zu sehen. Ich werde nicht richtig schlau aus dir, deshalb dieses plötzlich auftretende Mißtrauen.«

»Wenn jemand einfach zu durchschauen ist, dann bin ich das«, lächelte er. »Ich sage fast immer die Wahrheit, bin ausgeglichen, höflich und nie launisch. Ich habe mein Leben der Schönheit und der Liebe gewidmet. Wußtest du eigentlich, daß Herakles der lydischen Königin Omphale und ihren Hofdamen jahrelang dienen mußte, weil er den delphischen Dreifuß der Pythia geklaut hat? Dieser Dienst wäre genau die geeignete Aufgabe für mich gewesen. Ein Leben der Liebe und der Wollust gewidmet!«

»Männerträume!« spottete ich. »Ein Harem liebestoller Frauen schafft den stärksten Mann. Aber glaubt nur weiter daran, daß ihr die Krone der Schöpfung seid!«

Er lächelte in sich hinein. Plötzlich wußte ich, was mich von Anfang an an ihm gereizt hatte. Er war eine Kombination aus ausgebufftem Macho, sensiblem und romantischem Jüngling und zynischem Intellektuellen. Eine ziemlich explosive Mischung.

Regen unter den Säulen von Nemea

Der Weg nach Mykene führte über Nemea. Hier gab es einen Zeustempel zu besichtigen und eine neue Geschichte aus dem klassischen Griechenland. Doch vorher sah Jason eine Zeitung auf dem Tisch eines Cafés liegen, in dem wir etwas Wein tranken. Er griff nach ihr.

»So also hast du die Apollon-Schale nach Delphi zurückgeschafft!« rief er. Er reichte mir die Zeitung. Den Text konnte ich nicht lesen, doch das Foto war unmißverständlich. Es zeigte einen Museumsmann, der dem Fotografen die schöne Schale vor die Linse hielt.

»Du bist clever«, räumte er ein. »Eine gute Idee, die Post zu benutzen. Wer hat dir die griechischen Buchstaben auf das Paket gemalt?«

»Der schöne Costas.«

»Hast du keine Angst, daß er plaudert?«

»Nein. Und selbst wenn. Ich habe genug Zeugen, daß ich mit der Gruppe im Museum war und keine Gelegenheit hatte, die Vitrine aufzubrechen.«

»Du bist nicht nur clever, sondern hast ziemlich starke Nerven.«

»Wenn du das sagst, klingt es fast wie eine Beleidigung.«

Er lachte. Der Dreitagebart gab seinem Gesicht etwas Verruchtes. Der Fahrtwind hatte sein Haar zerwühlt, die Sonnenbrille war auf die Spitze seiner schmalen Nase gerutscht.

»Da oben ist es!« Jason deutete auf drei aufrecht stehende Säulen, die mit der kargen Landschaft verwachsen schienen. Er fuhr näher heran. Zwei Wärter langweilten sich, unter einem Lorbeerbaum liegend. Der Weg zum Tempel war mit Rosenstöcken gesäumt, die überreiche Blüten trugen.

Ich steckte die Nase hinein und sog den feineleganten Duft in mich hinein. Ein Wärter kam hinzu, brach die Rose ab und schenkte sie mir.

»*Efkaristo!*« sagte ich.

Der Weg zum Zeustempel war mit alten Steinen gepflastert. Zur linken Seite hatten Archäologen ein antikes römisches Bad freigelegt, in einem Glasschrein an einer Wegbiegung lag ein weibliches Skelett aus vorchristlicher Zeit. Die Wissenschaftler hatten festgestellt, daß es sich um die Überreste einer älteren Frau handelte.

»Schrecklich, so präsentiert zu werden. Hoffentlich liege ich in 500 Jahren nicht auch so da«, wünschte ich.

»Wie schön, daß du alles so pragmatisch siehst. Die Bauwerke und Gedanken, die die Menschen hinterlassen haben, sind auf jeden Fall aufregender als ihre physischen Reste. Schau! Sehen diese Säulen nicht wunderschön aus? Umringt von Longos und Zypressen?«

»Laß uns auf diesen Quader setzen«, bat ich, »und ich höre deiner Geschichte zu.«

Wir kletterten auf einen riesigen, rechteckigen Steinbrocken, der von wilden Gräsern und stacheligen Disteln umgeben war. Er legte seinen Kopf auf meinen Bauch und schloß die Augen. Dann erzählte er:

»In Nemea hauste ein Löwe, der die Gegend unsicher machte. Er war groß, stark und schrecklich anzusehen. Der Löwe soll ein Bruder der thebanischen Sphinx gewesen sein, eine schreckliche Schwester. Das Untier hauste in einer tiefen Höhle. Herakles, Sohn des Zeus und der Alkmene, verstopfte einen Ausgang der Höhle. Dann lauerte er dem Löwen auf und griff ihn an, als er an einem Berghang fraß. Doch die Pfeile, die er auf ihn abschoß, verletzten ihn nicht. Der Löwe von Nemea war unverwundbar. Die große Katze sprang ihn an, Herakles benutzte seine immensen Kräfte, würgte ihn und hämmerte ihn mit seiner Olivenholzkeule zu Tode. Dann schnitt er ihm die Pfoten ab und benutzte sie zum Abhäuten des Felles. Das warf er seinem Auftraggeber, dem argolischen König Eurystheus, vor die Füße. Herakles hatte die erste seiner zwölf Arbeiten erfüllt.«

»Warum hat er sich eine solche Mühe gemacht?« wollte ich wissen. »Wer ist dieser König?«

»Er herrschte über Argolis, Tiryns und Mykene. Das Delphische Orakel hatte Herakles zur Knechtschaft bei Eurystheus verurteilt, weil Herakles in einem Anfall von Wahnsinn seine Frau Megara und die Kinder umgebracht hatte.«

»Immer so viel Gewalt und Blut!« rief ich aus. »Hatten die Menschen denn nie ihren Frieden?«

»Die Geschichte ist eben eine Aneinanderreihung von Kriegen und Kämpfen«, seufzte Kondis.

»Das glaube ich nicht. Das liegt an den Geschichtsschreibern, die alle Männer waren und ihren Spaß an Blut und Gewalt hatten.«

Die Sonne zog sich zu, und dunkle Wolken formierten sich am Himmel. Ein Wind, der von den Bergen kam, wiegte die Zypressen hin und her. Sie sahen aus wie schwarze, drohende Finger.

»Gleich werden wir naß«, warnte ich. »Laß uns lieber weiterfahren!«

Da fing es auch schon an, wie aus Eimern zu gießen.

»Zeus stürzt sich als Regen auf seine Frau, die Erde. Spürst du, wie sie voller Lust aufstöhnt und mit den Öffnungen ihres Körpers seine Flüssigkeit in sich aufnimmt?« Kondis stand mit ausgebreiteten Armen im Feuchten und berauschte sich an den eigenen Worten.

Ich duckte mich in den Windschatten einer Säule. Er lief zu mir, drückte meinen Kopf an seine Brust und umfing mich mit den Armen. Die Geste war theatralisch wie in einer griechischen Komödie, die vor 2400 Jahren begeistert hatte. Das Rauschen des Windes hatte Ähnlichkeit mit einem aufbrausenden Applaus. Die Zeit drückte auf den Stop-Schalter. Ich mußte raus aus der Sache, denn mein Leben fand hier und heute statt.

»Du bist klitschnaß«, stellte ich fest. »Ein Schnupfen ist nur noch eine Frage von Tagen.«

Meine profanen Äußerungen störten ihn nicht bei seinem romantischen Höhenflug im Stil der Klassiker.

»Schau den Salbei, wie er vom Wind gepeitscht wird!« Er starrte auf einen silbernen Busch mit schmalen, lanzettförmigen Blättern, von deren Oberfläche das

Wasser abperlte und zu Boden fiel. »Schau die Zypressen, wie sie sich winden in der Umarmung des Gottes!«

»Komm auf den Teppich zurück, Süßer!« empfahl ich. »Sonst hebst du ab und bist für immer verschwunden.«

»Jeder Grieche hat die Pflicht, die Geschichte zu achten und zu bewahren!« meinte er gekränkt.

»Logo«, beruhigte ich ihn und griff in sein feuchtes, schwarzes Haar und schob es aus seiner Stirn. »Aber Übertreibung wirkt eher komisch. Findest du nicht?«

»Du bist die unromantischste Frau, die ich kenne«, maulte er.

Ich lachte. Er küßte mich und ließ sich viel Zeit dabei. Wir waren wieder auf dem Boden.

»In wenigen Stunden ist unsere Freiheit zu Ende«, flüsterte er in meine Halsbeuge. »Dann haben wir wieder diese elende Reisegruppe am Hals. Sollen wir nicht einfach umkehren und irgendwo hinfahren?«

»Schön wär's«, gab ich zu. »Doch das kannst du nicht machen. Es sind doch nur noch ein paar Tage, dann hast du es hinter dir.«

»Und was ist mit uns?« fragte er.

Mir fiel keine passende Antwort ein.

»Entschuldige! Vergiß die Frage.« Es klang traurig. »In Deutschland bin ich ja nur der erfolglose Inhaber einer drittklassigen Reiseagentur, der zudem noch eine dunkle Vergangenheit hat.«

»Hör endlich auf, mit deinem Schicksal zu kokettieren!« forderte ich. Der Regen lief mir übers Gesicht in den Ausschnitt meines Sonnentops. »Wenn du zurück bist, werden wir deine Sache von vorne aufrollen. Wir werden denjenigen schon finden, der jahrelang Kunstschätze aus deinem Museum geklaut hat! Irgendwer hat irgendwo Spuren hinterlassen, das ist bei solchen Geschichten immer so.«

»Du willst mir helfen?« Es klang erstaunt.

»Wenn ich kann. Schau! Der Regen hat aufgehört. Laß uns nach Mykene fahren. Und mach nicht so ein erstauntes Gesicht! Wir werden den Dieb schon finden. Ich habe das Gefühl, daß er ein Mitglied der Reisegruppe ist.«

»Du denkst an Unbill?« Er war eher skeptisch.

»Ja. Er hätte genauso viel Gelegenheit gehabt wie du. Aber er brauchte einen Verbindungsmann, einen Komplizen, der die Sachen herausgeschafft hat. Hat sein Sohn mal in deinem Museum gearbeitet?«

Jason überlegte. »Nein, ich kann mich nicht daran erinnern. Wir haben zwar häufiger Studenten, die während des Semesters ein Praktikum ableisten oder an Ausgrabungen teilnehmen, die von uns finanziert werden ... aber ich habe Battos' Gesicht vor dieser Reise noch nie gesehen.«

Ich berichtete ihm von dem nächtlichen Dialog zwischen Gerlinde von Vischering und dem alten Unbill. Da war von »schmutzigen Geschäften« die Rede gewesen.

»Gerlinde hat ihm noch mit Aufzeichnungen gedroht, die sie über all seine Deals angelegt hat. Damit könnten die Diebstähle gemeint sein.«

Wir waren am Ausgang angelangt. Die beiden Wärter des Zeustempels waren vor dem Regen in das kleine Museum geflüchtet. Einer stand in der Tür und winkte uns zu. Wir hoben die Hand zum Abschied.

Jason schloß die Fahrertür auf und verharrte. »Wir müssen sie dazu bringen, uns mehr über die Aufzeichnungen zu sagen«, sinnierte er. »Ich begreife nur nicht, warum er mich verfolgt. Offiziell bin ich der Dieb. Er braucht nur still abzuwarten.«

»Vielleicht hat der eine kleine Macke, oder er kann dich einfach nicht ausstehen. Wir kriegen's schon noch raus.«

Meine Beharrlichkeit verblüffte Kondis. »Hast du schon häufiger Detektiv gespielt?« wollte er wissen.

»Ich bin doch jahrelang Polizeireporterin gewesen. Da kriegt man einen Riecher für Gauner. Und jetzt steig ein«, schlug ich vor, »und laß uns an die Arbeit gehen. Ich möchte dich nur um eins bitten ...«

»Und das wäre?«

»Belüg mich nicht! Wenn du das tust, steige ich sofort aus.«

Ich bemühte mich, meinem Gesicht einen entschlossenen Eindruck zu geben. Das war nicht leicht. Es war zuviel geschehen in den letzten beiden Tagen. Ich war schlichtweg verrückt nach ihm.

»Keine Geheimnisse!« sagte er. Er lächelte nicht nur mit dem Mund, sondern auch mit den Augen. »Aber auch kein Mißtrauen! Werden wir das schaffen?«

»Aber klar.«

Die tiefere Philosophie des Plastikstuhls

Hinter Nemea wurde es wieder bergiger. Wir überquerten den Dervenakia-Paß und gelangten in die argolische Ebene. Mykene war nicht mehr weit.

Als wir in die kleine Stadt hineinfuhren, war ich enttäuscht. Sie bestand aus einer Straße, die an beiden Seiten von Hotels, Restaurants und Souvenirläden gesäumt war. Grelle Schilder priesen kulinarische Genüsse, freie Betten und *»mycenian arts«*.

Im Hotel »Belle Helène« hatte Heinrich Schliemann, der große deutsche Archäologe und Ausgräber, monatelang gewohnt, um den mykenischen Goldschatz auszugraben und zu erforschen. Auf vielen Ansichtskarten prangte die Goldmaske des Agamemnon, die das Gesicht eines ernsten, älteren Mannes mit Vollbart zeigt.

»Aus dieser Gegend stammt meine Familie«, erzählte Jason. »Ich glaube fest daran, daß meine Vorfahren die Erbauer des Löwentors im Königspalast waren. Das war so gegen 1250 vor Christus.«

»Sicher. Deinen Ahnen ist alles zuzutrauen. Wann besichtigen wir die Burg?«

»Laß uns erst zum Hotel fahren. Die Gruppe ist bestimmt noch nicht da. Dann muß ich den Wagen zu einem Bekannten bringen, der ihn in den nächsten Tagen wieder nach Xylocastron zurückfährt.«

Das Hotel war eine Pension mit dem Namen »Klitimnestra«. Auf dem Parkplatz stand ein Lieferwagen, der mit Plastikstühlen beladen war. Schon wieder diese Plastikdinger, dachte ich. Sie schienen uns zu verfolgen.

Jason hatte meinen Blick bemerkt und lachte los. »Ist doch viel besser«, sagte er, »viele Plastikstühle schonen unsere Wälder. Außerdem sind sie ein prima Geschäft innerhalb der Europäischen Union. Diese Stühle kannst du auch in Norwegen finden. *Made in Greece.*«

»Klasse! Früher hattet ihr ein Monopol auf Architektur und Philosophie, heute auf Plastikstühle. Da sage noch einer, die Menschheit entwickele sich nicht weiter.«

Der Wirt schlurfte heran. Er hatte seine Gäste wohl erst gegen Abend erwartet. Jason schwätzte eine Weile mit ihm und ließ sich dann zwei Schlüssel geben. »Unsere Zimmer«, erklärte er. »Sie liegen nebeneinander.«

»Wie praktisch«, meinte ich ironisch. »Was wird Daphne sagen? Sonst hatte sie doch ihr Zimmer immer neben deinem.«

»Hat sie immer noch. Auf der anderen Seite. Du wohnst rechts von mir und sie links.« Er strahlte wie ein kleiner Junge, der wider Erwarten mehr Spielzeuge bekommen hat als erwartet.

»Hoffentlich klopfst du nicht an die falsche Tür!« giftete ich.

»Du bist ja eifersüchtig!« Jason war baß erstaunt. »Was soll ich denn nun davon halten? Ich hatte geglaubt, solche niederen Gefühle seien dir fremd!«

Hinter uns bewegte sich jemand. Es war der Hotelbesitzer, der mit drei Pinnchen Ouzo vor uns stand. *»Stin ija sas!«* sagte er freundlich, und wir gossen den Anisschnaps hinunter. Ich schüttelte mich. Das Zeug war absolut nicht mein Fall. Die beiden Männer unterhielten sich noch kurz, dann führte uns der Hotelier zu einem Tisch auf die Terrasse. Sie lag zur Straße hin, und wir konnten die riesigen Reisebusse, die vorüberdröhnten, nicht nur sehen, sondern auch riechen.

»Die gesamte Gegend lebt vom Tourismus. Schliemann hat 1874 mit den Grabungen angefangen, seit dieser Zeit kommen alle Europäer, die geschichtlich interessiert sind, nach Mykene.«

»Hast du noch Verwandte hier?«

»Nein. Meine Eltern sind tot, Geschwister habe ich nicht.

»Und deine Frau und die Kinder? Wo leben sie?«

»In der Nähe von Athen.«

»Siehst du sie oft?«

Seine Miene zog sich zu. »Ich möchte darüber nicht sprechen.«

Wir schwiegen eine Weile. »Schau!« wechselte ich das Thema. »Da oben sitzt ein Vogel im Käfig. Almuth Traunich wird sich freuen!«

Diesmal war es ein kleiner Hänfling. »Er ist der beste Sänger unter den Finkenvögeln«, plauderte ich. »So groß wie eine Kohlmeise, aber eine Riesenstimme.«

Ich hatte die Worte kaum gesprochen, als der kleine Vogel ein abwechslungsreiches Liedchen vortrug. Die Töne waren rein und klar. Und ein bißchen traurig.

Kein Auge auf der Stirn, aber eine neue Frau

Wenige Stunden später parkte Aris Christopoulos den Bus vor dem Hotel. Alle waren wohlauf, sogar Gerlinde von Vischering schienen die Tage am Meer gut getan zu haben.

Martha Maus hatte einen gewaltigen Sonnenbrand auf der Nase, den sie mit weißer Zinksalbe bekämpfte.

Ajax Unbill fragte Daphne, ob er ihr Gepäck nach oben bringen sollte. Er stotterte dabei und bekam dann vor Verlegenheit und Scham kein Wort mehr heraus. Unschlüssig blieb er vor Daphne stehen und starrte sie an.

Sie nickte mürrisch, er duckte sich wie ein geprügelter Hund und hievte den Koffer hoch. Sein Vater hatte die Szene beobachtet und folgte seinem Sohn nach oben. Er schien sich über Ajax' dilettantische Versuche, mit seiner Verliebtheit fertig zu werden, köstlich zu amüsieren.

Jason und ich saßen wieder auf der Terrasse, von der man einen guten Blick ins Foyer des Hotels hatte. Daphne sah uns und steuerte in unsere Richtung.

»Hattest du ein paar nette Tage?« fragte sie ihn. Ihr Blick war hart, die Lippen schmal.

Jason nahm meine Hand, küßte ihre Innenfläche und nickte.

»Auch ich hatte wirklich nette Stunden!« provozierte ich sie.

»Ich weiß, daß Jason ein hervorragender Reisebegleiter mit außergewöhnlichen Fähigkeiten ist. Sein persönlicher Einsatz ist geradezu legendär!«

Jason schaute sie ärgerlich an. Ich drückte beschwichtigend seine Hand und bestätigte, daß mir gerade sein persönlicher Einsatz, um nicht zu sagen sein »körpernahes Engagement« besonders gut gefallen habe. Meine Stimme war dabei silberglöckchenhell.

»Ach, noch etwas! Ihr wart gerade ein paar Stunden weg, als eine Frau nach dir fragte.«

Daphne tat so, als würde ihr es ihr gerade einfallen. »Es war deine Ehefrau, lieber Jason. Sie wollte dich unbedingt sprechen. Wir unterhielten uns eine Weile über dich. Ein sehr interessanter Gesprächsstoff! Sie hat rund vier Monate nichts mehr von dir gehört und macht sich große Sorgen. Per Zufall hat sie herausbekommen, daß du in Griechenland bist. Sie sagte, sie hätte dir ein Telegramm geschickt, in dem sie ihren Besuch im Hotel in Xylocastron angekündigt hat. Du mußt es wohl vergessen haben!«

Jason sagte etwas Griechisches zu ihr. Es klang nicht besonders freundlich. Daphne antwortete ebenfalls griechisch. Nach ein paar heftig gewechselten Sätzen ließ sie uns allein.

»Soll das heißen, daß ich das erotische Abenteuer der letzten beiden Tage deiner Frau zu verdanken habe?« Meine Laune war nicht mehr die beste.

»Maria! Bitte! Der Besuch meiner Frau war vielleicht der Anlaß, aber nicht der Grund für unseren Abstecher.«

»Aber es paßte doch sehr gut zusammen. Ich werde mich irgendwann bei ihr bedanken. Was könnte deine Frau von dir gewollt haben?«

»Ich weiß es nicht. Und will es auch nicht wissen. Sie soll mich in Ruhe lassen!« Sein Ton war heftig und klang genervt.

»Armer Jason!« spottete ich. »Als Casanova hat man wirklich ein schreckliches Leben! Was erwartest du von den Frauen, die du in dein Bett gezogen hast? Daß sie sich artig bedanken und auf Nimmerwiedersehen verschwinden? Daß sie nur darauf bedacht sind, dem Pascha keinen Streß zu machen?« Die Sätze trieften vor Hohn.

Er ließ meine Hand los, sprang auf, stieß das Weinglas um und schleuderte mir ein griechisches Schimpfwort entgegen.

»Du mich auch!« rief ich ihm nach.

Ich sah noch, wie Daphne leise lächelte und ihm die Treppe hinauf folgte. Die Weinflasche war zum Glück noch dreiviertel voll. Das hatte sich nach drei Minuten geändert. Es wurde bereits dunkel, und die Moskitos fielen über mich her. Es war mir egal. Sie würden sowieso an einer Alkoholvergiftung zugrunde gehen.

»Da sind Sie ja noch!« sprach die Stimme von Waldemar Unbill. Er hatte wohl einen Spaziergang gemacht.

»Sie haben mir gerade noch gefehlt!« stöhnte ich.

Er setzte sich trotzdem.

»Ich habe Ihren Streit eben mitgekommen. Rein zufällig natürlich!«

Er nervte mich tödlich. »Müssen Sie Ihrem Sohn keine Gute-Nacht-Geschichte vorlesen?« schnippte ich ihn an.

»Heute nicht.« Er war ruhig und wollte sich nicht reizen lassen. »Haben Sie endlich gemerkt, was mit diesem Kondis los ist?«

»Meinen Sie das dritte Auge auf der Stirn? Oder den Bocksfuß und den Schwefelgestank?« Mir war zum Heulen zumute.

Sein Blick drückte Überlegenheit aus. Die weiße Haarwolle kam mir im Gegenlicht der Neonreklame der Taverne gegenüber wie ein teuflischer Heiligenschein vor.

»Sie tun mir wirklich leid!« Er tatschte nach meiner Hand. Seine war weich und feucht. Ich stieß einen unwilligen Laut aus und zog sie weg. »Lassen Sie das! Verschwinden Sie, ich will allein sein.«

»Kondis geht über Leichen, wenn er etwas erreichen will. Oder wenn er sich entlarvt glaubt.«

»Lassen Sie die alte Leier mit dem Kunstdiebstahl. Ich kann sie inzwischen singen. Haben Sie nichts Neues auf Lager, um ihn zu diffamieren?«

»Kein Problem. Sie glauben mir zwar sowieso nicht, weil er Ihnen den Kopf verdreht hat. Aber ich will es versuchen!« Er winkte den Kellner heran und bestellte eine Flasche Roten.

»Na und? Ich höre!« blaffte ich ihn an.

Unbill zog umständlich seine Brieftasche aus der Blousonjacke, krabbelte drin rum und legte etwas vor mich auf den Tisch. Es war ein Foto.

»Ich kann nichts sehen«, sagte ich wahrheitsgemäß, »weil es zu dunkel ist.«

Unbill bat den Kellner, eine Lampe zu bringen. Ich spürte instinktiv, daß eine neue Enttäuschung auf mich wartete. Eigentlich hätte ich gehen sollen, denn Kondis und ich hatten uns gegenseitiges Vertrauen versprochen. Und ich saß mit seinem Feind gemütlich an einem Tisch und betrank mich!

Nun stand die Lampe auf dem Tisch. Auf dem Foto war eine Frau zu sehen. Sie hatte ein schmales Gesicht mit dunklen Augen und blickte ernst in die Kamera. Die Lippen waren voll, leicht geöffnet und gaben einige weiße Zähne frei, die Lider lagen schwer auf den Augen. Die dunklen, fülligen Haare waren hochgesteckt, nur einige kleine Löckchen fielen in die breite Stirn. Die Ohren lagen frei und waren mit Ohrringen geschmückt, von denen einer auf die Schulter fiel. Sie war nicht mehr ganz jung, doch sehr schön.

»Wer ist sie?«

»Meine Frau. Um genau zu sein: Meine zweite Frau. Nicht die Mutter von Ajax. Sie war Griechin. Eine Wissenschaftlerin, deren Schwerpunkt antike Terrakotten waren.«

»Warum zeigen Sie mir das Bild?«

»Sie hat sich umgebracht. Wegen Kondis.«

Der Alkohol in meinem Blut milderte den Schock etwas ab. Ich bestellte einen Topf Kaffee und nahm zwei Aspirin. Dann richtete ich mich auf und forderte: »Erzählen Sie mir alles!«

Eine kalte Dusche mit Langzeitwirkung

Sie hieß Athina, war 35 Jahre alt, selbstbewußt und schön. Unbill lernte sie auf einer Reise kennen, fing an, sie zu lieben und holte sie nach Deutschland. Als Kuratoriumsmitglied fiel es ihm leicht, ihr eine Arbeit in dem Privatmuseum zu besorgen, dessen Leiter Kondis damals war.

»Meine erste Frau war seit fünfzehn Jahren tot. Die Begegnung mit Athina traf mich wie ein Blitzschlag. Ich will Sie nicht mit meiner Liebesgeschichte langweilen. Wir heirateten, doch sie behielt ihren Mädchennamen: Athina Melas. Sie wollte nicht, daß jemand glaubte, sie habe den Job im Museum nur durch Protektion erhalten. Kondis sah sie und stellte ihr sofort nach. Nach einigen Wochen war sie seine Geliebte. Einige Wochen später beendete er die Affäre. Sie nahm sich aus Scham das Leben.«

»Wissen Sie«, murmelte Unbill, »ich hätte ihr alles verziehen, aber ihm nicht. In ihrem Abschiedsbrief gestand sie mir alles. Mir war klar, daß Kondis an ihrem Tod schuldig war.«

»Es tut mir leid. Wußte Kondis, daß sie mit Ihnen verheiratet war?«

»Nein. Ich glaube nicht. Die Affäre hat wohl kaum eine Rolle für ihn gespielt, denn er hat sich schnell getröstet. Mit dieser blonden Reiseleiterin. Und jetzt sind Sie dran, Frau Grappa, oder täusche ich mich?«

Ich schenkte mir die Antwort. »Was ist mit den Diebstählen?«

»Wollen Sie es wirklich wissen?« Unbill lachte bitter auf. Im Schein der Lampe sah sein Gesicht aus wie das eines Racheengels. Ich wartete.

»In jedem Museum gibt es ein Magazin, in dem Kunstgegenstände gelagert sind, die nicht ständig ausgestellt werden. Fast jedes Museum hat viel mehr Bestände, als der Öffentlichkeit zugänglich gemacht werden. Kondis hat nach und nach diese Werte aus dem Museum geschafft und über Hehler auf dem Kunstmarkt angeboten. Meiner Frau fiel das zuerst auf. Sie erkannte eine attische Vase, die sie selbst katalogisiert und bestimmt hatte, im Angebot eines Auktionshauses wieder. Sie hatte natürlich keine Ahnung, daß Kondis das Museum jahrelang bestohlen hatte. Sie berichtete ihm von der Entdeckung. Und er hatte Zeit genug, seine Spuren zu verwischen. Als ich Anzeige erstattete, waren die Beweise bereits vernichtet worden.«

»Und die Apollon-Schale aus dem Museum? Die kann er nicht gestohlen haben, denn er war die ganze Zeit bei der Gruppe!«

Unbill lächelte. »Ich weiß. Ich habe die Apollon-Schale genommen. Nennen Sie es Wehmut, oder was auch immer ... Athina hat über diese Schale ihre Doktorarbeit verfaßt. Es überkam mich, als wir in Delphi waren. Wie ich den Zeitungen entnommen habe, ist das Ding ja wieder im Museum angekommen. Per Post! Sehr clever, Frau Grappa!«

Das Lob freute mich keineswegs. Ich mochte ihn nicht, doch seine Geschichte klang schlüssig und erklärte, warum er Kondis verfolgte. Er wollte Rache nehmen für den Tod seiner Frau!

»Ich muß ins Bett«, sagte ich müde. »Ich weiß nicht, was ich von Ihrer Geschichte halten soll. Ich wünschte, Sie hätten sie mir nicht erzählt.«

Es fiel mir schwer, die Treppe zu meinem Zimmer zu erklimmen. Das kalte Wasser der Dusche, das ich lange über meinen Körper laufen ließ, brachte auch keine Ordnung in meine Gedanken.

Ich lag bereits im Bett, als es an mein Zimmer klopfte. »Ich bin es«, rief Kondis leise. Ich öffnete nicht und zog mir die Decke über den Kopf.

Eine Sage von Blut, Mord und Rache

Mykene hatte seine Blütezeit vor rund 3500 Jahren. Die Brüder Menelaos und Agamemnon herrschten hier, sie waren mit Klytämnestra und Helena verheiratet, die beide Schwestern waren. Helena war der Grund für den Trojanischen Krieg. Agamemnon opferte seine Tochter Iphigenie der Göttin Artemis, um günstigen Wind für die Fahrt nach Troja zu bekommen. Seine Frau Klytämnestra verzieh ihm das nie. Als Agamemnon, der König von Mykene, nach zehn Jahren in der Fremde zurückkehrte, wurde er von seiner Frau und deren Geliebten Aigisthos mit einer Axt erschlagen, als er im Bad lag. Ihr Opfer wurde auch Kassandra, die berühmte trojanische Seherin, die Tochter des Königs Priamos. Agamemnon hatte sie als Kriegsbeute nach Mykene gebracht – zusammen mit Zwillingen, die sie von ihm hatte und die auch ermordet wurden. Doch damit war die Tragödie noch nicht erledigt. Der Sohn der Klytämnestra, Orestes, und die Tochter Elektra brachten im Gegenzug ihre Mutter und deren Liebhaber um.

Eine blutgetränkte Geschichte an einem so schönen Ort, dachte ich. Ich hatte schlecht geschlafen und nutzte den frühen Morgen, um auf meinem Balkon über Mykene zu lesen. In der Ferne kippte die Sonne gerade über die Berge ins Tal. Spatzen spielten in den grünen Zweigen eines Weinstocks, der über einer Terrasse für Schatten sorgen sollte.

Die Begegnung mit Unbill schien mir ein Traum gewesen zu sein, doch je wacher ich wurde, umso weniger fand ich ein Haar in seiner Geschichte. Es klang alles so verdammt wahr und logisch.

Kondis trat auf den Balkon des Nebenzimmers. Er war nur mit Schlafshorts bekleidet und reckte seinen Körper gegen den Himmel. Er schien heiter zu sein, denn er begann eine Melodie zu summen.

Ich wich hinter den Sichtschutz zurück, denn ich war auf eine Begegnung noch nicht gefaßt. Außerdem war ich ungeschminkt und hatte noch nicht geduscht.

Zum Glück bemerkte er mich nicht, sondern verzog sich in sein Zimmer. Auch ich hatte genug von der Luft, die noch frisch war. In einer knappen Stunde war Frühstückszeit. Im Spiegel zählte ich die Sommersprossen in meinem Gesicht und auf dem Dekolleté. Es waren zu viele. Der Alkohol vom Vorabend hatte Spuren in meinem Gesicht hinterlassen. Jetzt stellten sich zu allem Unglück noch Kopfschmerzen ein. Ich fluchte und schwor dem Alkohol ein für allemal ab.

Nach der Dusche legte ich einiges an Farbe auf und versteckte meine geröteten Augen hinter der Sonnenbrille. Leise schlich ich mich aus dem Zimmer, um ungesehen den Frühstücksraum zu erreichen.

Unten saß erst einer: Kondis. Als er mich sah, ging ein Lächeln über sein Gesicht. Er stand vom Tisch auf, begrüßte mich mit einem Wangenkuß und schob den Stuhl zurück, damit ich mich hinsetzen konnte.

»Wie war deine Nacht?« wollte er wissen.

»Schlecht. Ich habe gestern abend zu viel getrunken, was mir überhaupt nicht bekommen ist. Mein Kopf dröhnt, meine Augen sind gerötet, und meine Zunge ist pelzig.«

»Dann trink schnell einen Kaffee.« Er goß mir ein und war flinker als jeder Kellner.

»Danke!« knurrte ich.

»Ich habe gestern abend an deine Tür geklopft«, berichtete er, »doch du hast wohl schon geschlafen.«

»Nein«, antwortete ich wahrheitsgemäß. »Ich wollte dich nicht hineinlassen. Künftiges Klopfen kannst du dir übrigens sparen.«

»Warum bist du so sauer?« brauste er auf. »Behandele mich nicht wie einen Gigolo. Ich kann doch nichts dafür, daß mich meine Frau besuchen wollte.«

»Darum geht es nicht«, gab ich zurück. »Ich habe gestern abend lange und ausführlich mit Unbill geredet. Er hat mir eine Geschichte erzählt, die mich fast umgehauen hat!«

Ich schlürfte ein paar Schlucke Kaffee und bemühte mich, meine Zunge nicht zu verbrennen. Anschließend warf ich ein Aspirin ein, biß ins geschmierte Brötchen und köpfte das Ei mit einem gezielten Hieb mit meinem Messer.

»Hatten wir nicht von Vertrauen gesprochen?« meinte er gekränkt. »Ist das etwa Vertrauen, wenn du mit meinem schlimmsten Feind einen fröhlichen Umtrunk nimmst?«

»Spiel nicht den Beleidigten. Sagt dir der Name Athina Melas etwas?«

»Sicher. Sie war Mitarbeiterin im Museum. Expertin für attische Terrakotten.«

»Und? Arbeitet sie heute noch dort?«

»Nein. Sie hat sich umgebracht. Was hat Athina Melas mit Unbill zu tun? Und vor allen Dingen mit mir?«

Ich gab ihm eine Kurzfassung von Unbills Geschichte. Kondis hörte erstarrt zu. Er schien wirklich nicht gewußt zu haben, daß seine Kollegin mit dem Kuratoriumsmitglied Unbill verheiratet gewesen war.

»Glaubst du ihm?« Er legte in diese drei Worte die Zukunft unserer Beziehung.

»Das kann ich erst wissen, wenn ich deine Version der Geschichte kenne. Na los, fang an!«

»Deine Arroganz ist unerträglich«, sagte Kondis kühl, »besonders, wenn sie mit dieser bornierten Besserwisserei gepaart ist. Du hast mich doch schon längst vorverurteilt.«

»Deine Reaktion spricht für sich. Du handelst nach dem Motto, daß Angriff die beste Verteidigung ist. Eine überaus beliebte Taktik bei Leuten, die sich im Unrecht fühlen.«

»*Wulosto!*« entfuhr es ihm. »Warum soll ich mich verteidigen? Du hast dein Urteil ja bereits gefällt.«

»Gib mir bitte eine Erklärung für alles!«

Er atmete tief durch. Dann erzählte er: »Wie gesagt – Athina Melas arbeitete im Museum. Sie war eine gute Wissenschaftlerin und eine nette Kollegin. Daß sie mit Unbill verheiratet war, hat sie mir nie erzählt. Ich wußte nur, daß sie einen deutschen Mann hatte. Sie war es, die die Diebstähle entdeckt hat. Sie hat mich davon unterrichtet, und ich versuchte, der Sache nachzugehen.«

»Genau das hat Unbill auch erzählt«, rief ich aus.

»Bis dahin stimmt seine Geschichte ja auch. Doch alles andere ist gelogen. Athina Melas kann sich nicht wegen mir umgebracht haben, denn ich hatte nie ein Verhältnis mit ihr. Wir waren nur Kollegen.«

»Das willst du mir erzählen? Sie war sehr schön. Ich kann mir nicht vorstellen, daß du nichts von ihr gewollt hast!«

»Ich bin kein Mann, der jede Frau haben muß! Warum begreifst du das nicht?« Er packte meine Arme und zwang mich, ihm in die Augen zu sehen. In seinem Blick war die Bitte um Vertrauen.

Ich schlug die Augen nieder. »Ich muß nachdenken. Beide Geschichten klingen plausibel. Ich weiß gar nichts mehr. Warum hast du eigentlich nicht die Staatsanwaltschaft eingeschaltet, sondern Unbill? Athina Melas hat dir von den Diebstählen schließlich zuerst erzählt!«

Auch hier war er um eine Antwort nicht verlegen. »Ich wollte ganz einfach noch mehr Anhaltspunkte sammeln, nach Beweisen suchen, vielleicht sogar den Täter finden. Heute weiß ich auch, daß es ein Fehler war.«

»Du hast für alles eine Erklärung.«

»Maria! Sagt dir dein Gefühl nicht, wem du glauben mußt? Nach allem, was zwischen uns war?«

»Das ist es ja gerade, was meinen Blick trübt. Laß mir Zeit. Ich bin verwirrt. Die Reise ist für mich eine Mischung aus Sehnsucht, Wunschträumen, Liebe, Mythos, aber auch Haß, Eifersucht, Lüge und Gewalt. Ich wünschte, ich säße im Flugzeug nach Hause.«

»Wie du willst«, resignierte er, »ich werde dich ab jetzt in Ruhe lassen. Wenn du deine Meinung über mich ändern solltest, laß es mich wissen.« Kondis ließ seinen Kaffee im Stich und verschwand.

Stumm mümmelte ich mein Frühstück in mich hinein. Andere Frauen können in solchen Situationen nie etwas essen, dachte ich. Da habe ich gerade einen guten Freund verloren, und das einzige, was ich fühle, ist Bärenhunger.

Nach und nach füllte sich der Frühstücksraum. Die Sonne hatte ihre vornehme Zurückhaltung aufgegeben und knallte gnadenlos auf die Asphaltstraße. Draußen verhandelte Almuth Traunich mit dem Wirt über die Freilassungsprämie für den eingesperrten Hänfling. Pater Benedikt spielte den Vermittler. Die Konferenz zog sich in die Länge.

»In zehn Minuten treffen wir uns am Bus«, sagte Kondis mit seiner Reiseleiterstimme. »Heute besichtigen wir den Königspalast mit dem Löwentor und das Schatzhaus des Atreus. Wer kein festes Schuhwerk angezogen hat, sollte dies unbedingt tun. Der Aufstieg zur Burg ist mühsam, der Weg mit groben Steinen gepflastert.«

Ein hilfreicher Pater und ein trauriger Bruder

Ajax Unbill konnte der Schlüssel zu dem Tor sein, hinter dem sich die Wahrheit verborgen hielt. Ich mußte dringend mit ihm reden, ohne daß sein Vater es bemerkte. Doch wie? Battos, der Stotterer, blieb immer in der Nähe seines Erzeugers oder umgekehrt.

Im Bus setzte ich mich neben Pater Benedikt. »Sie müssen mir helfen«, fiel ich mit der Tür ins Haus, »ich muß den kleinen Unbill unbedingt sprechen. Sein Vater soll nichts merken. Haben Sie eine Idee, wie sich das machen ließe?«

»Sie sind in eine böse Geschichte verwickelt. Habe ich recht?«

»Nein. Ich bin nur auf der Suche nach der Wahrheit.«

»Herr Kondis hat Sie ganz schön durcheinander gebracht. Emotional, meine ich.«

Hoppla, dachte ich, Pater Benedikt ist doch nicht der verhuschte Gottesmann, für den ich ihn hielt.

»Sie haben recht, Pater«, gab ich zu, »deshalb muß ich wissen, ob er ein pathologischer Lügner ist, oder nicht. Es ist irgendwie wichtig für die Ruhe meiner Seele. Helfen Sie mir?«

Der Geistliche lächelte in sich hinein. »Bleiben Sie in meiner Nähe. Ich werde Unbills Eitelkeit ansprechen. Wenn er sich produzieren kann, läßt seine Wachsamkeit bestimmt nach.«

»Ich danke Ihnen. Vielleicht kann ich mich mal revanchieren.«

Es hatte keinen Sinn mehr, mich auf meinen Platz zurück zu setzen, denn der Bus fuhr auf einen riesigen Parkplatz. Wir waren an der Akropolis von Mykene angekommen, einem der schönsten und berühmtesten Altertümer Europas.

Der holprige Weg führte direkt zum weltberühmten Löwentor. Ich hatte es schon mehrmals auf Bildern oder Postkarten gesehen, doch seine Größe und Mächtigkeit ließ mich bewundernd verharren.

Ich hatte meinen Kassettenrecorder mal wieder angeworfen und stellte mich neben Kondis. Der guckte irritiert, als ich ihm das Mikrofon unter die Nase hielt. »Ich mache doch nur meine Arbeit«, raunte ich ihm zu und drückte auf »Aufnahme«.

»Das Tor ist 3,10 Meter hoch, unten 2,95 Meter breit, oben ein wenig schmaler«, erklärte Kondis. »Jeder dieser Steinblöcke ist etwa 20 Tonnen schwer. Der obere dreieckige Stein, auf dem die beiden Löwen zu sehen sind, entlastet die Mauern, die sonst zusammenbrechen könnten. Es handelt sich um ein sogenanntes falsches Gewölbe, das für die mykenische Architektur bezeichnend ist. Diese Art von Gewölben finden Sie bei vielen Völkern, zum Beispiel auch in der präkolumbianischen Mayakultur.«

»Wie haben die Leute denn diese riesigen Steinklumpen aufeinanderlegen können?« wollte Martha Maus wissen. Sie hatte noch immer die weiße Zinksalbe auf der Nase und sah zum Piepen aus.

»Das ist eine gute Frage«, lobte Kondis. »Das haben sich die Menschen des Altertums auch gefragt. So entstand die Sage, daß Zyklopen – das sind einäugige Riesen – die Mauern erbaut hätten. Daher auch ihr Name: zyklopische oder kyklopische Mauern. Inzwischen haben die Forscher aber festgestellt, daß die Steine mit

Hilfe von Walzen gezogen und mit schiefen Ebenen aufeinandergesetzt wurden. Wenn Sie gleich durch das Tor gehen, können Sie die Aushöhlungen für die Türpfosten erkennen.«

Die anderen liefen durch. Ich blickte nach oben. Die beiden in Stein gehauenen Löwen standen sich auf den Hinterbeinen gegenüber. Ihre Vorderfüße ruhten auf einem Opferaltar. Leider hatten die Katzen keine Köpfe. Zwischen ihnen erhob sich eine Säule, die ein noch gerade zu erkennendes Gewölbe trug. Die Körperhaltung der Tiere war elegant und genau ins Dreieck eingepaßt.

Wieviel Augen haben hier schon ihre Blicke verweilen lassen, dachte ich. Kassandra, die verschleppte trojanische Königstochter, die von Agamemnons Frau Klytämnestra mit dem Beil erschlagen wurde. Hatte sie um das Leben ihrer beiden Kinder gefleht? Oder sich in ihr Schicksal ergeben? Die wahren Gefühle der Menschen aus Fleisch und Blut waren im Nebel der Geschichte für immer verschwunden. Geblieben war nur eine Interpretation, die durch die Jahrtausende hindurch eine mythische Erhöhung erfuhr, der wir staunend applaudierten.

Ich schritt durch das Tor und sah die Gruppe halb rechts von mir. Hier lag das berühmte Gräberrund A, in dem Schliemann 19 reich ausgestattete königliche Ruhestätten gefunden hatte.

Kondis war schon mittendrin in seinen Erklärungen. Ich sprintete mit startbereitem Mikrophon zu ihm hin.

»Es handelte sich um acht Männer, neun Frauen und zwei Kinder. Insgesamt fand der Archäologe Schliemann fünfzehn Kilo Gold bei den Grabbeigaben. Unter ihnen die berühmte Goldmaske, die dem Agamemnon zugeschrieben wird. Doch die Gräber sind um einige Jahrhunderte älter. Die beiden Kinder, es waren Säuglinge, waren über und über mit Gold bedeckt. Auch hier glaubte man, daß es die Zwillinge der trojanischen Prinzessin Kassandra gewesen seien. Doch dies ist eher unwahrscheinlich. Leider haben Schliemann und seine Kollegen bei ihren Ausgrabungen viel zerstört, was für die Wissenschaftler von großem Wert gewesen wäre, doch die Archäologen von früher ...«

»Wenn es die deutschen Archäologen nicht gegeben hätte«, brüllte Waldemar Agamemnon Unbill außer sich vor Zorn, »dann lägen die meisten Kunstschätze Griechenlands noch in der Erde! Mein Großvater hat das Gräberrund geöffnet, er hielt als erster Mensch nach 3500 Jahren die berühmte Goldmaske in den Händen. Und Sie reden von Zerstörungen, Sie arroganter Grieche! Meine Vorfahren haben Mykene ausgegraben!«

»Und meine Vorfahren haben es gebaut, Sie verdammter Besserwisser und Rufmörder!« brüllte Kondis zurück. Er stürzte auf Unbill zu. Alle starrten wie gebannt auf die Szene.

Kondis sieht rot, dachte ich. Bevor er Unbill erreichen konnte, sprang ich dazwischen.

»Weiter so, Jungs!« rief ich. »Ich brauche noch ein paar scharfe O-Töne für meinen Bericht. Wer fängt an?«

Durch das Mikro, das ich vor Kondis' Nase hielt, blieb dieser auf Distanz. Er guckte irritiert darauf und machte ein Gesicht, als wolle er hineinbeißen.

»Mach dich nicht unglücklich«, sagte ich leise. »Eine Schlägerei auf solch geschichtsträchtigem Boden! Mußt du denn auf jede Provokation hereinfallen?«

Kondis schlug meine Hand beiseite und drehte sich um. Er sprach ein paar Worte mit Daphne. Mit gequältem und beschämtem Gesicht verließ er die Gruppe. Daphne übernahm die Führung, und der Aufstieg zum Königspalast begann.

»Das haben Sie gut gemacht«, raunte mir Pater Benedikt zu. »Herr Kondis hat sich leider nicht besonders gut in der Gewalt.«

»Dieser Unbill ist aber auch ein ausgewachsenes Ekel«, verteidigte ich Kondis. »Der hätte mehr als nur eine Tracht Prügel verdient.«

Der Pater lachte. »Ich werde ihn jetzt von seinem Sohn weglocken«, kündigte er an. »Wieviel Zeit brauchen Sie?«

»Zehn Minuten bestimmt. Ajax' Antworten sind leider ziemlich zeitraubend.«

Behende wie ein Wiesel lief der Pater den holprigen Weg hinauf. Ich packte meinen Recorder in die Ledertasche und hastete hinterher. Unterwegs sah ich Martha Maus. Sie hatte sich prustend auf eine Mauer gesetzt. »Was ist mit Ihnen?«

»Mein Asthma. Ich krieg schlecht Luft. Kümmern Sie sich nicht um mich, ich komme da schon rauf. Nur nicht so schnell!«

Ich drückte ihren Arm und nahm zwei Stufen auf einmal. Mein Herz bubberte. Mit meiner Fitness war es auch nicht weit her.

Auf der Höhe lag der Königspalast. Daphne Laurenz war mitten in ihren Erklärungen. Pater Benedikt hatte sich bereits neben Unbill senior postiert. Ajax stand neben seinem Vater und himmelte die blonde Frau mit Blicken an, die eher einem liebeskranken Dackel als denen eines entschlossenen Liebhabers ähnelten.

Als Daphne mit den Erläuterungen fertig war, verwickelte der Pater Unbill in ein Gespräch. Er ging mit ihm an den Rand eines Abgrundes und deutete auf die Ruinen.

Ajax blieb etwas zurück. Ich pirschte mich heran. »Sie ist hübsch, nicht wahr?« quatschte ich los.

»W... w... wen meinen Sie?« Er verfärbte sich, als habe er einen Eimer mit roter Farbe übergekippt bekommen.

»Daphne natürlich. Sie sind in sie verschossen, oder?«

Er zog mich beiseite und wollte etwas sagen. Doch das klappte mal wieder nicht. Ich ging einen schmalen

Pfad entlang, der in eines der Palastzimmer führte. Die Mauern waren noch so hoch, daß uns die anderen nicht sehen konnten.

»Schrecklich, dieser Streit zwischen Ihrem Vater und Kondis. Ich habe neulich mit Ihrem Vater darüber gesprochen. Er behauptete, gute Gründe dafür zu haben, Kondis zu hassen. Hat er die wirklich?«

»Sie mei... meinen Athina Melas?«

»Ja, genau die. Ihre Stiefmutter. Haben Sie sich gut mit ihr verstanden?«

Ajax' Miene veränderte sich. Die Erinnerung an die tote Frau schien ihm viel zu bedeuten. Ein inniges Leuchten lag in seinem Blick. Mich fröstelte. Ich war Zeugin einer ganz besonderen Gefühlslage.

»Sie war wie meine Schwester«, erklärte er ohne jeden Stotterer, »meine einzige schöne Schwester. Meine geliebte Schwester. Wir waren Apollon und Artemis, Orest und Elektra, Antigone und Polyneikes. Nichts konnte uns trennen, weil wir eins waren.«

»Und doch hat sie ihren Bruder verlassen«, wandte ich ein.

»Nicht aus freien Stücken«, sagte Ajax leise. Ich sah Tränen in seinen Augen. »Sie hatte keine Wahl.«

»Hat Kondis etwas mit ihrem Tod zu tun?« Bangend wartete ich auf die Antwort.

»Nein. Es war Vater. Er hat sie verstoßen.« Sein Kopf senkte sich, und er begann ein Lied zu summen.

»Ajax! Hatte Athina ein Liebesverhältnis mit Kondis? Reden Sie doch!« beschwor ich ihn. Er antwortete nicht.

»Warum hat Ihr Vater sie verstoßen?«

»Athina hat es herausbekommen. Er hat Mutter umgebracht.«

»Was? Ihre Mutter? Seine erste Frau?«

Ajax schaute mich an. Ein Schleier fiel über seine Augen. Jetzt würde er nichts mehr sagen.

»Ach, hier seid ihr!« Unbill stand zwischen den Mauern. Blitzschnell erkannte er, in welchem Zustand sich sein Sohn befand.

»Was spielt sich hier ab?« schrie er mich an. »Ajax ist psychisch krank, das sieht doch jeder Laie. Worüber haben Sie beide geredet?«

»Schreien Sie mich nicht so an, Sie Rüpel!« brüllte ich zurück. »Ihrem Sohn war übel, und er wollte sich hinsetzen. Geht es denn wieder?« Ajax machte nicht den Eindruck, als würde er mich hören.

Unbill riß seinen Sohn von der Mauerkante hoch, auf der er saß, und führte ihn ins Freie. Nachdenklich folgte ich den beiden. Unbill redete drohend auf Ajax ein, der leichte Wind wehte Wortfetzen zu mir herüber.

Ich erstieg den obersten Punkt der Burg. Sie war strategisch genial gebaut. Im nördlichen Rücken hatte der Palast eine uneinnehmbare Bergkette und eine tiefe Schlucht als natürlichen Schutz, der Süden war über viele Kilometer einsehbar und durch die Zyklopenmauern vor Feinden geschützt.

Ich setzte mich auf eine niedrige Mauer. Der Himmel war ohne jedes Wölkchen, in großer Höhe schrien Dohlen um die Wette. Ich hatte Mühe, richtig zu verdauen, was Ajax mir erzählt hatte.

Unbill hatte seine erste Frau umgebracht, Athina Melas hatte es herausbekommen, da hat er sie in den Selbstmord getrieben. Nach Unbills und Kondis' Versionen der Geschichte gab es nun eine dritte, die besonders spannend war und der Wahrheit vielleicht am nächsten lag.

Pater Benedikt kam den Pfad entlang. Ich winkte ihm zu.

»Hat die Zeit ausgereicht?« fragte er. Sein Haar war zerzaust und seine Brille beschlagen.

»Allerdings. Ich weiß nur nicht, ob ich das Ergebnis dieses Gespräches verdauen kann.«

»Wollen Sie darüber sprechen?«

»Lieber nicht, Pater. Vielleicht später.«

Gemütlich schlenderten wir den Weg in Richtung Ausgang. Andere Touristenströme entdeckten fröhlich plappernd und ständig fotografierend die Ruine. Es waren Sprachen aus vielen Ländern, die aus den Mündern unterschiedlicher Gesichter kamen.

Die Türen des Busses waren geöffnet, Kondis saß lesend auf seinem Platz. Aris, der Busfahrer, sprach mit den Leuten, die frisch ausgepreßten Orangensaft für die Besucher verkauften.

»Reden Sie mit ihm«, sagte der Pater, als er Kondis im Bus sitzen sah. Er selbst ging weiter zu dem Erfrischungsstand.

»Hallo!« Meine Stimmlage zwar gezwungen fröhlich, als ich in den Bus kletterte. »Hast du dich wieder beruhigt?«

»Laß mich in Frieden«, knurrte er und ließ seine Augen nicht von dem Buch in seiner Hand. »Noch drei Tage und der Alptraum ist vorbei. Ein für allemal.«

Oreganoduft und Thymianhonig

Das Schatzhaus des Atreus gehört zum Pflichtprogramm der Touristen. Atreus war der Vater des erschlagenen Agamemnon gewesen. Eigentlich war es kein Schatzhaus, sondern ein besonders großes Kuppelgrab, das früher als Grab des Agamemnon galt. Das Eingangstor zu dem Monument war 5,40 Meter hoch. Es war nach dem System des falschen Gewölbes erbaut. Steine bis zu einer Höhe von fast vierzehn Metern so aufeinandergeschichtet, daß sie sich langsam zu einer Kuppel formten. Eine perfekte Art, Gewichte zur Seite hin so zu verteilen, daß sie jahrtausendelang nicht zusammenbrachen.

Es war finster im Schatzhaus, doch es fiel noch so viel Licht hinein, daß ich die mächtige Kuppel des Daches erkennen konnte. In den Nischen der Steine hatten Spatzen ihre Nester angelegt, ihr Nachwuchs war flügge und sauste rein und raus. Auf dem Boden aus gestampfter Erde entdeckte ich viele kleine Vogelskelette. Vorwitzige Spatzenkinder, die aus dem Nest gefallen und verhungert waren.

Es war bereits Mittag, als wir mit der Besichtigung fertig waren. Am Ausgang bot eine Bauernfrau Thymianhonig an. Ich kaufte ein Pfund und dachte an den Oregano, der in einem Strauß am Gepäcknetz des Busses genau über meinem Platz befestigt war. So trocknete er seit Tagen vor sich hin und erfüllte den Bus mit einem würzigen Duft. Honig und Oregano würden mich an diese Reise erinnern, wenn ich schon längst wieder zu Hause wäre.

Es war die Zeit, um abgefüttert zu werden. Reisegruppenmägen fangen Punkt 13 Uhr zu knurren an. Meiner tat dasselbe.

Die Taverne war nah, die Tische bereits mit weißem Papier gedeckt. Ich ging in den Waschraum, um den anderen Gelegenheit zu geben, sich zu setzen. So konnte ich mir meinen Sitzplatz aussuchen.

Kondis war eingekeilt von Pater Benedikt und Martha Maus. Die beiden Unbills hockten wieder zusammen, Gerlinde von Vischering und Almuth Traunich hatten sich ihnen gegenüber postiert. Daphne plapperte mit Aris und Costas.

Ich wählte einen kleinen Tisch abseits der anderen und kramte mein Notizbuch hervor, um ein paar Gedanken zu notieren. Vielleicht wird es doch noch was mit meinem Feature, dachte ich, auch wenn sich die Geschichte dieser merkwürdigen Reisegruppe eher für ein Krimidrehbuch eignen würde.

Der Weißwein war kühl und angenehm säuerlich.

»Griechisch Salat, Tzaiziki, Lamb-chops?« fragte der Kellner.

Ich nickte abwesend. Die letzten Tage würde ich die Touristenküche auch noch durchhalten. Wir hatten noch eine Nacht in Mykene vor uns, danach stand das berühmte Heiligtum des Asklepios in Epidaurus auf dem Plan. Dann weiter über die Straße von Korinth nach Athen und ab nach Hause.

»Darf ich?« Es war Almuth Traunich. Sie war jünger geworden, heiterer, war aufgeblüht seit dem Tag, an dem sie ihren Göttergatten ins Jenseits befördert hatte.

»Wir haben nie wieder darüber gesprochen«, stellte sie fest.

»Worüber?« stellte ich mich dumm.

»Sie wissen schon. In der Schlucht. Warum haben Sie die Polizei belogen?« Ihre Stimme bebte vor Aufregung.

»Ich habe nicht gelogen«, widersprach ich, »es war ein Unfall. Ihr Mann wollte sich eine seiner schrecklich stinkenden Brennstäbe anzünden und tschüs. Jeder weiß doch, daß Rauchen ausgesprochen ungesund ist. 500 000 Menschen sterben in Westeuropa jährlich am Nikotinmißbrauch – hab ich neulich erst gelesen.«

»Ich muß so oft daran denken«, gestand sie, »ich weiß nicht, ob ich die Schuld ein Leben lang ertragen kann.«

»Ihr Mann war ein ausgewachsenes Ekel – und das ist noch untertrieben. Denken Sie an Ihre Angst, als er Sie zwang, in den Abgrund zu sehen! Jetzt weiß er, wie ungemütlich es da unten ist.«

Sie lachte kurz auf. »Was würde mir passieren, wenn ich die Wahrheit sage?«

»Vermutlich nichts. Es existiert ein Protokoll mit der unumstößlichen Aussage einer Augenzeugin, die selbstverständlich bei ihrer Aussage bleiben wird – allein schon aus Gründen der Selbsterhaltung. Ihr Geständnis würde als Verwirrung gewertet – entstanden im Schmerz über Ihren Dahingeschiedenen. Wollen Sie ein Gläschen Wein?«

Sie nickte. In ihrem Gesicht war ein erleichterter Zug. »Ich habe gestern meinen Schwager angerufen. Alfred ist unter der Erde. Und ich habe so viel Geld geerbt, daß ich ohne Sorgen leben kann. Ich bin jetzt wohlhabend! Früher mußte ich Alfred um jeden Pfennig anbetteln. Damit ist jetzt Schluß!«

»Darauf heben wir einen!« schlug ich vor.

Ein voller Mond und Angst vor den Rachegöttinnen

Als wir den Kaffee – Abschluß jeden Mahls – getrunken hatten, war es bereits halb fünf. Aris hatte den Bus vor das Hotel in den Schatten gestellt. Der Weg vom Restaurant bis zu unserer Unterkunft war nicht weit. Die Auslagen der Souvenirläden überboten sich gegenseitig an seichtem Kitsch. Die mykenische Doppelaxt gab's in verschiedensten Ausführungen, moderne Keramiker hatten Agamemnons Tod durch seine Gattin und deren Liebhaber in grellen Farben nachempfunden.

Ich dachte an Almuth Traunich, die ihren Mann ja auch entsorgt hatte. Ihre Gründe waren nicht weniger nachvollziehbar als die der mykenischen Königin.

Der restliche Teil des Nachmittages konnte frei gestaltet werden – so kündigte Daphne Laurenz nach dem Essen an. Ich würde es mir auf meinem Balkon gemütlich machen, mit niemandem reden und an nichts denken.

Doch ich hatte die Rechnung ohne Waldemar Agamemnon Unbill gemacht. Ich hatte ihn dicht auf den Fersen, als ich das Hotelfoyer betrat.

»Frau Grappa!« rief er. »Bitte! Hören Sie mich einen Moment an!«

War es besorgte Neugier oder war es nackte Angst, die ihm ins Gesicht geschrieben stand? Sein weißes Haar war schweißnaß, der Blick unruhig, die Gesten fahrig. Die nach oben gebürsteten Augenbrauen, die sonst so stolz und diabolisch schienen, wirkten nur noch lächerlich.

»Was kann ich für Sie tun, Herr Dr. Unbill?« fragte ich betont kühl.

»Ich muß mit Ihnen über Ajax reden. Seit dem Gespräch mit Ihnen oben auf der Burg ist er völlig depriert. Was wollten Sie von ihm wissen?«

»Nichts«, log ich, »könnte er denn was Interessantes erzählen?«

»Mein Sohn ist krank. Ich mache mir große Sorgen um ihn. Also – worüber haben Sie geredet?« Er hatte meinen Oberarm gepackt und schüttelte ihn. Sein Griff war fest, die blauen Flecken nur eine Frage der Zeit.

»Lassen Sie mich los!« schnauzte ich ihn an. Doch er packte nur noch fester zu. Ich trat ihn mit der Außenseite meines Fußes gegen das Schienbein. Nun hatte er andere Dinge zu tun, als mir den Arm zu Brei zu quetschen. Der massige Mann war nur noch ein Häufchen Elend, seine selbstgefällig-brutale Art verschwunden. Sah so ein Mörder aus? Vielleicht hatte sich Ajax alles nur eingebildet. Daß er einen leichten Schatten hatte, war nicht schwer zu erkennen. In mir wuchs eine wunderbare Idee, die nach Ausführung schrie.

»Lassen Sie uns im Garten des Hotels einen kleinen Spaziergang machen«, schlug ich vor. »Bewegung ist jetzt gut für Ihr Schienbein. Tut mir leid, daß ich Sie treten mußte, doch ich kann es nicht ausstehen, wenn mich jemand anfaßt.«

Unbill gehorchte und trottete hinter mir her. Der kleine Garten war verwildert und durstete vor sich hin. Die meisten Blumen waren vertrocknet, das ungeschnittene Gras bereits gelblich. Die Eisenstühle im englischen Wintergartenstil hatten schon bessere Tage gesehen. Hinter dem Garten erstreckte sich ein Olivenhain.

Ich ließ mich auf einen der Stühle fallen und setzte mich so, daß ich das Hotel noch im Blick hatte.

»Hier sind wir ungestört«, begann ich. »Ihr Sohn behauptet, daß Sie seine Mutter – also Ihre erste Frau – ermordet und Ihre zweite Frau, Athina, in den Selbstmord getrieben haben, weil sie Verdacht geschöpft hatte.«

Mein Ton war so beiläufig, als würde ich übers Wetter reden. Unbill sagte eine ganze Weile nichts. Seine Augen suchten den Himmel ab, doch da war nichts zu finden. Er war knackeblau und ohne jedes Wölkchen. Noch nicht mal die Schwalben schossen durchs Blaue.

»Armer Ajax!« sagte Unbill plötzlich. »Ich muß ihn wieder in die Klinik bringen lassen.« Er bemühte sich um einen besorgten, väterlichen Ton, doch die Zunge lag wie ein dicker Schwamm in seiner Mundhöhle.

»Vielleicht hat der Junge recht!« trompetete ich fröhlich. »Kondis hat außerdem ein Verhältnis mit Athina abgestritten. Sie entdeckte die Kunstdiebstähle und hat sie gemeldet. Kondis wollte selbst ermitteln, doch Sie, Herr Unbill, kamen ihm mit Ihrer Anzeige zuvor. Interessiert es Sie, wie ich die Sache sehe?«

Er antwortete nicht, doch ich hätte sowieso weitergeredet, weil mir die Sache immer besser gefiel. Leider war der Dialog zur Zeit noch etwas einseitig, doch das würde sich bestimmt bald ändern.

»Ich habe mich seit Beginn der Reise gefragt«, fuhr ich fort, »warum Sie Dr. Kondis mit solch abgrundtiefem Haß verfolgen. Es war absolut nicht logisch. Zunächst dachte ich an Eifersucht. Kondis ist ein Experte in Archäologie, doch mehr als Sie weiß er vermutlich auch nicht. Warum also dieser Haß? War es das Verhältnis zwischen Kondis und Ihrer zweiten Frau, an das Sie gelaubt haben? Könnte sein. Diese Erklärung gefiel mir auch zunächst, doch nur so lange, bis Kondis mich davon überzeugte, daß er und Athina nur Kollegen waren. Es ging Ihnen niemals nur um Kondis, sondern um ganz jemand anders! Und ich hätte die Wahrheit schon in Dodona erkennen müssen.«

Unbill lachte hysterisch auf. »Ihre Geschichte zeugt von viel Phantasie, krankhafter Phantasie. Die Sonne hat Ihnen nicht gut getan, Verehrteste!«

»Lieber ein heißes Hirn als eine kranke Seele. Sie haben die Kunstdiebstähle begangen. Gerlinde von Vischering hat davon gewußt und Sie erpreßt. Ich habe ein Gespräch zwischen Ihnen beiden in Dodona belauscht. Athina hat die Diebstähle entdeckt und Sie Ihnen – noch nichts ahnend – gemeldet. Kondis' Zögern, die Polizei zu informieren, gab Ihnen die Chance, alle Beweise zu vernichten. Diese Reise haben Sie gemacht, um Gerlinde von Vischering unauffällig aus dem Weg zu räumen, was Ihnen ja auch fast gelungen wäre!«

»Sie müssen verrückt sein«, stieß Unbill hervor. »Glauben Sie, ich verkleide mich als Hades und spiele den Gott der Unterwelt?«

»Kennen Sie die Pflanze Eisenhut? Natürlich kennen Sie sie. Die Griechen haben die Spitzen ihrer Pfeile mit dem Saft der Pflanze bestrichen. Im Garten des Hotels in Dodona gab es viele von ihnen. Hohe, blaublühende Gewächse, die im Erscheinungsbild ein wenig an Rittersporn erinnern. Ich bin sicher, daß Sie beim Anblick des Eisenhutes auf die Idee kamen, Gerlinde von Vischering durch Gift aus dem Weg zu räumen.«

Unbill schlug mit der Faust auf den Tisch. »Es gibt genug Zeugen dafür, daß ich am Totenorakel in der Nähe des Busses geblieben bin. Wie also soll ich Gerlinde den Eisenhut verabreicht haben?«

»Sie nicht«, sagte ich, einer plötzlichen Eingebung folgend, »sondern Ihr verwirrter Sohn. Wenn einer von frühester Kindheit an mit den Geschichten aus der Mythologie gequält wird, hält er sich irgendwann für Zeus, Apollon oder Hades.«

Beim Namen »Apollon« machte es »Klick« in meinem Gehirn. Das war die Lösung! Apollon und Daphne! Das Puzzle war fast fertig, das vollständige Bild nur eine Frage von Minuten. Erst jetzt erkannte ich die Dimension der Geschichte. Ein Kälteschauer rann meinen Rükken hinunter. Bleib gelassen, ermahnte ich mich, und halte deine Gedanken zusammen.

»Sie sind eine sehr phantasiebegabte Dame!« Unbill hatte sich voll im Griff. »Jetzt soll sogar mein kranker Sohn der Täter sein! Nur – wie wollen Sie das alles beweisen?«

»Das können die Behörden, die dafür zuständig sind, viel besser als ich!« startete ich einen Versuchsballon. »Zu Hause werde ich Sie anzeigen. Wegen Mordes in einem oder sogar zwei Fällen und wegen fortgesetzten Diebstahls.«

»Beweise!« kreischte er. »Wo sind die Beweise?« Sein Gebrüll ging in Kichern über.

Im Hotel gingen die ersten Lichter an. Hier im Garten tauchte die Abendsonne das verdorrende Gras in einen Goldrausch. Die Welt könnte so schön sein, dachte ich wehmütig. Doch leider mußte ich meine Nase immer in irgendwelche Mordgeschichten stecken. Irgendwann werde ich lernen, das Leben zu genießen.

»Sie haben Ihre erste Frau vergiftet – so sagt Ihr Sohn. Lassen wir's also drauf ankommen. Es gibt heutzutage ausgeklügelte Untersuchungsmethoden, wenn die Experten wissen, wonach sie suchen sollen. Vielleicht exhumiert man Ihre zweite Frau auch noch. Wenn die Behörden jemanden erst mal am Wickel haben ...«

Unbill stand auf und ging Richtung Hotel. Sein Gang war nicht gerade dynamisch.

»Dann sind da immer noch die Diebstähle«, rief ich ihm nach, »mit Gerlinde von Vischering als Komplizin. Sie wird auspacken, verlassen Sie sich darauf!«

Weg war er. Ich blieb noch eine Weile sitzen. Irgendwie hatte ich das Gefühl, die Lunte einer Bombe angezündet zu haben, die niemand mehr austreten konnte.

»Jetzt heißt es abwarten«, murmelte ich. »Irgendwas wird passieren! Und zwar bald.«

Gedankenverloren schlenderte ich durch den Garten in Richtung Hotel. An einem großen Lavendelbusch machte ich Halt und zerrieb eine Blüte zwischen meinen Fingern. Die glühende Sonne hatte die ätherischen Öle erhitzt. Der Duft war wild und paßte zu der mykenischen Schlächterei, die auf der Burg stattgefunden hatte, die sich in der Dämmerung wie ein niedriges Raubtier an den Berg preßte. Bereit zum erneuten Sprung auf ein unschuldiges Opfer.

»Woran denkst du?« Es war Kondis, an den ich eigentlich keinen Gedanken mehr verschwenden wollte, weil er Teil einer jahrtausendalten Erfahrung war, die mich berauschte und gleichzeitig ängstigte. Ich dachte mit romantischer Schwermut an ihn, dessen Herz voll fremder Leidenschaften war, die nicht mir galten.

»Die Geschichten der Menschen haben mich berauscht, so daß mir mein analytischer Verstand abhanden gekommen ist«, bekannte ich. »Ist es das, was du von Anfang an gewollt hast?«

»Als ich dich traf, hat mich deine Überlegenheit gestört. Frauen sind für mich unberechenbare, gefühlsduselige Wesen, die gerade durch ihre Unvollkommenheit leicht zu beherrschen sind. Doch als ich dich kennenlernte, wollte ich nicht mehr herrschen, sondern nur mit dir sein. Der Kampf wurde unwichtig. Ich glaube, ich liebe dich.«

Er trat näher. In der Dämmerung sah ich sein klassisches Profil, spürte den Geruch seiner Haut und sehnte mich nach der Hitze seiner Küsse.

»Hör doch auf«, bat ich ärgerlich. »Liebe – das Wort verdient keine Inflation!«

»Deine verdammte Angst, sich auf mich einzulassen, macht dich verbittert und ungerecht.« Er trat auf mich zu und drückte meinen Kopf an seine Brust. Durch den Stoff des leichten Leinenhemdes spürte ich männliche Wärme. Ich entspannte mich.

Er nahm meine Hand und zog mich aus dem Garten fort in den angrenzenden Olivenhain. Im letzten Licht des Tages sah ich über mir eine Kuppel von silbrig schimmernden Blättern.

»Was hast du mit Unbill besprochen?« Die Frage kam unvermittelt und paßte nicht zu der romantischen Stimmung, in die er mich gelockt hatte.

»Nichts Besonderes«, log ich.

»Warum war er dann so außer sich?«

»Ich habe keine Ahnung. Auf dieser Reise benimmt sich jeder nicht so, wie er sollte.«

»Warum belügst du mich?« Sein Ton war drängender geworden. Er trat vor mich und versperrte den Weg. »Was hast du mit Battos besprochen? Bitte, Maria, sag endlich was! Ich habe ein Recht, es zu wissen!«

»Wie du meinst«, willigte ich ein, »doch mach dich auf was gefaßt.« Ich faßte die Dialoge mit Ajax und seinem Vater in Kurzform und präsentierte sie ihm.

»Also bin nicht ich sein Opfer, sondern Frau Vischering!« rief Kondis aus, als ich meinen Bericht beendet hatte.

»Du auch, weil er dir den Tod von Athina Melas anlastet. Aber in erster Linie wollte er eine lästige Zeugin beseitigen. Und will es vielleicht immer noch.«

»Du hast ihn in die Enge getrieben. Was wird er tun?« Kondis war aufgebracht. Ich hatte ihn mit meiner Nervosität angesteckt. »Du mußt auf dich aufpassen, Maria!«

»Mir tut er schon nichts, denn meine Geschichte steht leider noch auf tönernen Füßen. Aber ich habe für alle Fälle ein paar Aufzeichnungen über meine Theorien gemacht. Sie liegen in meinem Gepäck. Wenn er mich erwischt, dann mußt du die Sachen der Polizei übergeben.«

Der Mond stand fast voll am Himmel. Sein Licht war so hell, daß wir den Rückweg durch die Olivenbäume nicht nur ertasten mußten. Endlich standen wir vor dem Hotel. Lachende Stimmen drangen zu uns, es klang so schrecklich normal, daß mir eine Gänsehaut den Rücken hinunterlief. Eine Wolke schob sich vor den Mond. Die Landschaft verfinsterte sich. Es war eine Drohung.

Kondis' Mund legte sich auf meinen Hals. »Du zitterst ja!« rief er erschrocken aus.

»Kommst du zu mir?« fragte ich. »Ich kann im Moment nicht allein sein.«

»Hast du Angst vor Unbill?«

»Nein. Nur vor der nahen Zukunft. Glaubst du an ein vorbestimmtes Schicksal?«

Er legte den Arm um mich. »Ich wäre kein Grieche, wenn ich es nicht täte. Wir nannten sie Erinnyen oder Furien. Orestes wurde von ihnen gepeinigt, als er dort oben auf der Burg seine Mutter tötete. Sie wurden von der Nacht geboren und hießen Alekto, Megaira und Tisiphone. Die letzte war die mordrächende Göttin.«

»Genau das ist die Dame, die ich meine«, murmelte ich, »und jetzt komm ins Bett. Mir ist kalt.«

Rache im Olivenhain

Irgendwann in dieser Nacht spürte ich eine Bewegung, hörte ein Geräusch und bemerkte, daß er das Zimmer verlassen hatte. Ich gähnte kurz, drehte mich um und schlief weiter. Ein heftiges Klopfen ließ mich erschrecken. Benommen vom Schlaf schaute ich auf die Uhr. Es war noch nicht mal fünf Uhr morgens.

»Wer ist da?« murmelte ich und legte mein Ohr an die Tür.

»Pater Benedikt!« Seine Stimme klang aufgeregt. Ich wollte die Tür öffnen, doch sie war verschlossen. Kondis hatte den Schlüssel mitgenommen! Er hatte wohl Angst, daß mich Unbill nachts besuchen würde. Zufällig fiel mein Blick auf den rot gefliesten Boden. Dort lag er ja! Kondis hatte mich eingeschlossen und den Schlüssel unter der Tür durchgeschoben. Sehr clever!

Pater Benedikt schien bleich, als er in meinem Zimmer stand.

»Warum sind Sie schon auf?« gähnte ich.

»Ich beobachte manchmal den Sonnenaufgang«, erklärte er. »Das wollte ich heute auch wieder tun. Kommen Sie, ich zeige Ihnen, was ich bemerkt habe.«

Ich stolperte hinter dem Gottesmann her. »Schauen Sie!« verlangte er.

Auf dem Flur und der Treppe waren Blutflecken, an der weißen Wand hatte sich eine blutbeschmierte Hand festgehalten. Ich war hellwach. Die Spur führte in das Zimmer der Unbills.

Ich pochte an die Tür. Nichts rührte sich. »Das habe ich auch schon versucht«, sagte der Pater. »Ohne Erfolg. Die Blutspur führt in den Garten. Dort sollten wir suchen.«

»Ich bin noch im Nachthemd«, wandte ich ein, »ich ziehe mich an.« Ich spurtete in mein Zimmer, hüpfte in Hose, Bluse und Strickjacke, ging mit dem Waschlappen über mein Gesicht und stand wieder neben ihm. »Na, dann los!« meinte ich forsch, um mir selbst Mut zu machen.

Im Garten war nichts zu sehen, wir rannten in den angrenzenden Olivenhain. Unter einem knorrigen Ölbaum lag Kondis. Sein Oberkörper war an den Stamm gelehnt, der Kopf lag seitlich, die Arme waren ausgestreckt. Das weiße Leinenhemd war voller Blut, ebenso die Hände und Arme. Er rührte sich nicht.

»Nein!« hörte ich mich schreien. »Nein!«

Ich rannte zu ihn und legte seinen Kopf in meine Arme. Der süßliche Geruch des Blutes stieg mir in die Nase, ich würgte. Frisches Blut rann an meinen Armen hinab, es kam aus einer Wunde am Kopf. Der Tau des Morgens hatte sich auf seine schwarzen Haare gelegt, die wie mit Silber überstäubt schienen.

»Sehen Sie, seine Lider flattern!« unterbrach der Pater mein Entsetzen. »Er ist nicht tot, er lebt!«

In diesem Augenblick öffnete Jason die Augen und sah mich an. Sein Blick lächelte. »Unbill«, sagte er matt und versuchte den Kopf zu bewegen.

»Bleib ruhig, Liebster!« schluchzte ich. »Wo bist du verletzt? Wer hat das getan?«

»Nicht mein Blut«, stammelte er, »Unbill. Unbill ist tot.«

Pater Benedikt hatte Jasons blutgetränktes Hemd geöffnet. »Er ist fast unverletzt«, sagte er erstaunt, »er hat nur einen Schlag über den Kopf bekommen. Kommen Sie, wir müssen Unbill suchen.«

»Ich will ihn nicht allein lassen«, widersprach ich.

»Betten Sie seinen Kopf etwas bequemer. Und nun los!« befahl der Pater.

Ich legte Jason das Hemd in den Nacken und bedeckte seinen Oberkörper mit meiner Strickjacke.

Wir brauchten nicht lange zu suchen. Waldemar Agamemnon Unbill lag etwa 100 Meter weiter ausgestreckt im geometrischen Mittelpunkt von vier Ölbäumen. Die Arme und Beine waren weit abgewinkelt. Der mächtige Körper wies tiefe Wunden auf. Mitten in seiner Stirn steckte die Klinge eines Beils. Das Blut war in die weißen Haare geflossen und begann dunkel zu verkrusten. Er war ohne Zweifel tot.

»Er ist noch warm«, stellte der Pater fest. »Wir müssen die Polizei holen.«

»Das Ganze sieht aus wie eine Opferung«, sagte ich tonlos. »Und es drängen sich wieder Parallelen aus der Geschichte auf. Agamemnon ist in Mykene mit einem Beil erschlagen worden – so ist es überliefert. Orestes rächte den Vatermord, Ajax rächte den Muttermord.«

»Ajax? Sie glauben, daß er es war?«

Ich nickte. »Da bin ich sicher. Der Junge ist geisteskrank. Wir müssen Jason versorgen. Er lebt zum Glück noch. Rufen Sie die Polizei?«

Der Pater entschwand schnellen Schrittes. Jason war wach geblieben. »Habt ihr ihn gefunden?« wollte er wissen.

Ich setzte mich neben ihn ins Gras. »Ein furchtbarer Anblick. Was ist passiert?«

Stockend erzählte er, daß er nachts ein Geräusch gehört habe. Er sei aus meinem Bett zu Tür gelaufen und habe den Kopf rausgesteckt.

»Ich sah, wie die beiden Unbills das Zimmer verließen. Beide waren angezogen, so, als wollten sie eine Nachtwanderung machen. Da wurde ich neugierig.«

»Um wieviel Uhr war das?«

»Gegen halb drei. Ich ging zurück ins Zimmer, zog meine Sachen an und schlich hinter den beiden her. Doch ich konnte sie nicht finden. Ich irrte zwischen den

Olivenbäumen umher, der Mond gab nicht viel Licht. Ich wollte gerade wieder umkehren, als mich der Schlag auf den Kopf traf und ich das Bewußtsein verlor.«

»Armer Liebling«, sagte ich zärtlich, »tut es sehr weh?«

Er verneinte. »Mir ist kalt. Hilfst du mir beim Aufstehen?«

Langsam gingen wir Richtung Haus. Die Sonne kletterte über die kargen Berge in die blutgetränkte Landschaft.

»Woher wußtest du, daß Unbill tot war?«

»Ich bin zwischendurch aufgewacht und habe ihn liegen sehen. Er war voller Blut. Ich bin zu ihm hingekrochen, doch es war zu spät. Dann wollte ich ins Haus zurück, doch ich stolperte und fiel hin. Ich bin erst wieder aufgewacht, als ich dein Gesicht über mir sah.«

Im Hotelfoyer stand eine aufgeregte Martha Maus in Nachthemd und Pantoffeln. Sie hatte mitbekommen, daß etwas passiert war.

»Herr Kondis«, rief sie bestürzt, »was ist mit Ihnen?«

»Halb so schlimm«, lächelte Jason tapfer, »ich würde gern einen Ouzo trinken, denn mir ist kalt.«

Ich führte Jason zu einem Sessel. Martha Maus plünderte zielstrebig die Hotelbar. Es war nur ein Bierglas zu finden. Sie kippte es randvoll, und nacheinander nahm jeder von uns einen Schluck.

»Der Hotelier ist zum Polizeichef des nächsten Ortes gefahren«, berichtete Pater Benedikt, »es wird noch etwas dauern. Fassen wir uns also in Geduld.«

»Ich würde gern wissen, ob Ajax in seinem Zimmer ist«, sagte ich in die schweigende Runde, »vielleicht liegt er tot in seinem Bett. Könnten wir nicht mal nachsehen?«

»Es ist doch abgeschlossen«, entgegnete der Pater.

»Dort hängt der Generalschlüssel.« Meine Hand deutete auf das Schlüsselbrett über der Rezeption. »Also – kommen Sie mit, Pater?«

»Ich will auch dabei sein«, krächzte Jason.

»Du bist verletzt und bleibst hier sitzen«, befahl ich. »Danach versorge ich deine Wunde. Mach die Augen zu und entspann dich!«

Er versuchte keine Widerrede. Ich grabschte den Schlüssel, kurze Zeit später standen wir vor dem Zimmer.

»Gehen Sie als erster rein«, schlug ich vor, »mein Bedarf an blutüberströmten Leichen ist gedeckt.«

Das Zimmer war leer. Kein Ajax zu sehen, dafür lag ein Bündel schmutziger und blutgetränkter Kleidung im Bad. Die Dusche tropfte noch. Ajax Unbill hatte sich das Blut seines Vaters abgewaschen und sich mit frischer Kleidung versorgt.

»Schauen Sie, Pater. Er hat kaum etwas mitgenommen. Der Koffer ist fast gefüllt.«

Ich kramte in den Sachen herum und hatte plötzlich eine schwarze Gesichtsmaske in der Hand. Sie war aus einem engen, elastischen Schlauch und hatte Sehschlitze. Meine Hände suchten weiter.

»Na also«, brummte ich zufrieden, »wer sagt's denn.«

Die Flasche war aus dunklem Glas, war halb so hoch wie eine Bierflasche und enthielt eine ölige Flüssigkeit. Ich drehte den Schraubverschluß ab.

»Da! Riechen Sie mal!«

Gehorsam schnupperte der Pater. »Pfefferminze!« konstatierte er.

Ich erzählte ihm die Geschichte von Daphne und dem unbekannten Vergewaltiger, der sich als Apollon ausgegeben hatte. Wir bemerkten beide nicht, daß Daphne hinter uns stand.

Sie sah die Maske und die Flasche und fing an zu schreien. Sie brüllte den Schmerz und die Erniedrigung aus sich heraus. Pater Benedikt legte die Arme um sie, ihr Geschrei versickerte in einem gottserbärmlichen Gewimmer.

Sie war in guten Händen. Ich sprintete in mein Zimmer und plünderte meine Reiseapotheke. Alkohol, Mull und einen sterilen Verband. Das würde vorläufig für Jasons lädierten Schädel ausreichen.

Inzwischen waren alle noch lebenden Mitglieder der Reisegruppe im Saal versammelt. Die Polizei ließ noch immer auf sich warten. Jason war eingerahmt von Martha Maus und Almuth Traunich und erfreute sich allumfassender Aufmerksamkeit.

»Aus dem Weg, Mädels!« befahl ich. »Der Patient erhält notwendige erste Hilfe.«

»Ajax ist verschwunden«, raunte ich Jason zu. »Er hat das Blut unter der Dusche weggespült, sich neue Klamotten angezogen und ist getürmt. Mit leichtem Gepäck. Er ist außerdem der Mann, der Daphne vergewaltigt hat. Ich habe Maske und Minzeöl gefunden. Sie weiß es schon und heult sich gerade beim Pater aus.«

Ich säuberte den Rand der Wunde mit Alkohol und packte ein bißchen Mull auf den Riß am Hinterkopf. Dann legte ich einen Verband an. Nach einer Minute sah Jason aus wie ein Indianerhäuptling.

Martha Maus ließ die Ouzo-Flasche kreisen. Gerlinde von Vischering hatte sich abseits gesetzt. Ihr Gesicht hatte die ihr eigene undurchdringliche Miene, die alles und nichts bedeuten konnte.

»Weiß sie es?« fragte ich Jason.

»Ja. Sie hat nichts weiter gesagt, sondern sich nur in die Ecke gesetzt. Seitdem starrt sie die Wand an.«

»Ich muß mal mit ihr reden.«

Sie nahm mich kaum zur Kenntnis, schaute nur einmal kurz hoch, als ich »Herzliches Beileid« murmelte. Eine blöde Bemerkung, doch mir fiel nichts Besseres ein.

»Schenken Sie sich doch Ihren Spott, Frau Grappa!« Eine Klapperschlange strahlte mehr Wärme aus als sie.

»Der Mann, der Sie vergiften wollte, war Ajax. Wissen Sie das?«

»Kann sein.« Sie tat so, als würden wir übers Wetter reden.

»Wollen Sie nicht lieber auspacken?« fragte ich. »Bevor die Polizei Sie in die Mangel nimmt.«

»Was können die schon von mir wollen?« Ihr Ton war schieres Erstaunen. »Ich kannte Herrn Dr. Unbill flüchtig und seinen geisteskranken Sohn so gut wie gar nicht.«

»Die Kunstdiebstähle gehen auf Unbills Konto, und Sie haben ihn erpreßt. Er hat es mir selbst gesagt!«

»Das mag sein. Aber er wird es nicht mehr wiederholen können, nicht wahr? Vor allen Dingen nicht der Polizei gegenüber.«

»Wie Sie wollen«, resignierte ich. »Ist ja sowieso egal – jetzt, wo er tot ist. Ich dachte nur, Sie wollten Ihr Gewissen erleichtern.«

»Und dafür sollten ausgerechnet Sie in Frage kommen, Frau Grappa?« Der Satz triefte vor Spott. Ich streckte den Mittelfinger meiner rechten Hand in die Luft und ließ sie sitzen.

Ein griechisches Martinshorn näherte sich. Es klang wie eine mißlungene Persiflage auf unser deutsches Tatü-tata. Wagentüren sprangen auf, Polizisten stürzten mit Maschinengewehren im Anschlag in die Hotelhalle.

Alle waren wie vom Donner gerührt. Pater Benedikt nahm seine Brille ab, putzte sie ausführlich, sprach beruhigend auf die Polizisten ein und deutete in Richtung Garten. Sein Griechisch klang sanft und beschwichtigend. Zwischendurch mischte sich Jason ein, ergänzte des Paters trockene Erzählung mit temperamentvollen Gesten. Leider verstand ich kein Wort von dem Kauderwelsch. Ich dachte an die Angst, die ich empfunden hatte, als ich Jason blutbefleckt unter dem Baum fand. Für einen Augenblick war mein Herz stehengeblieben. Ich mußte dringend über meine Gefühle für Jason nachdenken. Meine Augen saugten sich an ihm fest. Mach dir keine Hoffnungen auf eine längere Beziehung, schimpfte ich mit mir, zu Hause ist alles vorbei, und es bleibt nur noch die Erinnerung an ein hinreißendes Urlaubsabenteuer.

Die Vernehmungen begannen eine halbe Stunde später. Unbills Leiche war in einen Behelfssarg verfrachtet worden und stand draußen in der inzwischen glühenden Sonne. Sein Sohn Ajax Unbill wurde zur Fahndung ausgeschrieben.

Ein Arzt bescheinigte Jason Kondis eine fünf Zentimeter lange Platzwunde und eine leichte Gehirnerschütterung. Die Wunde brauchte nicht einmal genäht zu werden. Mit der Schere schnitt der Arzt ein paar Locken rund um die Blessur weg. Es tat Jasons Schönheit keinen Abbruch.

Daphne buchte die Zimmer in Mykene noch einen Tag länger, sagte den Besuch in Epidaurus ab und besprach mit Aris die neue Lage. Sie hatte sich wieder voll im Griff.

Ein Pascha im Bett und eine neue Idee

Die Fingerabdrücke auf dem Beil waren identisch mit denen, die im Zimmer der Unbills gefunden wurden. Zeugenvernehmungen brachten die Gewißheit, daß Ajax Unbill einen Bus bestiegen hatte, dessen Ziel die Hafenstadt Nauplia war. Geld, Reiseschecks und sein Personalausweis waren verschwunden.

Jason schonte sich ein paar Stunden. Er saß im Bett, im Rücken zwei dicke Kissen und ließ sich pflegen. Ein Pascha war gegen ihn ein Fronarbeiter.

»Und nun brav den Mund geöffnet«, forderte ich und löffelte Hühnerbrühe hinein. »Und jetzt das Brot!«

Folgsam kaute er die Weißbrotbrocken und spülte mit Retsina nach.

»Nicht zuviel Alkohol«, warnte ich.

»Retsina ist Medizin.«

»Du hast recht. Danach schmeckt er auch.« Ich hatte gerade einen Schluck genommen und schüttelte mich.

»Wo könnte Ajax hingefahren sein?« Die Geschichte ließ mich einfach nicht los. Morgen abend würden wir nach Hause fliegen, und die Geschichte hatte noch kein Ende. Der wahnsinnige Mörder und Schänder flieht, und das war's.

»Ich habe eine tolle Idee«, rief ich aus. »Wir beide bleiben noch ein paar Tage und spüren Ajax Unbill auf. Hättest du Lust?«

»Maria! Sei froh, daß wir die Sache bald hinter uns haben. Diese Reise war bisher ein einziger Alptraum!«

»Ach ja?« fragte ich gedehnt.

»Nicht alles«, korrigierte er sich. »Es gab auch schöne Stunden.« Er griff nach meiner Hand und küßte sie.

»Laß Daphne mit den anderen morgen abend fliegen. Wir haben die Pflicht, Ajax zu suchen. Ein menschliches Gebot. Der arme Junge ist krank, verwirrt und braucht dringend ärztliche Hilfe.«

»Ich wußte gar nicht, daß du ein solch mitleidiges Herz hast«, unkte er. »Oder ist es eher die Abenteuerlust und deine Spürnase, die dich treiben?«

Ich mußte zugeben, daß er nicht ganz unrecht hatte. Meine Quengelei hatte schließlich Erfolg.

Daphne nahm mit eiserner Miene seine Enthüllung auf, mit mir in Griechenland bleiben zu wollen.

»Du siehst doch ein, daß wir die Sache zu Ende bringen wollen?« versuchte er sie zu überzeugen.

Sie sah mich mit schiefem Blick an und hüllte sich in Schweigen.

»Sie ist noch immer verknallt in dich«, diagnostizierte ich später, »hat die Sache mit euch beiden lange gedauert?«

»Nein.«

»Was heißt 'nein'?«

»'Nein' heißt, daß ich mit dir nicht darüber reden will. Ich bin schließlich krank und brauche Schonung. Eifersüchtige Frauen regen mich immer so auf!«

»Eifersucht – dieses Gefühl ist mir völlig fremd«, behauptete ich. »Und jetzt laß uns darüber nachdenken, wo wir Ajax suchen wollen. Er ist zur Zeit 'Orestes', Agamemnons Sohn. Laß uns in deine Mythologiebücher gucken. Ich bin sicher, wir finden die Lösung dort.«

Ich öffnete die Balkontür und drehte die Markise herunter. So hatten wir Schatten und konnten dennoch draußen sitzen. Jason plazierte sich in den Liegestuhl. Er war wirklich noch ein bißchen bleich und sah angegriffen aus. Der Kopfverband stand ihm gut.

»Du siehst aus wie ein mittelalterlicher Ritter, der sich wegen seiner Herzensdame eine Blessur geholt hat«, lächelte ich. »Duell im Morgengrauen, Florett, Säbel oder ähnliches Werkzeug.«

»Sollte es doch noch ein romantisches Eckchen in deinem herben Frauenherzen geben?« scherzte er. »Sag mir, mit wem ich um dich streiten soll, und ich tue es!« Er tat, als wolle er aufspringen und auf einen unsichtbaren Gegner mit einem Stichgerät losgehen.

»Dein Hang zur Theatralik ist überproportional ausgeprägt, Liebster. Du solltest deine alten Töpfe sausen lassen und bei einer Provinzbühne anfangen.«

»Nur Provinz?« maulte er. »Wenn schon, dann großes Theater. Der ewig jugendliche Liebhaber, von Frauen umschwärmt und begehrt, von Männern gehaßt und verfolgt.«

Ich griff vorsichtig in sein Haar, um seine Wunde nicht zu berühren. »Ach, Jason. Bist du nicht ein bißchen zu alt für die Rolle eines jugendlichen Liebhabers? Kannst du dir wirklich nicht vorstellen, nur mit einer Frau zu leben?«

Unversehens hatte mich eine verträumte Schwermut ergriffen. Die glühende, senkrechte Stunde nahte, und im Licht der Sonne glänzten die Olivenbäume wie perlmuttene Muscheln.

»Es scheint fast, als würdest du an die Ehe glauben!« stieß Jason erstaunt hervor.

»Nicht unbedingt. Die christliche Ehe ist so angelegt, daß sie mit dem Exitus der beiden Beteiligten endet. Das kann nicht das Ziel einer guten Beziehung sein, Aber ich glaube fest daran, daß sich zwei Menschen sexuell treu sein sollten, solange sie zusammen sind.«

»Was würdest du tun, wenn dich dein Partner mit einer anderen Frau betrügt?«

»Wir sollten das Thema wechseln«, schlug ich vor. »Ich habe nicht vor, dich mit Moralvorstellungen zu langweilen, für die du vermutlich nur ein spöttisches Lächeln übrig hast.«

»Sag, was du tun würdest«, drängte er.

»Die Beziehung beenden und zwar sofort. Ohne Szene, ohne Kampf und ohne Tränen.«

»Du bist eine Puristin!«

»Nein, ich habe mir nur Gerüste gebaut, an denen ich mein Leben hochgebaut habe, damit es hält. Du willst am liebsten mit jeder Frau ins Bett gehen, die dir gefällt. Und das stört mich an dir.«

Er setzte sich in seinem Liegestuhl auf. »Männer fühlen nun mal anders als Frauen!«

Ich lachte. »Schön, daß ihr euch diese Sage habt einfallen lassen! Das entbindet euch von Verzicht und Disziplin. Freier Verkehr in einem freien Land. Frauen, die so handeln, sind für euch Männer Huren oder kranke Nymphomaninnen. Benehmt euch nicht immer wie brünstige Alphamännchen! Setzt endlich eure Entwicklung zum Menschen fort!«

Die letzten Sätze hatte ich mit erhobener Stimme gesprochen. Der Dialog nervte mich.

Auf seiner Stirn zeigte sich eine klassische Unmutsfalte. »Und was mich an dir stört, ist deine Begabung, schöne, gefühlsbetonte Augenblicke durch übertriebene Analyse kaputt zu machen. Deine Hingabe an mich ist immer kühl gewesen. Liebe bedeutet, sich auszuliefern und die Folgen zu riskieren. Warum ist dein Herz voll brodelnder Leidenschaft, wenn es um Landschaften und Geschichten geht? Wo bist du, wenn du bei mir bist?«

Er schlug sich nicht übel. Griff an, um sich nicht verteidigen zu müssen. Lenkte ab, um mich aus dem Konzept zu bringen.

»Die Landschaften, die ich sehe, gehören mir allein, und die Geschichten, die ich lese, gehören meiner Phantasie. Sie werden mich niemals enttäuschen.«

Ich war an die Balkonbrüstung getreten und schaute in die Landschaft. Plötzlich spürte ich zwei Arme, die mich von hinten umfingen.

»Du mußt liegenbleiben«, murmelte ich.

»Was nach dieser Reise kommt, liegt nur an dir«, sagte er, »doch du mußt sagen, ob du mich willst. Du bekommst für mich keinen Garantieschein und noch nicht einmal eine Bedienungsanleitung.«

»Und was soll der Spaß kosten?« meinte ich forsch.

»Liebe, Verständnis, Vertrauen und Toleranz.«

»Und Unterwerfung, nicht wahr?«

»Nein. Völlige Hingabe. Auf beiden Seiten.« Er küßte mich hungrig.

»Vielleicht ist der Preis zu hoch für ein oftmals gebrauchtes Modell wie dich«, versuchte ich zu scherzen, als ich wieder reden konnte.

Er bekam es in den falschen Hals. »Schon wieder ein verpaßter Moment«, sagte er. Es klang tatsächlich ein bißchen traurig. »Ich glaube nicht, daß er noch einmal wiederkommt.«

»Wir kennen uns gerade mal zwei Wochen«, wandte ich ein. »Ein bißchen früh, um Zukunftspläne zu schmieden, oder?«

»Sicher ist es das. Aber es ist immer zu früh und immer zu spät.«

Kondis ging ins Zimmer zurück und legte sich aufs Bett. Wenig später waren ihm die Augen zugefallen. Ich hätte so gern noch eine versöhnliche Bemerkung gemacht, ihm etwas Liebevolles ins Ohr geflüstert, ihm gesagt, daß ich vielleicht doch ...

Nein, dachte ich, sich auf ihn einzulassen, bedeutete die Aufgabe vieler Dinge, die mir immer wichtig gewesen sind. Eine völlige Umstellung meiner Wünsche, Ziele und Erwartungen.

Er seufzte im Schlaf. Mein Herz bekam einen wehen Krampf. Ich legte die Hand auf meine linke Seite, um den Schmerz zu verscheuchen. Kondis' Atem ging flach, zwischendurch ein kleines Gemurmel, irgendein griechisches Wort. Sein Oberkörper lag verwundbar bloß, die Haut war glatt und gebräunt, die Schultern gerade und mit einigen Muskeln bepackt.

Die Angst, die ich hatte, als ich ihn blutüberströmt im Olivenhain hatte liegen sehen, würde ich niemals vergessen, denn sie war grauenhaft und süß zugleich gewesen. Ich hatte gespürt, daß ich großer Gefühle fähig war. Gefühle, die ich sonst nur als Bestandteil griechischer Tragödien anerkannt hätte.

Mein Blick löste sich von Kondis, der tief schlief wie ein Baby. Ich trat auf den Balkon zurück, um mich an den mythologischen Geschichten zu berauschen.

Aus dem Garten des Hotels drang Gemecker zu mir herauf. Unten hatte sich eine Ziege mit ihrem Strick in einem Busch verfangen. Sie zerrte daran, um sich zu befreien. Das Tier war zart, schwarzbraun, hatte ein glänzendes Fell und kleine Hufe.

Hinter ihr öffnete sich plötzlich der Busch, und ein großer, schwarz-weißer Bock mit gedrehten Hörnern und einem langen Bart kam hervor. Er hatte das Maul halb geöffnet und keuchte. Speichelflocken fielen zu Boden. Ein leichter Bocksgestank erfüllte die Luft. Die Glocke um seinen Hals bimmelte. Es klang nach unverhohlener Vorfreude.

Die kleine Ziege bemerkte den Bock, drehte ihr Hinterteil von ihm weg und stieß ein angstvolles Meckern aus. Als er sie gegen ihren Willen bestieg, keuchte er wie ein chronischer Asthmatiker. Dann war der Bock fertig und trottete davon, ohne ihr noch einen Blick zu gönnen. Wenigstens die Glocke sagte tschüs.

Die geschändete Ziege schüttelte sich ein paarmal, peilte die nächste Futterstelle an und zupfte weiter Gras. Der Strick hatte sich gelöst, sie war frei.

Ich lachte los. Wer, verdammt noch mal, hatte diese bedeutungsschwere Szene für mich bestellt? Kondis war unschuldig, denn er lag noch immer auf dem Bett und schlief. Ich blickte nach oben und sah eine einzelne Wolke. Sie war groß, üppig, ausladend, hatte große Brüste und glich der Liebesgöttin Aphrodite aufs Haar.

»Ihr Griechen steckt doch alle unter einer Decke!« kicherte ich leise.

Abschied von den anderen

Aus dem Hotelrestaurant drang fröhliches Stammtischgebrumm. Als ich den Raum betrat, hieß der magere Rest der Reisegruppe mich willkommen. Katastrophen schweißen Menschen zusammen, dachte ich. Da waren sie wie Tiere, die sich bei einem Sturm eng aneinander drücken, um die Illusion von Geborgenheit und Schutz zu haben.

»Wie geht es Herrn Kondis?« fragte Martha Maus. Ich gab ein knappes Bulletin zum Besten. Dann erzählte ich von unserem Plan.

»Warum wollen Sie beide Ajax Unbill suchen?« wollte Pater Benedikt wissen. Seine Zunge war schwer, was ich dem Wein zuschrieb, der vor ihm stand. »Sollte man solche Dinge nicht lieber der Polizei überlassen?«

Daphne Laurenz hatte die Frage mitbekommen und trompetete quer über den Tisch: »Das dürfte wohl nicht der einzige Grund sein!«

Auch sie hatte mächtig gebechert und Schwierigkeiten mit der Artikulation. Ich hatte viel Verständnis für sie, manche Dinge lassen sich mit Alkohol leichter verkraften – wenigstens anfangs.

Ich überhörte die Anspielung und wandte mich wieder dem Pater zu. Bevor er morgen Richtung Heimat fliegen würde, mußte ich noch eine Antwort von ihm bekommen. Ich haßte unerledigte Posten auf meinem Einkaufszettel.

»Lieber Pater«, begann ich und zog ihn vom Stuhl hoch, »meine Seele befindet sich in schönster Unordnung, weil ich die Antwort auf eine wichtige Frage nicht weiß.«

Seine Neugier war geweckt. Ich henkelte ihn unter, und wir schritten auf die Terrasse. Er war solche freundschaftlichen Berührungen nicht gewohnt, denn er verspannte sich etwas. Ich ließ seinen Arm los und baute mich direkt vor ihm auf. Im Garten begannen die Fledermäuse mit ihrer nächtlichen Beutetour.

»Was haben Sie damals in der kleinen Kirche im Pleistostal gemacht? Jetzt will ich die Antwort haben! Und belügen Sie mich nicht, denn der liebe Gott hört alles.«

Pater Benedikt lachte auf. »Ich wußte, daß Sie keine Ruhe geben würden. Ja, ich war da. Ich habe mich mit zwei Männern getroffen, die mir etwas übergeben wollten.«

»Und warum haben Sie daraus ein Geheimnis gemacht?«

Er zögerte. »Weil ich mich dumm angestellt habe«, meinte er nach einer Weile. »Die beiden Männer hatten bereits in Deutschland Kontakt zu mir aufgenommen. Sie boten mir eine verschollene Aristoteles-Handschrift zum Kauf an. Ein wertvolles Dokument, die mittelalterliche Abschrift eines Traktates des großen Politikers und Philosophen. Ich witterte eine Sensation und habe mich mit den beiden getroffen.«

»Und? Haben Sie die Handschrift gesehen?«

»Ja. Aber es handelte sich um eine plumpe Fälschung. Wertloses Zeug. Die beiden wollten mir trotzdem das Geld abnehmen, doch dann betraten Sie und wenig später Herr Kondis plötzlich die Kirche. Zum Glück haben die beiden die Beine in die Hand genommen, sonst wäre ich um 20 000 Mark ärmer.«

»Das ist ein Ding!« staunte ich. »Warum haben Sie das nicht früher erzählt?«

»Es war mir peinlich. Ich kann heute nicht mehr verstehen, warum ich mich auf eine solche Räuberpistole habe einlassen können. Ich möchte Sie bitten, über die Sache Stillschweigen zu bewahren.«

Ich versprach es und atmete erleichtert auf. »Lassen Sie uns zu den anderen gehen. Es ist immerhin der letzte Abend einer Reise mit vielen merkwürdigen Ereignissen«, schlug ich vor.

Almuth Traunich und Martha Maus winkten uns heran. Die beiden Frauen hatten eine Ouzo-Flasche vor sich stehen. Aris und Costas unterhielten sich mit dem Hotelier. Sie sprachen vermutlich über das, was sie sahen: Angeheiterte Touristen – eine Plage, mit der Griechenland regelmäßig im Sommer zu kämpfen hatte.

Der Pater setzte sich zu den beiden Damen. Ich hatte eigentlich vor, mich in mein Zimmer zu verdrücken, doch Daphne Laurenz ließ mich nicht aus den Augen. Sie wollte Ärger machen und brauchte Publikum. Ihr blondes Haar war ungewaschen und fiel strähnig auf die Schultern.

Wie du willst, dachte ich und setzte mich zu ihr.

»Wo drückt der Schuh?« begann ich. »Sie schauen mich an, als wollten Sie mich umbringen. Ist es meine Beziehung zu Kondis, die Sie nicht ertragen können?«

Die offensive Ansprache verblüffte sie. Sie wollte etwas sagen, überlegte es sich anders und griff zum Weinglas.

»Er ist ein Schwein«, murmelte sie, »er hat mich abserviert wie eine alte Socke. Haben Sie keine Angst, daß er mit Ihnen das gleiche macht?«

»Das Leben ist kein ewiger Sonnenaufgang, keine frühlingshafte Offenbarung und kein ständiger Jubelgesang«, philosophierte ich. »Beziehungen entstehen, werden genossen und beendet. Wo also liegt das Problem?«

»Sie sind verdammt cool«, meinte sie. »Schon mal was von Liebe gehört?«

»Nein, was ist das?«

Sie sagte nichts, sondern fing an zu heulen. Das Wasser floß ihr aus Augen und Nase.

»Ist ja gut«, sagte ich leise, »es tut mir leid. Liebeskummer ist eine schreckliche Krankheit.«

»Was wissen Sie denn schon?« zischte sie. Und heulte weiter.

»Das geht vorüber, glauben Sie mir! Ich bin ein paar Jährchen älter als Sie und habe bereits einiges mitgemacht. Kondis ist nicht der einzige Mann auf der Welt!«

»Aber der beste Ficker, den ich je hatte!« schrie sie zornig und fegte die Weinflasche vom Tisch. Sie rollte über den Boden und blieb an der Wand liegen. Der Rotwein gluckerte langsam zwischen die Fliesen.

Ich hatte genug. »Schönen Abend noch!« rief ich laut in die Runde und stand auf. Als ich Richtung Treppe ging, sah ich das breite Grinsen von Costas.

»Spar dir dein Lachen, Grieche!« fuhr ich ihn an. »Hol mir lieber heute abend noch meinen Oreganostrauß aus dem Bus und hänge ihn an meine Türklinke. Ich hab mir schließlich die Finger wund gesammelt. Okay, Kleiner?«

Der Apollon-Verschnitt kniff mir verschmitzt ein Auge zu.

»Koronis gebar im steinigen Epidauros«

Orestes brachte seine Mutter und ihren Geliebten um, um den Vater zu rächen. Da Muttermord in Griechenland ein schweres Verbrechen war, war Agamemnons Sohn gezwungen, Vergebung zu erflehen, um weiterleben zu können. Leider waren sich die griechischen Dichter über das Schicksal des Orestes nicht einig. Sicher war nur, daß er umherirrte, um jemanden zu finden, der ihm Absolution erteilte.

»Meinst du, er ist nach Delphi zum Orakel gefahren? In der kastalischen Quelle konnten sich Mörder ihre Schuld abwaschen.«

Kondis schüttelte den Kopf. »Die kastilische Quelle ist zur Zeit abgesperrt. Ich habe eine andere Idee. Schau im Buch mal unter Epidauros nach. Er will bestimmt zum Heiligtum des Asklepios.«

Ein schöner Morgen hatte begonnen. Die Landschaft strahlte trotz des vielen Blutes in ihrem Boden eine zärtliche Stimmung aus. Die Spatzen schilpten im Laub des Weinstocks.

Die anderen waren früh gestartet, Kondis und ich frühstückten allein auf dem Balkon. Wer uns beobachtete, konnte an nichts anderes glauben als an die Urlaubsreise eines verliebten Paares.

Ich hatte ihm nichts von Daphnes Anfall vom Vorabend erzählt, ich wollte die häßliche Szene am liebsten vergessen. Noch ein paar Tage mit ihm und die Sache war sowieso vorbei. Ich erhoffte nichts, befürchtete nichts, erträumte nichts und forderte nichts. Deshalb war ich frei.

Kondis schien völlig wiederhergestellt, der Kopfverband war durch ein Pflaster ersetzt worden. Im Morgengrauen war er zu mir gekommen. Er war wieder gierig und hatte mich angesteckt. Als wir fertig waren, sah er mich mit einem fordernden Blick an. Da wußte ich, daß er etwas bei mir suchte, das ich ihm nicht geben konnte, weil ich nicht wußte, was es war.

Das warme Wasser der Dusche ließ meine dubiosen Gefühle im Abfluß verschwinden. Als wir unsere Kleider anlegten, entfernten wir uns noch weiter voneinander. Die Bitterkeit des schwarzen Kaffees tat wohl. Ich nahm ein Buch in die Hand und las, was ich über das Heiligtum in Epidauros finden konnte.

»Dieser Asklepios«, rief ich überrascht aus, »ist ja der Sohn von Apollon und Koronis. Das ist die untreue Königstochter, die dafür gesorgt hat, daß die weißen Raben schwarz wurden. Erinnerst du dich an die Szene auf der Apollonschale, die Unbill geklaut hat?«

»Natürlich«, lächelte er, »deshalb bin ich ja auf Epidauros gekommen. Ajax Unbill ist krank. Er trägt den Namen eines berüchtigten Vergewaltigers – Ajax fiel über Kassandra her. Kassandra ist die Konkubine von Agamemnon, die von der Ehefrau getötet wird. Daphne wird von Apollon in Delphi vergewaltigt, Ajax gibt sich als Apollon aus. Agamemnon stiehlt die Schale mit der Koronis-Szene. Der Sohn von Koronis und Apollon ist der berühmteste Arzt der Antike. In einem Orakelspruch der delphischen Pythia, der überliefert ist, heißt es: 'Koronis gebar im steinigen Epidauros'. Ajax Unbill ist in die Mythologie unheilvoll verstrickt.«

»Kein Wunder«, entgegnete ich, »der arme Kerl ist schon als Kind von seinem Vater mit der Antike gequält worden.«

»Immerhin war seine Rache ziemlich ungewöhnlich«, sagte Kondis und pellte eine Orange, »und vor allem blutig. Ajax hat natürlich längst gemerkt, daß er krank ist. Und im Heiligtum des Asklepios können alle Krankheiten geheilt werden, so ist es überliefert. Wenn er so verrückt ist, wie ich glaube, wird er in Epidauros Erlösung suchen. Dort gab es einen Saal, dessen Grundmauern noch stehen. Er heißt *abaton*, was übersetzt 'das Unbetretbare' heißt. Die Kranken reinigten sich, aßen rituelle Speisen und verbrachten eine Nacht dort. Irgendwann kamen die Götter vorbei und heilten sie. Epidauros war eine riesige antike Kurklinik. In der Herberge gab es 150 Zimmer. Die Patienten und ihre Angehörigen hatten jede Menge Unterhaltung. Zum Beispiel im weltberühmten Theater, das von Polykleit im 4. Jahrhundert vor Christus gebaut worden ist.«

»Ich liebe gebildete Männer!« rief ich entzückt aus. »Und nun knusper dein Brötchen und laß uns packen. Ich kann es kaum erwarten, unseren Battos wiederzufinden.«

»Und was tun wir, wenn wir ihn entdecken sollten?«

»Keine Ahnung. Das entscheiden wir, wenn es so weit ist. Bist du fertig?«

Eine Panne mit Joghurt und Honig

Der Weg nach Epidauros führte über Argos, dessen Burg ich vom Balkon meines Zimmers in Mykene aus der Ferne gesehen hatte. Wenn Ajax nach Epidauros geflüchtet war, mußte er sich noch eine Weile gedulden bis zum gemeinsamen Wiedersehen.

Unterwegs setzte ich den Mietwagen auf einer schlechten Straße in ein tiefes Loch. Wir steckten fest.

»Wären wir nur auf der Asphaltstraße geblieben«, meinte ich genervt, als ich das Malheur betrachtete. »Aber du wolltest ja die Schleichwege durch die Landschaft nehmen!«

»Hättest du mich fahren lassen«, gab Kondis zurück.

»Natürlich! Frauen sollten sowieso nicht ans Steuer, oder?« Wütend trat ich gegen den Reifen.

»Genau. Frauen sollten dem Manne dienen, in der Küche bleiben und die Kinder großziehen«, grinste er.

»Daß du so denkst, hätte ich eigentlich wissen müssen, du Macho!«

Er meinte es spöttisch, doch ich wollte mich ärgern. Ich schnappte meinen Sonnenhut und setzte mich auf einen Baumstamm, der ein paar Meter entfernt lag.

»Es war sowieso Zeit für eine Pause«, meinte Kondis ungerührt durch meine schlechte Laune. »Schau dich um! Was sagst du?«

Er setzte sich ins Gras zwischen meine Beine, griff meine Arme und legte sie sich auf die Schultern. Ich beugte mich zu ihm hinunter und steckte meine Nase in seine Haare. Sie dufteten nach Pinien und Honig, genau wie die Hügel um uns herum. Sie waren niedrig wie die muskulöse Brust eines Mannes, von niedrigem Longos bewachsen, in dem der blühende Thymian wie lila Perlen lag. Zistrosen und wilder Fenchel kämpften um die wenigen freien Plätze zwischen kleinen Steineichen und Wacholdern.

»Du gehörst in dieses Land«, flüsterte ich, »sei glücklich, daß du ein Mensch und ein Grieche bist. Wie hast du es nur so lange in Deutschland ausgehalten?«

Er antwortete nicht, sondern deutete in die Luft. Ein Greifvogelpaar spielte vor der fast senkrecht stehenden Sonne. Sie entfernten sich voneinander, aber nur, um wieder aufeinander zuzufliegen. Ihre Flügel schienen sich zu streifen, ihre Bäuche zu berühren. Die kurzen, spitzen Schreie vibrierten in der festen Luft.

»Das sind Milane«, erklärte er. »Sie bleiben ein Leben lang ein Paar. Stirbt einer von ihnen, stürzt sich der andere in den Tod – so wird erzählt.«

»Traurig und schön sind die Geschichten, die du erzählst. Warum ist das Leben so schrecklich kompliziert geworden?«

»Als die Menschen begannen, die Leidenschaften zu beherrschen, hat das Unglück seinen Lauf genommen.«

»Ohne die Beherrschung der Leidenschaften gäbe es keine Kultur. Gerade die Zusammenarbeit von Kopf, Herz und Leidenschaft hat das geschaffen, vor dem wir heute bewundernd stehen«, philosophierte ich.

»Du bist eine merkwürdige Frau! Ich habe noch nie einen Menschen getroffen, der Situationen so tief fühlt und dennoch Angst davor hat, sie wirklich zu genießen. Warum bist du so?«

»Vermutlich eine mißglückte Sozialisation. Meinst du, ich muß auf die Couch eines Psychiaters?«

»Beim Zeus, nein! Du brauchst nur den richtigen Partner. Ich wüßte jemanden.«

»Du bist ein Romantiker!« Ich setzte einen Kuß auf seine Stirn. »In deinem schönen Kopf geht ziemlich viel durcheinander. Sag mir lieber, warum dieses Land so schön ist?«

»Die Landschaft brüstet sich nicht, hält keine prahlerischen Reden – so hat ein griechischer Dichter einmal gesagt. Schau sie dir an mit sorgloser Einfachheit, dann weißt du, daß das Glück vor dir steht.«

Wir hatten nicht bemerkt, daß wir beobachtet wurden. Ein alter Mann und ein Esel standen an unserem Wagen und betrachteten ihn mit Interesse.

Kondis sprang auf und begrüßte den Alten. Ich folgte in einigem Abstand, riß unterwegs ein Feigenblatt ab und verrieb es zwischen den Fingern. Feigen haben einen unverkennbaren Geruch, der manchmal ein ganzes Tal füllen kann.

Kondis redete den Mann freundlich an und nahm seine Hand. Dem Verlauf des Gespräches nach erläuterte Kondis unsere mißliche Lage. Ich trat zu den beiden hin. »*Jassas*!« grüßte ich.

Der Alte nickte. Er war hager, seine Haut war verbrannt wie die Oberflächen der steppenartigen Wiesen. Seine Lippen waren nach innen gezogen, nur noch gehalten von zwei Eckzähnen, die beim Sprechen hervorlugten. Sie waren bräunlich und abgemahlen wie bei wiederkäuenden Rindern. Der Esel war graubraun und hatte klare, sanfte Augen. Die langen Ohren waren ständig in Bewegung, um die Fliegen zu verscheuchen.

Die beiden Männer beratschlagten, wie der Wagen aus dem Loch zu befreien wäre. Dann schienen sie sich geeinigt zu haben. Der Alte band seinen Esel an die Stoßstange des Mietwagens und schlurfte langsam ins Gebüsch.

»Was macht er?« fragte ich.

»Er holt altes Holz, mit dem wir das Loch auffüllen können. Und er hat angeboten, uns ein Essen zu kochen. Er wohnt ein paar hundert Meter weiter in einer Hütte.«

»Und? Hast du zugesagt?«

»Nein, noch nicht. Ich wußte nicht, ob es dir recht ist. Er lebt allein. Es kann sein, daß seine Hütte nicht deinen hygienischen Vorstellungen entspricht.«

Ich begann Holzstücke und kleine Zweige aufzulesen. »Gastfreundschaft ist etwas Schönes. Natürlich nehmen wir seine Einladung an. Mein Magen knurrt sowieso schon, und Durst habe ich auch.«

Wenig später kam der Mann zurück, die Arme voller Holzstücke. Die beiden Männer legten sie vor die Vorderreifen, ich setzte mich ins Auto und startete. Mit viel Geheul und Mühe hob sich der Wagen aus dem Loch. Die Reifen waren in Ordnung, nur die Kupplung stank. Ich fuhr den Wagen an den Straßenrand, und wir stiegen den Weg zur Hütte des Alten hinauf. Der Esel kannte den Weg, denn er trottete voran, das Seil hinter sich her schleifend.

Das Haus war aus rohem Stein und hatte die gelbliche Farbe der Landschaft. Wir traten durch die schwere Holztür. Es war fast dunkel, die Augen brauchten einige Momente, um sich zu gewöhnen. Im Inneren war ein gemauerter Kamin der Mittelpunkt des einzigen Raumes. In die Wand waren Stöcke eingemauert, an denen die Kleider des Mannes hingen. Ein schmales Bett mit alten, wollenen Decken war in den hinteren Teil des Raumes geschoben worden, direkt unter das einzige Fenster, dessen Glas fast blind war.

Der Alte holte aus dem Dunkel einer Ecke zwei Holzschemel, dreibeinig mit einer runden Scheibe als Sitzfläche. Er selbst stieß mit den Füßen einen roten Plastikstuhl durch den Raum und ließ sich darauf nieder.

»Sogar in dieser Wildnis verfolgen uns diese häßlichen Plastikstühle«, staunte ich, »ganz Griechenland scheint von ihnen überschwemmt.«

»Sie sind billig und unverwüstlich, haben Armlehnen, und man sitzt auf ihnen relativ bequem«, verteidigte Kondis die Dinger.

»Und ein gutes Geschäft für den Hersteller, weil es Förderungsmittel von der Europäischen Union gab ... ich habe nichts von dem vergessen, was du mir über diese Ausgeburten der Häßlichkeit erzählt hast«, lachte ich.

Die beiden Männer setzten ihr Palaver fort. »Er will wissen, wie du unser Land findest«, erklärte Kondis.

»Sag ihm, daß ich ihn beneide, weil er ein Grieche ist mit einem wunderbaren Land und einer alten Geschichte. Und sag ihm, daß ich mich für die Einladung bedanke.«

Kondis übersetzte, und der Alte sah mich zum ersten Mal richtig an. In seinen Augen, die von tiefen Falten umgeben waren, entdeckte ich abgeklärte Neugier.

»Warum lebt er hier so allein? Wo ist seine Familie?« fragte ich.

Als Kondis übersetzt hatte, erzählte der alte Mann. Seine Stimme war leise und verfiel in den gleichbleibenden Singsang professioneller Geschichtenerzähler.

»Sein einziger Sohn ist nach Amerika gegangen und lebt dort mit seiner Familie. Die beiden sehen sich nicht oft. Der Vater wollte nicht in einem fremden Land sterben und blieb hier. Jetzt ist er über achtzig Jahre alt, kann sich noch immer allein versorgen und braucht keine Hilfe. Seine Frau ist vor 30 Jahren gestorben.«

»Unterstützt sein Sohn ihn wenigstens? Warum lebt er so ärmlich?«

»Er ist nicht arm, sondern wohlhabend. Er hat ein eigenes Haus, einen Esel, eine Herde von Ziegen und Schafen und baut sein Gemüse selbst an. Aus der Schafsmilch macht er Joghurt, aus der Ziegenmilch stellt er Käse her, den er im Dorf verkauft. Auf dem

Berg hat er seine Bienenkörbe stehen. Er ist frei. Warum also sollte er arm sein?«

Ich verstand. Der Alte war aufgestanden und brachte uns zwei Plastiknäpfe mit fettem, gelbem Joghurt, in dem Blechlöffel standen. Dazu reichte er bernsteinfarbenen Honig. Die Mischung aus säuerlicher Milch und würziger Süße war köstlich. Zuletzt reichte der Alte Fladenbrot, bestreut mit Sesamkörnern.

»Warum ißt er nichts?« wollte ich wissen.

»Er wartet erst, bis seine Gäste satt und zufrieden sind.«

»Eine nette Geste. Müssen wir uns nicht revanchieren? Sollen wir ihm etwas Geld geben?«

»Wenn du ihn beleidigen willst, dann tu das. Wir sind nicht in Deutschland, wo jeder eine Gegenleistung erwartet, wenn er jemandem einen Gefallen tut. Schmeckt es dir?«

»Es ist wunderbar. Ich habe mir mein Touristenverhalten noch immer nicht abgewöhnt, nicht wahr?«

»Das macht nichts. Du hast ja mich. Jetzt müssen wir aber los, sonst kommen wir nie in Epidauros an.«

Kondis bedankte sich, und der Alte brachte uns zu unserem Auto zurück. Er blieb an der Straße stehen und winkte uns nach.

Argos nahte; die zyklopischen Mauern der Burg strahlten dunkle Hitze aus. Die Straße schraubte sich in Serpentinen in die Höhe, der Wind peitschte Oregano und kleine Aprikosenbäume, die schief zum Osten standen. Ihre Früchte waren klein und hart und von gelbroter Farbe.

Wir stiegen über einen Hügel zu der meterdicken Mauer aus mykenischer Zeit. Die Burg war aus hellem Stein, fränkisch und leichtfüßig. Der starke Wind machte eine Unterhaltung unmöglich. Wir standen eine Weile und schauten. Nur für eine Weile ließ ich meinen Hut los, da wurde er ergriffen und taumelte hinab ins Tal.

Kondis wollte hinterher, doch ich hielt ihn zurück. Er war aus Stroh und würde überhaupt nicht auffallen im gelben Gesträuch.

Die Landschaft verfinsterte sich, Wolken ballten sich zu Türmen zusammen und wurden wieder auseinandergeblasen. In der Ferne blaute das Wasser des Argolischen Golfes.

Mir war kalt vom Wind, ich deutete an, zum Auto gehen wollen. Epidaurus war nicht mehr weit.

Der Vorteil einer klassischen Akustik

Der Parkplatz war riesig groß und gerüstet für die Hochsaison und ihre Busflotten. Das Ausgrabungsgelände erstreckte sich über eine große Fläche. »Wie sollen wir ihn hier finden?« fragte ich.

»Nur der Zufall kann uns helfen«, sagte Kondis, »und eine gute Portion Glück. Wenn wir ihn nicht entdecken, bist du wenigstens mal in Epidaurus gewesen und hast dir das schönste griechische Theater angesehen, das es auf der Welt gibt.«

Wir ließen das kleine Museum links liegen und liefen den Weg zum Theater hinauf. Schattige Pinien halfen die Temperatur zu ertragen.

Das Theater lag vor uns. Es war steil in die Höhe gebaut und hatte Platz für 14 000 Menschen. Die Sitzreihen waren aus Kalkstein. Die Orchestra war rund. Ich blickte gegen die Sonne zu den Sitzen hoch. Überall kletterten Besucher herum, um die berühmte Akustik zu überprüfen. Die Reiseleiter blieben in der Mitte des Orchestra-Kreises stehen, zerrissen ein Stückchen Papier oder ließen einen Groschen fallen. Manche flüsterten irgendetwas in ihrer Sprache. Es war so gut zu hören, als sei das Rund mit hochempfindlichen Mikrophonen und Boxen beschallt worden.

Plötzlich hörten wir Gesang. Ein dicker Mann mit kurzen Hosen und einer amerikanischen Baseball-Mütze schmetterte ein Lied. Es hörte sich nach russischer Volksseele an. Er hatte den warmen Tenor einer Don-Kosaken-Stimme, die im oberen Bereich leicht quetschig wird. Wir setzen uns in die vordere Sitzreihe und hörten zu. Als er fertig war, applaudierten die Touristen. Der Sänger verbeugte sich, ging an uns vorbei, um sich seiner Gruppe anzuschließen.

»Woher kommen Sie?« fragte ich ihn.

»Aus der Ukraine«, kam es deutsch zurück, »ich bin Sänger und habe 30 Jahre davon geträumt, im Theater von Epidaurus zu singen. Morgen komme ich wieder.«

»Siehst du«, sagte ich zu Kondis, »es gibt noch andere Verrückte, die sich aus dem Griff der Geschichte nicht lösen können.«

Ich hielt mein Gesicht der Sonne entgegen. Um meinen Kopf hatte ich nun ein lilafarbenes Baumwolltuch geschlungen.

»Gib mir mal dein Fernglas«, bat ich Kondis. »Ich werde die Sitze nach unserem Freund Battos absuchen.«

Ich ging in die Mitte des Kreises und durchstöberte die Reihen. Menschen aus allen Ländern saßen da, beschirmt durch Hüte und behängt mit Kameras und Ferngläsern. Manche von ihnen hatten einen Picknickkorb dabei, aßen und tranken. Mein Blick blieb an einem Mann hängen, der mit nacktem Oberkörper weit oben saß. Er trug eine Art Turban aus dem Hemd, das er sich um den Kopf gewickelt hatte. Ich identifizierte sein Schnurrbärtchen, bemerkte den abwesenden Blick und das Buch, das er in der Hand hielt. Seine Lippen schienen zu murmeln.

Jemand stieß mich an, und das Bild wackelte. Mein Herz schlug bis zum Hals. Langsam ging ich zu Kondis zurück, der mir von weitem zu lächelte. »Da oben sitzt er«, raunte ich ihm zu, »ich kann es noch gar nicht fassen. Dreh dich langsam nach rechts und schau ganz nach oben den Hang hinauf. Er ist halbnackt und trägt einen Turban.«

Kondis gehorchte. Dann griff er nach dem Fernglas und vergewisserte sich. »Du hast recht«, stieß er hervor, »wie sollen wir Kontakt zu ihm aufnehmen?«

Eine französische Reiseleiterin zerriß ein Blatt Papier in der Mitte der Orchestra, um die Akustik zu demonstrieren. Kondis sah mich an, offensichtlich von einem Geistesblitz erwischt.

»Ich hab's! Bevor wir nach oben geklettert sind, ist er verschwunden und unsere Puste weg. Wir nutzen die Fertigkeiten von Herrn Polyklet und flüstern Battos etwas ins Ohr. Sitzt er noch da oben?«

Ich nickte. Kondis wartete, bis niemand mehr den markierten Punkt für sich beanspruchte und schlenderte langsam in die Mitte. Er drehte sich um, breitete die Arme aus und deklamierte:

»Hör auf das Recht, nicht nähre vermessene Untat! Schlimm ist vermessene Untat beim Niederen, doch auch der Edle, leicht erträgt er sie nicht, sie drückt ihn als lastende Bürde, ist er in Schaden gestürzt. Der andere Weg geht sich besser, hin zum Rechten. Das Recht besiegt ja vermessenen Hochmut, wenn das Ende kommt. Auch ein Dummkopf wird sehend im Leide. Horkos, der Hüter des Eids, verfolgt jede Biegung des Rechts!«

Kondis' Stimme war klar und deutlich. Ajax Unbill hatte zu Lesen aufgehört, als Kondis begonnen hatte. Regungslos saß er und starrte zu uns hinunter.

»Wir kommen!« Das war Kondis. Ich sprang auf, und wir kletterten die Treppen zwischen den Sitzreihen hoch. Nach der Hälfte des Weges begann ich nach Luft zu schnappen, die Sonne glühte, kein Lüftchen ging.

Endlich waren wir auf seiner Höhe. Ich ließ mich neben Ajax auf den Stein fallen.

»Hallo!« begrüßte er uns. »Schön, daß wir uns noch einmal sehen. Ich dachte schon, ich würde nie jemanden von früher wiedersehen.«

Er stotterte nicht mehr. Seine unruhige Hektik und seine Unsicherheit waren verschwunden, er wirkte abgeklärt und in sich ruhend.

»Wir haben Sie gesucht«, begann ich, »wie geht es Ihnen, Ajax?«

»Bestens«, entgegnete er erstaunt, »ich fühle mich so wohl wie noch nie in meinem Leben.«

»Was ist in der Nacht in Mykene geschehen?« Kondis' Stimme war sanft.

»Ich habe das getan, was mir vorbestimmt war. Agamemnon mußte sterben, weil er seine Frau getötet hat. *'Hör auf das Recht, nicht nähre vermessene Untat'* ... ich habe den Text erkannt, Herr Kondis. Hesiod. Ich kenne alle diese Texte. Viele von ihnen auswendig. Als Kind wurde ich bestraft, wenn ich nicht lernen wollte. Schon damals waren meine größten Wohltäter die nächtlichen Träume. Ich lebte die Geschichten, die ich lesen mußte, war Prometheus, wenn ich Rachepläne gegen meinen Vater schmiedete, war Ödipus, wenn ich an meine Mutter dachte, war Hermes, wenn ich glücklich war und Musik hörte. Wer macht einem solchen Kind einen Vorwurf, wenn es sich in den Irrsinn flüchtet?«

»Sie sprechen wie ein psychologischer Gutachter«, stellte ich fest, »trainieren Sie schon für Ihre Verteidigung?«

Kondis warf mir einen warnenden Blick zu. Er wollte die sanfte Tour durchziehen. Warum nicht, dachte ich, laß ihn machen und guck, was dabei herauskommt.

»Ich sage Ihnen, was in der Nacht geschehen ist und warum. Durch das Gespräch, das ich mit Ihnen, Frau Grappa, im mykenischen Königspalast führte, kamen

Gefühle ans Tageslicht, die ich nicht mehr kontrollieren konnte. Vater hatte Mutter getötet. Er hat sie nach und nach vergiftet, weil er Athina Melas heiraten wollte.«

»Er hat mir erzählt, daß er Athina erst nach dem Tod Ihrer Mutter traf«, wandte ich ein.

»Lüge«, schrie Ajax, »alles Lüge. Ich habe einen anonymen Brief an die Polizei geschrieben, doch nichts ist geschehen. Dann habe ich es Vater ins Gesicht gesagt. Er brachte mich zum Nervenarzt, und ich wurde in eine Klinik eingewiesen. Ich kam erst frei, als ich ihm versprach, die Beschuldigungen fallen zu lassen.«

»Und Athina? Sie haben sie doch sehr gemocht, oder?« Ich dachte daran, wie er sie mir beschrieben hatte. Sie seien wie Bruder und Schwester gewesen.

»Ich liebte sie. Als Vater sie zugrunde richten wollte, mußte ich etwas unternehmen. Doch auch hier habe ich versagt. Sie hatte die Diebstähle entdeckt und herausbekommen, daß Vater das Museum seit Jahren ausgeplündert hat. Sie hat es mir gesagt und mich gefragt, was sie machen soll.«

Er schlug die Hände vors Gesicht. Kondis legte den Zeigefinger auf die Lippen. Ajax Unbill brauchte Zeit, um sich zu erinnern. Ich schwieg.

Die meisten Touristen waren bereits gegangen, die blaugekleideten Wächter strichen durchs Gelände, um nach verspäteten Besuchern zu fahnden. Die Ausgrabungsstätte wurde geschlossen. Ein Mann winkte zu uns hinaus und bedeutete uns hinabzusteigen.

»Kommen Sie!« Kondis nahm Ajax am Ellenbogen und zog ihn hoch. Schweigend stiegen wir ab.

»Haben Sie heute schon etwas gegessen?« fragte Kondis, als wir auf dem Parkplatz standen. Ajax antwortete nicht. »Wo schlafen Sie?« Auch diese Frage blieb unbeantwortet.

»Wir nehmen ihn mit in unser Hotel«, raunte ich, »ich will den Rest der Story noch hören.«

Die Pension lag nur einen Kilometer entfernt an einer Straßengabelung. Wir hatten unser Gepäck bereits vor unserem Besuch hier abgeladen. Die Pergola aus Weinranken und Palmblättern überdachte die Tische und die bekannten Plastikstühle. Ich bestellte Wasser und Wein, Brot, Käse, Joghurt und Oliven. Ajax griff gierig danach, als alles auf dem Tisch stand.

»Athina sagte Vater auf den Kopf zu, daß er ein Dieb sei. Zwei Wochen später war sie tot. Selbstmord durch Gift.«

»Hat er sie auch auf dem Gewissen?« fragte ich.

»Ich denke schon. Vater mußte wissen, daß er nicht ungestraft davonkäme. Gattenmord – und das gleich zweifach. Er kannte die Strafen, die darauf stehen. Blut gegen Blut. Der Sohn rächt die Mutter, oder – wie bei Orestes – der Sohn rächt den Vater.«

»Und Frau Vischering? Warum haben Sie sie mit Eisenhut vergiftet?«

»Sie war seine Komplizin. Er wollte sie umbringen und überredete mich, es zu tun. Aber das war für mich nur ein Spaß, die Vorbereitung auf die wirkliche Rache.«

»Wie haben Sie ihn in den Garten gelockt?« Kondis schüttete Ajax zum dritten Mal Wein ein. Jetzt wird es interessant, dachte ich.

»Das war nicht schwer«, plauderte Ajax weiter, »ich behauptete, Frau Vischering wolle ihn im Garten treffen. Er war so verschlafen, daß er sich noch nicht einmal über die Uhrzeit wunderte.«

»Und woher hatten Sie plötzlich eine Axt?« mischte ich mich ein.

»Ich habe sie in Dodona im Garten des Hotels gefunden. Dort, wo der Eisenhut wuchs. Leider war es keine doppelschneidige mykenische Axt. Sie hätte mir besser gefallen.«

»Man kann eben nicht alles im Leben haben«, murmelte ich.

»Und dann haben Sie Ihren Vater erschlagen«, setzte Kondis die Erzählung fort. »Mit der Axt, die Sie vermutlich im Garten versteckt hatten.«

»Ja. War das nicht schlau eingefädelt?« Ajax lachte stolz wie ein Kind, das gerade eine schwierige Rechenaufgabe gelöst hat. »Leider hatte ich nicht bemerkt, daß Sie uns gefolgt waren. Als ich die ersten Schläge gegen die Beine des Gattenmörders ausführte, damit er nicht mehr weglaufen konnte, bemerkte ich, daß jemand durchs Gebüsch streifte. Ich drehte die Axt um, schlich zu Ihnen hin und versetzte Ihnen einen Schlag auf den Kopf. Dann tötete ich Vater.« Er griff nach einem Stück Brot.

»Dieser Plauderton macht mich krank!« rief ich und bestellte noch eine Flasche Demestica. »Hatten Sie kein Mitleid? Immerhin war er Ihr Vater! Hat er nicht geschrien oder gebettelt, daß Sie aufhören sollten?«

»Er wollte wissen, warum. Ich hab's ihm gesagt und ihm alles erklärt. Agamemnon starb durch einen Beilhieb in die Mitte der Stirn. Ich glaube, er hat eingesehen, daß ich es tun mußte. Die Erinnyen führten meine Hand.« Ungerührt schnitt sich Ajax ein Stück Schafskäse ab und begann zu kauen.

»Ich kann mich an nichts erinnern«, wunderte sich Kondis. »Ich weiß nur noch, daß ich Ihnen beiden folgte und daß ich aufwachte und Ihren toten Vater in seinem Blut liegen sah.«

»Ihr Kurzzeitgedächtnis hat durch den Schlag auf den Kopf gelitten«, diagnostizierte Ajax, »ich habe mit Absicht nicht besonders fest zugehauen. Schließlich wollte ich Sie nicht umbringen.«

»Herzlichen Dank!« meinte Kondis trocken. Jetzt brauchte auch er einen kräftigen Schluck Roten. Wir warfen uns Blicke zu, die allerdings nur Hilflosigkeit ausdrückten. Was um Himmels willen sollten wir mit Unbill junior anfangen?

»Warum haben Sie Daphne Laurenz vergewaltigt?« Die Frage mußte ich stellen, denn damit hatte alles angefangen.

»Wie bitte?«

»In der ersten Nacht in Delphi ist Daphne von einem Mann mit Maske vergewaltigt worden. Er hat sich ihr als 'Apollon' vorgestellt.«

»Dann wird es wohl Apollon gewesen sein«, kicherte er, »dieser Gott hat sich immer genommen, was er haben wollte.«

Ajax verstummte und wandte sich konzentriert dem Essen zu. Er verputzte Brot, Oliven und Käse und fragte artig, ob er sich noch etwas bestellen dürfte. Sein Geld sei leider alle. Der Wirt kam mit Nachschub in Form von Lammkoteletts.

»Was soll aus Ihnen werden?« fragte ich.

»Ich nehme an, Sie wollen mich der Polizei übergeben.«

Ich nickte. »Hätten Sie einen anderen Vorschlag?«

»Sie könnten mich laufen lassen.«

»Man würde Sie finden«, prophezeite Kondis, »die Polizei sucht Sie überall. Außerdem brauchen Sie ärztliche Hilfe.«

»Ich bin geheilt«, behauptete Ajax, »ich habe eine Nacht im *abaton* geschlafen. Oder glauben Sie, ich wandere mit einer Axt in der Hand durch Griechenland und schlage Menschen nieder?«

»Nein, das nicht. Sie wissen doch, daß Orestes nach dem Mord auch nicht davongekommen ist. Die Rachegöttinnen trieben ihn in den Wahnsinn.«

»Aber Apollon gab ihm einen Bogen, mit dem er sie verscheuchen konnte.«

»Später wurde er in Mykene vor Gericht gestellt und zum Tode verurteilt ...«

»... und von Apollon wieder befreit«, lächelte Ajax.

»Wenn Sie sich stellen und Ihre Geschichte erzählen, wird Ihnen nicht viel passieren«, mischte ich mich ein, »besonders, wenn sich herausstellt, daß Ihr Vater seine beiden Frauen umgebracht hat. Die Rache spielt zwar in unseren Gesetzen nicht mehr die Rolle wie im antiken Griechenland, doch der Vergeltungsgedanke wird schon noch beachtet. Ein Jahr in einem guten Krankenhaus und Sie sind wieder frei.«

Ajax überlegte. Er nagte die Lammkoteletts bis auf die letzte Faser ab und ließ sich den Wein schmecken. Wenigstens sein Appetit ist gesund, dachte ich.

»Sie können es sich ja überlegen«, schlug Kondis vor, »ich bestelle erst mal ein Zimmer für Sie. Morgen sehen wir weiter.«

Er erhob sich und sprach mit dem Wirt. Ich musterte mein Gegenüber. Ajax Unbill war durch die Ereignisse in den letzten zwei Wochen erwachsen geworden. Er hatte eine wichtige Entscheidung für sein Leben getroffen und einen unüberwindlich scheinenden Felsbrocken aus seinem Weg geräumt: seinen Vater. Eine Tatsache, auf die er stolz sein konnte. Leider hatte er dabei einen Menschen umgebracht, eine Frau vergewaltigt und eine andere zu vergiften versucht.

»Ich lasse Sie nicht ungeschoren davonkommen«, sagte ich zu ihm.

»Ich weiß, Frau Grappa«, lächelte er. »Ich habe von Anfang an gewußt, daß Sie Themis sind, die Göttin des unumstößlichen Rechts.«

Die plötzliche Erhebung in den Göttinnenstand ließ mich mein Weinglas umstoßen. »Dann ist ja alles klar! Morgen werde ich die deutsche Botschaft in Athen anrufen und sagen, daß Sie hier sind. Ich hoffe, Sie werden in Deutschland vor Gericht gestellt.«

Arroganz, Stolz und ein Versprechen

Ajax Unbill ließ sich am nächsten Morgen widerstandslos von der griechischen Polizei festnehmen. Nach kurzen Vernehmungen sollte er in die Bundesrepublik gebracht werden. Ich war traurig, denn nun war unsere Reise endgültig zu Ende. Wir mußten zurück nach Hause.

Kondis bestellte telefonisch zwei Rückflüge ab Athen nach Düsseldorf. Gegen Mittag starteten wir Richtung Korinth. Noch einmal konnte ich die Landschaft genießen, die Sonne, den Duft von Pinien, Feigen und Thymian. Ein trauriger Schleier hatte sich über meine Gedanken gelegt, ich sah die Natur mit dem Blick, der Abschied nimmt.

Kondis schien auch niedergeschlagen, doch ich fragte nicht, warum. War er traurig, weil er sein Land verließ oder weil unsere Gemeinsamkeit auseinanderbrechen würde?

Beim Isthmos von Korinth, jenem künstlichen Kanal zwischen dem Festland und dem Peloponnes, war es mit dem Zauber der griechischen Landschaft und ihrer Geschichten vorbei. Lastkraftwagen donnerten über die Stahlbrücke, Autos hupten fast ununterbrochen, ein Andenkenladen protzte neben dem anderen mit den scheußlichsten Dingen, die es an Touristenkitsch in diesem Land gab. Das einzig Vertraute waren die Plastikstühle in den Restaurants, die es hier in besonders ausgefallenen Farben gab. Himbeerrot, safrangelb und giftgrün.

»Laß uns schnell weg von hier«, rief ich Kondis zu, der mich wegen des Motorenlärms kaum verstehen konnte.

Er zog mich auf die Brücke, die einen winzigen Bürgersteig hatte, und deutete nach unten. Die Wände fielen etwa 80 Meter steil hinab, und unten mühte sich ein Schiff durch die künstliche Enge.

»Schon in der Antike hat man versucht, das Land zu durchstechen, doch ohne Erfolg. Der römische Kaiser Nero hat 6000 Gefangene aus Judäa hierhergebracht – auch vergebens. Erst 1883 war der Bau erfolgreich.«

»Und wie hat man die Schiffe im Altertum rüberbekommen?« brüllte ich durch den Straßenlärm.

»Man hat steinerne Bahnen angelegt und die Schiffe über Land gezogen. Komm jetzt, ich bekomme gleich einen Hustenanfall!«

Ich war froh, als ich wieder im Auto saß. Die Autobahn bis Athen war schnell geschafft, die Fahrt durch die heiße Stadt eine Zumutung für Körper und Seele. Die Abgase der Autos legten sich wie ein klebriger Schleier auf meine Haut.

»Wir haben noch Zeit genug, um zur Akropolis zu fahren«, sagte Kondis, »in den Abgasen von Athen kann unsere Reise nicht ausklingen. Du wirst sehen, daß die Luft da oben gar nicht so schlecht ist, das liegt am Wind, der vom Meer kommt.«

Die Akropolis war eindrucksvoller, als ich angenommen hatte. Doch die Schäden durch Smog, Auto- und Industrieabgase waren nicht zu übersehen. Sie waren schwarze Krebsgeschwüre, die den weißen Stein langsam überwucherten und zerstörten.

Wie schön waren doch dagegen die kleinen Tempel gewesen, von duftender Landschaft und hochmütiger Einsamkeit umgeben!

Kondis kannte ein kleines, exquisites Restaurant. Die Möbel waren aus rotem Holz, kein Plastikstuhl beleidigte mein Auge. Die Terrasse lag unter schwarzgrünen Pinien, die ihren Vorhang dort öffneten, wo der Blick auf die marmorne Burg fallen konnte. Eine gelungene Inszenierung, raffiniert einfach und eine Spur zu theatralisch.

Ich griff nach einer Zeitung, die auf dem Nebentisch liegengeblieben war. Das Boulevardblatt schrie auf seiner Titelseite den neuesten Skandal im britischen Königshaus hinaus, darunter kündigte ein bekannter Fernsehmoderator seinen Abschied von der Glotze an, und eine vollbusige Halbnackte behauptete, mit einem Fußballstar »wilde Nächte« erlebt zu haben.

Unten links wurde für Pflanzentropfen geworben. »Hör mal«, sagte ich, »das ist das moderne Leben. 'Weg mit dem Kugelbauch' steht da. Und 'Wenn der Bauch zur Trommel wird, liegt das an zuviel Gas im Darm'. Oder hier: Da wird für eine 'Hautsalbe aus Stutenmilch' geworben.«

»Du siehst, wie die Antike die heutige Zeit beeinflußt«, lachte er. »Die berühmtesten griechischen Hetären haben bereits in Stutenmilch gebadet, um eine schöne Haut zu behalten. Und Blähungen wurden in Epidaurus ebenfalls behandelt. Du siehst, nichts ändert sich wirklich.«

Der Kellner faßte die Brotscheiben mit einer silbernen Zange an, bevor er sie auf einen Porzellanteller legte. Er trug einen schwarzen Frack und aufpolierte Lackschuhe. Die Fingernägel waren manikürt und mit farblosem Lack überzogen.

Kondis schaute amüsiert. »Dein skeptischer Blick spricht Bände«, urteilte er. »Der arme Kerl kann doch nichts dafür, daß er so vornehm ist. Dieses Restaurant ist der Geheimtip der Athener Schickimicki-Szene. Wenn ich hier nicht bekannt wäre, hätten wir gar keinen Tisch bekommen. Ich habe ein Jahr im Akropolis-Museum gearbeitet, und der Besitzer ist ein Freund von mir.«

»Warum kehrst du nach Deutschland zurück?« fragte ich. »Was erwartet dich da?«

»Hast du nicht gesagt, daß ich um meine Ehre kämpfen soll? Und daß du mir dabei helfen willst?«

»Ich hatte nicht gedacht, daß du es wirklich tust«, stieß ich überrascht hervor. »Immerhin bedeutet es einen Kampf zu führen, ohne Garantie auf Erfolg.«

»Na und? Wenn ich etwas von dir gelernt habe, dann ist es deine Art, nicht alles hinzunehmen. Hilfst du mir?«

Eine frohe Stimmung zog in mein Herz. Das erste Mal an diesem letzten Tag. »Versprochen ist versprochen. Ajax wird uns durch seine Aussage helfen können. Gerlinde von Vischering wird nichts anderes übrigbleiben als mitzumachen. Sobald wir zurück sind, gehen wir zur Polizei.«

»Ich glaube trotzdem nicht, daß ich meinen Job wiederbekomme«, mutmaßte Kondis, »irgendetwas bleibt immer hängen.«

»Das kann sein. Was ist mit deinem Reisebüro?«

»Ich werde es aufgeben. Mein Talent, unwissende Spießer mit Wissen zu versorgen, ist nicht besonders ausgeprägt. Kannst du das verstehen?«

»Du bist zu arrogant und zu stolz. Zwei Eigenschaften, die ich persönlich an dir mag. Doch als Verkäufer von Reisen bist du eine Niete.«

Der schicke Kellner brachte die Wachtelbrust mit Champignons. Das Geflügelteil war rosig und zart und zerfiel auf der Zunge. Das Kartoffelgratin paßte hervorragend dazu.

»Was wird aus uns?« Ich konnte gar nicht fassen, daß ich es war, die diese Frage stellte. Es mußte an dem Glas Champagner liegen, das der Kellner uns zu Beginn hingestellt hatte. Die enthemmende Wirkung des Alkohols, dachte ich.

»Ich wäre gern weiter mit dir befreundet«, sagte er und ergriff meine Hand.

»Und deine vielen anderen Freundinnen?«

»Ich habe keine Freundinnen«, brauste er auf. »Zur Zeit habe ich nur eine, und die bist du!«

»Zur Zeit! Ach, Jason! Ich kenne dich besser, als du glaubst. Du kannst nicht widerstehen, wenn sich die Gelegenheit bietet. Ich möchte nicht vor Eifersucht verglühen.«

»Besser, man sieht und verletzt sich die Augen, als daß man sie ein Leben lang niederschlägt«, hielt er mir entgegen.

»Ich gehöre nicht zu den Frauen, die Lust aus Leid schöpfen. Entweder habe ich einen Mann ganz für mich, oder ich lebe allein. Mehr gibt es zu dem Thema nicht zu sagen. Basta!«

»Du hast mir nie deutlich gesagt, was du für mich empfindest. Wie kann ich mich da für dich entscheiden?«

»Jason! Laß die Ausflüchte! Wir haben es auf jede nur erdenkliche Art und Weise miteinander getrieben. Glaubst du, daß ich das mit jedem Mann mache, der mir über den Weg läuft?«

Er schaute mich an wie ein Kaninchen, das der Schlange ins Auge blickt. Vermutlich hatte er die hohen Mauern eines von mir beherrschten Gefängnisses vor seinem geistigen Auge, in dem Verzicht und Entsagung zum Alltag gehören.

»Armer Schatz!« frotzelte ich. »Verlier bloß nicht dein klassisches griechisches Gleichgewicht. Ich bin eine schlichte Germanenfrau, der die Feinheiten der beherrschten Leidenschaften nicht geläufig sind.«

»Wenn du mich wirklich willst, werde ich versuchen, treu zu sein!« stieß er mannhaft hervor. Der eigene Mut ließ seine schöne Stimme erzittern.

»Welch festliches Gelöbnis!« stieß ich begeistert hervor. »Darauf sollten wir einen heben!«

Wir stießen an, doch mir war eher spöttisch als feierlich zumute.

»Du kannst gehen, wann immer du willst«, sagte ich, »für mich gilt natürlich dasselbe. Kannst du das akzeptieren?«

Er nickte. »Ich bin glücklich!« meinte er, griff nach meiner Hand und küßte die Innenfläche.

»Warte erst mal ab!« warnte ich. In diesem Augenblick war ich Jahrhunderte weiser als er.

Begegnung mit dem wahren Glück

Das Flugzeug landete mit halbstündiger Verspätung in Düsseldorf. Dafür ging die Abfertigung umso zügiger. Nach 20 Minuten waren wir mit unserem Gepäck durch den Zoll.

Kondis schob den Gepäckwagen vor sich her, ich folgte mit ein paar Metern Abstand. Da trat eine schwarzhaarige Frau auf ihn zu. Sie war elegant gekleidet, hatte eine würdevolle Haltung und einen strengen Zug um den Mund. Kondis kannte sie, denn er hauchte ihr einen Kuß auf die Wange, die sie ihm hingehalten hatte. Ich trat näher, um nichts zu verpassen.

»Meine Frau!« stammelte er. »Das ist Maria Grappa!«

Ihr Blick war mit Rasiermessern bestückt. Ich quälte mir ein Lächeln ab. Sie schnippte mit den Fingern, und auf das Kommando traten vier kleine Gestalten auf uns zu. Seine Söhne waren wirklich niedlich und ihm wie aus dem Gesicht geschnitten. Der älteste war ungefähr zwölf, der jüngste vielleicht sechs. Kondis hatte sich bestimmt viel Mühe bei ihrer Zeugung gegeben. Jetzt standen sie da wie Zwerge verschiedenen Alters und musterten mich.

»Die lieben Kleinen«, sagte ich in Richtung Kondis, »wie niedlich sie sind!«

Dieser wußte nicht, wie ihm geschah. Er war bleich und wie vom Donner gerührt und überlegte, wie er aus dieser Lage herauskommen sollte.

»Schau doch nicht so perplex!« bat ich. »Willst du deine Kinderchen nicht endlich begrüßen?«

Kondis nickte wie abwesend und beugte sich zu seinen Söhnen hinab. Sie fielen ihm um den Hals und flüsterten ihrem Vater griechische Worte ins Ohr. Die Erstarrung fiel von Kondis ab. Er wurde ganz Vater, der sich freut, seine Brut wieder zu sehen. Die Frau beobachtete die Szene mit klammheimlicher Freude.

»Sie sind Jasons Frau«, sagte ich zu ihr, »Ihr Name ist aber nicht zufällig Medea?«

Ich dachte an Medea, des antiken Jasons Frau, die ihrer Konkurrentin Kreusa ein vergiftetes Kleid zur Hochzeit sandte und die eigenen Kinder tötete, weil Jason sie verlassen wollte.

»Nein.« Ihr Deutsch war leidlich. »Sie brauchen nichts zu befürchten. Diese Zeiten sind vorbei.«

»Es wäre auch schade um die Kinder«, gab ich zurück.

»Er hat Ihnen viel beigebracht«, sagte sie mit dunkler Stimme. »Seinen Frauen hat immer gut gefallen, daß er so schöne Geschichten kennt. Darauf werden Sie leider künftig verzichten müssen.«

»Es gibt doch genug Bücher, aus denen man sich informieren kann«, sagte ich. »Ich gehe jetzt. Passen Sie gut auf Ihren Mann auf! Er ist in einem gefährlichen Alter.«

»Jason ist sein ganzes Leben lang in einem gefährlichen Alter. Sie können sich darauf verlassen, daß ich auf ihn achten werde, Frau Grappa! Er hat schließlich vier Söhne in die Welt gesetzt.« Es klang wie ein Schwur vor dem Delphischen Orakel.

Jason sprach noch immer mit seinen Kindern, streichelte sie, küßte sie auf die Wangen. Er hatte uns Frauen für einen Augenblick vergessen. Ich spürte, daß er glücklich war, so glücklich, wie ich ihn nie erlebt hatte. Endlich öffnete er sein Herz, wenn es auch nicht mir galt.

Ich drehte mich um, nahm meine Koffer und ging.

Es regnete in Strömen. Ich verhandelte mit einem Taxifahrer über den Preis, mich nach Hause zu bringen. Wir einigten uns, und ich ließ mich in die Polster fallen. Vorbei, dachte ich, aber es war schön mit ihm. So schön, daß mir ein paar Tränen die Wangen hinunterliefen.

Erster Ausklang

Mein Feature über die Bildungsreisen als intellektuelle Spielart des Massentourismus lief mit einigem Erfolg im Radio. Es war inzwischen Spätsommer geworden, an die Reise im Juni dachte ich nur noch selten zurück. Nur an den Abenden, an denen ich vor dem Fernseher oder an meinem Computer saß, glaubte ich plötzlich, den Geruch von Thymian und Honig zu riechen. Den Oregano, mit Kondis im Pleistostal gesammelt, verstreute ich über Lammbraten, Tzaiziki, griechischem Salat und Moussaka, wenn ich Kollegen und Freunde zum Essen einlud. Und immer, wenn meine Finger die trockenen Kräuter zerrieben, dachte ich an ihn.

Ajax Unbill wurde vor Gericht gestellt. Der Prozeß erregte Aufsehen. Ich war als Zeugin geladen.

Meine Hoffnung, Jason wiederzusehen, erfüllte sich nicht. Das Gericht hatte mehrere Prozeßtage angesetzt, und Kondis war erst später geladen. Ich erfuhr aber, daß er wieder in Griechenland lebte. Zurückgekehrt in den Schoß der Familie.

Dafür lief mir Almuth Traunich über den Weg. In einem jugendlichen Kostüm ging sie im Gerichtsflur auf und ab und wartete auf ihren Auftritt als Zeugin.

»Frau Grappa!« winkte sie mir zu. »Ich habe gehofft, daß wir uns hier treffen. Wie geht es Ihnen?«

»Na, ja – ich habe zur Zeit viel Arbeit. Aber Sie sehen zehn Jahre jünger aus! Die neue Haarfarbe steht Ihnen gut. Wie kommen Sie ohne Ihren Mann zurecht?«

Sie lächelte. »Es könnte nicht besser gehen. Alfred hat mir mehr Geld hinterlassen, als ich erwartet hatte. Ich habe eine Stiftung gegründet. Die 'Alfred-Traunich-Stiftung zum Schutz der heimischen Vogelwelt'.«

»Sehr passend«, lobte ich und erinnerte mich an seine gemeinen Beschimpfungen, die seine Frau zu erdulden hatte, wenn sie einen eingesperrten Piepmatz bedauerte. »So bekommt er posthum noch Gelegenheit zu einer guten Tat.«

»Haben Sie noch Kontakt zu Herrn Kondis?«

Ich hatte befürchtet, daß diese Frage kommen würde. »Nein«, antwortete ich und gab meiner Stimme einen beiläufigen Klang, »ich nehme an, daß er zu seiner Frau und den Kindern zurückgekehrt ist.«

»Ich habe gar nicht gewußt, daß er verheiratet ist!« meinte sie überrascht. »Er wirkte auf mich wie ein eingefleischter Junggeselle.«

»Auf mich auch«, sagte ich trocken.

»Er ist morgen als Zeuge geladen. Ich werde nochmal hierher kommen, um ihn zu begrüßen. Er ist so ein netter, charmanter Mann. Wollen Sie nicht auch ...?«

»Nein.«

»Soll ich ihn wenigstens von Ihnen grüßen?«

»Tun Sie das nicht, ich bitte Sie!« Mir war es verdammt ernst.

»Ich verstehe.« In ihrer Stimme war eine Art Mitleid, die ich auf den Tod nicht ausstehen konnte.

»Sie brauchen mich nicht zu bemitleiden«, sagte ich schärfer als beabsichtigt, »die Sache ist vorbei. Ich mag keine aufgewärmten Menüs.«

Sie nickte. Dann wurde sie hineingerufen. Ich war zwanzig Minuten später an der Reihe und schilderte dem Gericht, wie Kondis und ich Ajax Unbill in Epidauros im Theater entdeckt hatten.

Der Angeklagte lächelte mir zu, als ich nach meiner Aussage auf der Zuschauerbank Platz nahm. Sein Verteidiger verstand sein Geschäft. Er schob Ajax' Taten auf die desolate Kindheit, in der sein Mandant auf all das dressiert worden war, was die griechische Antike betraf. Mit zehn Jahren mußte der kleine Junge die »Ilias« in altgriechisch herbeten und wurde bestraft, wenn er Fehler machte. Ein mitleidiges Raunen ging durch die Zuschauerreihen, als der Verteidiger in allen Einzelheiten die grausamen Strafen schilderte, die sich Waldemar Agamemnon Unbill für seinen Filius ausgedacht hatte.

Den weiteren Prozeßverlauf las ich in der Zeitung nach. Die psychologischen Gutachter stellten ihm einen Freifahrtschein aus. Ajax Unbill wurde für nicht schuldfähig befunden und in eine Klinik eingewiesen. Dort sollte er von den überlieferten Gewalttaten der griechischen Mythologie gesunden. In einem Jahr würde er ein freier Mann sein. Kondis wurde nur einmal kurz erwähnt und als »attraktiver Reiseleiter« bezeichnet, »der dem Gericht die psychologischen Nöte des Angeklagten einfühlsam schilderte.« Natürlich war der Gerichtsberichterstatter des Blattes eine Frau.

Die Staatsanwaltschaft hatte übrigens die Exhumierung der beiden Ehefrauen von Waldemar Unbill angeordnet. Bei der ersten Frau wurden Spuren von Arsen festgestellt; woran Athina Unbill gestorben war, blieb ungeklärt. Vielleicht hatte sie sich tatsächlich das Leben genommen.

Gerlinde von Vischering gestand ihre Komplizenschaft an den Kunstdiebstählen. Sie erhielt eine Gefängnisstrafe von zwölf Monaten zur Bewährung. Die modernen Erinnyen hatten ihre Pflicht nach den Paragraphen des Strafgesetzbuches getan.

Die Vergewaltigung blieb ungesühnt. Daphne Laurenz hatte keine Anzeige erstattet und auch bei ihrer Zeugenaussage nichts von dem Vorfall erwähnt.

Letzter Ausklang

»Es tut mir leid«, sagte die Stimme am Telefon, »ich habe mich feige davongestohlen. Kannst du mir verzeihen?«

»Jason! Wo bist du?«

»In Griechenland. Zusammen mit meiner Familie. Ich hatte Gewissensbisse wegen dir.«

»Nicht doch!« sagte ich mit Ironie in der Stimme. »Ein Vater gehört zu seinen Kindern. Sie sind wirklich niedlich, deine kleinen Söhne.«

»Du bist mir nicht böse?«

»Nicht mehr. Du bist mir nichts schuldig. Ich wünsche dir viel Glück.« Mein Herz krampfte sich zusammen bei dem, was ich sagte.

»Es war schön mit dir«, stammelte er.

»Ich weiß, daß es das war. Was machst du jetzt? Hast du einen Job gefunden?«

Er zögerte. Doch dann sagte er: »Ich habe die Fabrik meines Schwiegervaters übernommen. Er hat sich aufs Altenteil zurückgezogen.«

»Wie schön für dich«, entgegnete ich. »Was ist das für eine Fabrik?«

»Sie stellt etwas her«, druckste er, »erinnerst du sich an die Plastikstühle, die wir überall gesehen haben?«

»Du willst mir doch nicht weismachen, daß du Direktor einer Plastikstuhlfabrik geworden bist?« prustete ich los.

»Doch«, entgegnete er kleinlaut. »Mein Schwiegervater hat den Alleinvertrieb für Griechenland ...«

»Meinen Glückwunsch«, lachte ich, »diese Aufgabe braucht einen ganzen Mann.«

»Du machst dich über mich lustig!« klagte er.

»Ganz im Gegenteil!« behauptete ich. »Ich wünsche dir viel Erfolg. Immer, wenn ich mich auf einen Plastikstuhl setze, werde ich mich entspannen und an dich denken. Mach's gut und leb wohl!«

An diesem Abend trank ich eine Flasche Wein, kramte in meinen Erinnerungen und schlief bis zum Nachmittag des darauffolgenden Tages. Ich duschte eiskalt, ging drei Stunden spazieren und dann ins Kino. Es gab Pasolinis »Medea« mit Maria Callas in der Hauptrolle. Medea blieb bis zum bitteren Schluß die starke Siegerin, auch wenn sie dabei Mann und Kinder verlor. Das Leid machte sie unverwundbar und gab ihr historische Größe. Eine griechische Tragödie mit allem, was dazu gehörte: Blut, Tränen, Gewalt, Mord, Liebe, Leidenschaft, Haß und Rache.

In ihr gab es keinen Part für eine Germanin, die den schlichten Namen »Maria« trug, rote Haare hatte und noch immer mit den Sommersprossen kämpfte, die sich sich in der Sonne eines hinreißenden Landes geholt hatte.

Krimis von Gabriella Wollenhaupt

Grappas Versuchung
Der erste Krimi mit Maria Grappa ISBN 3-89425-034-8
Reporterin umkreist charmanten Bösewicht.

Grappas Treibjagd
Der zweite Krimi mit Maria Grappa ISBN 3-89425-038-0
Wer ist der angesehene »Onkel Herbert«?

Grappa macht Theater
Der dritte Krimi mit Maria Grappa ISBN 3-89425-042-9
Geheimbund kontrolliert Kulturleben in Bierstadt.

Grappa dreht durch
Der vierte Krimi mit Maria Grappa ISBN 3-89425-046-1
Nackte Tatsachen in Bierstädter Filmstudio.

Grappa fängt Feuer
Der fünfte Krimi mit Maria Grappa ISBN 3-89425-050-X
Griechische Mythen werden Wirklichkeit.

Grappa und der Wolf
Der sechste Krimi mit Maria Grappa ISBN 3-89425-061-5
Spannendes Duell im Umfeld eines Plutoniumschmuggels

Killt Grappa!
Der siebte Krimi mit Maria Grappa ISBN 3-89425-066-6
Schönheitschirurgie und Satanismus

Grappa und die fantastischen Fünf
Der achte Krimi mit Maria Grappa ISBN 3-89425-076-3
Toter Teppichhändler und Erpresserbande

Grappa-Baby
Der neunte Krimi mit Maria Grappa ISBN 3-89425-207-3
Die menschliche Reproduktion zwischen Himmel und Hölle

Zu bunt für Grappa
Der zehnte Krimi mit Maria Grappa ISBN 3-89425-224-3
Provence: Ein Toter im Melonenfeld und ein unbekannter van Gogh

Grappa und das große Rennen
Der elfte Krimi mit Maria Grappa ISBN 3-89425-232-4
Wer meuchelte die drei prominenten Sozis im Bierstädter Wahlkampf?